KÜSSE IM FJORDWIND

LIEBESROMAN

KARIN LINDBERG

Impressum

Lektorat: Dorothea Kenneweg
Korrektorat Ruth Pöß - <u>www.das-kleine-korrektorat.de</u>
K. Baldvinsson
Am Petersberg 6a
21407 Deutsch Evern
Kapitelbilder https://de.depositphotos.com (anikakodydkova)
Covergestaltung: Casandra Krammer – <u>www.casandra-krammer.de</u>
Covermotiv: © porjai, myronstandret, matehavitaliy, lifeonwhite – <u>depositphotos.com</u>

Herstellung und Druck über tolino media GmbH & Co. KG, Albrechtstr. 14, 80636 München. Printed in Germany.
Fragen zu Produktsicherheit an: gpsr@tolino.media.

PROLOG

»Bist du verrückt geworden?«, zischte Stella und zerquetschte fast das Telefon in ihrer Hand. Als ob das etwas nützen würde! Sie schaute sich hektisch um.

Nach einem Augenblick atmete sie erleichtert auf, es sah nicht danach aus, dass jemand sie gehört hätte. Denn erst jetzt bemerkte sie, dass sie wieder einmal die Letzte war, die noch an ihrem Schreibtisch brütete. Zum Glück. Das hätte sonst unangenehm werden können. Private Gespräche waren in der renommierten Kanzlei nicht gern gesehen und Stella hielt sich üblicherweise an die ungeschriebenen Gesetze, weil sie kurz vor dem nächsten Sprung auf der Karriereleiter stand und nicht negativ auffallen wollte.

Die Tür zu Stellas kleinem Büro – das man eher Schuhkarton nennen könnte – stand offen. Alle – außer ihr – waren bereits in den Feierabend ausgeflogen. Draußen war es dunkel. Die Lichter von Londons Skyline schillerten in tausend Facetten.

Stella warf einen Blick auf ihre Armbanduhr, es war schon kurz nach zehn. Das edle Stück von Cartier war ein Geschenk von Marvin zum Zweijährigen gewesen. Dafür hatte er richtig tief in die Tasche gegriffen.

»Bitte, Stella, ich würde dich nicht fragen, wenn ich eine andere Möglichkeit sehen würde. Ich bin auch so schon mit den Nerven am Ende«, unterbrach ihr Bruder ihre Gedanken.

Stellas Gewissen regte sich. Natürlich wollte sie Jói helfen, allerdings konnte sie sich nicht vorstellen, dass sie tatsächlich die Richtige für diesen Job sein sollte. »Ich bin keine Expertin, wie du weißt. Soll ich deinen Kunden Bullshit erzählen und sie womöglich mit meiner Inkompetenz vergraulen? Damit ist dir doch nicht geholfen.«

Jói betrieb ein Fachgeschäft für Angel- und Jagdsport in Akureyri. »Stell dein Licht mal nicht unter den Scheffel, Stella. Du weißt mehr übers Fischen als die meisten Leute. Und dass Arnaldur so kurzfristig ausfällt, ist einfach großes Pech. Dabei hat die Saison gerade erst angefangen, es ist ein Desaster! Magnea kann ich natürlich nicht zumuten, im Laden zu stehen, sie hatte schon Frühwehen und soll hauptsächlich liegen ... Ich komme einfach nicht klar, Stella. Anstatt meiner Frau zu helfen, bin ich gar nicht mehr zu Hause, weil im Laden schon jetzt die Hölle los ist, obwohl das Sommergeschäft erst noch kommt ... Es ist verrückt – aber natürlich auch gut, nachdem die letzten zwei Jahre eher schlapp waren, wie du weißt ... Fakt ist aber, ich komme ohne Hilfe nicht zurecht ...«

»Oh Mann, die arme Magnea«, unterbrach Stella den

Redeschwall ihres Bruders. Er klang wirklich verzweifelt. Seine Frau war mit Zwillingen schwanger und hatte noch ein paar Wochen vor sich, natürlich sollte sie sich, so gut es möglich war, ausruhen.

Obwohl Stella ahnte, dass ein kurzfristig eingereichter Urlaub bei Simon nicht gut ankommen würde, sah sie sich ihrem Bruder gegenüber in der Pflicht. Gleichzeitig wusste sie, dass sie es sich womöglich mit ihrem Boss verscherzte, wenn sie jetzt, so kurz vor der Zielgeraden nicht nach seiner Pfeife tanzte. Sie hatte so lange von einer schillernden Karriere in der Großstadt geträumt, da konnte sie sich so kurz vor ihrem Triumph nicht ins Abseits manövrieren, indem sie mal eben für ein paar Wochen verreiste. Ihre Familie war ihr wichtig, natürlich, aber wie weit konnte sie dafür gehen und alles, wofür sie lange und hart gearbeitet hatte, aufs Spiel setzen?

An Marvin hatte sie dabei noch gar nicht gedacht, er wäre sicher auch nicht entzückt, wenn sie so holterdiepolter verreiste.

»Es würde dir sehr guttun, mal wieder ein bisschen frische Islandluft zu schnuppern. Wann warst du denn das letzte Mal wirklich draußen?«, hakte Jói ein.

»Heute Morgen«, gab Stella zurück und reckte ihr Kinn trotzig nach vorn, auch wenn sie wusste, dass ihr Bruder das nicht sehen konnte.

Sein ironisches Lachen ertönte und ließ sie beinahe zusammenzucken. »Ja, sicher, von der *Tube* ins Büro. Das ist nicht das, was ich meine. Und das weißt du auch.«

Sie seufzte und gab sich geschlagen. Er hatte recht, dabei war sie auch vorher schon fast überzeugt gewesen. Sie konnte nicht Nein sagen. Nie würde sie sich verzeihen, ihm nicht zu helfen. Immerhin musste er wirklich verzweifelt sein, sonst hätte er sie auf keinen Fall angerufen, um sie um ihre Unterstützung zu bitten.

»Na schön, ich sehe, wann ich den nächsten Flug bekomme. Du kannst mit mir rechnen«, gab sie mit einem tiefen Seufzen zurück. Sie wusste in diesem Moment bereits, dass sie in Schwierigkeiten steckte, aber das war jetzt nicht mehr zu ändern. Irgendjemanden musste sie wohl verärgern – ihre gesamte Familie oder ihren Boss. Und Marvin natürlich. Sie hatte ihren Verlobten auf einer geschäftlichen Veranstaltung kennengelernt und sich sofort in ihn verliebt. Er hatte sie mit seiner direkten und zielstrebigen Art fasziniert. Sie beide hatten die gleichen Ziele, dieselben Träume, das war das Band, das ihre Beziehung hielt. Aber in diesem Fall, das wusste Stella, würde ihr Verlobter garantiert nicht mit ihr an einem Strang ziehen ... aber darauf konnte sie jetzt keine Rücksicht nehmen.

»Echt jetzt? Ich kann den doch für dich buchen ...«, holte Jói sie ins Hier und Jetzt zurück.

»Nein, schon gut. Das bekomme ich alleine hin, du hast andere Sorgen. Ich melde mich.«

»Du bist die Beste!«

Stella lachte. »Ich weiß. Du kannst jetzt mit dem Schleimen aufhören, ich hab' ja zugesagt. Aber, Jói?«

»Ja?«

»Dir ist klar, dass ich nicht den ganzen Sommer bleiben kann? Das ist eine kurzfristige Sache. Zwei, maximal drei Wochen! Schon das ist kaum für mich realisierbar. Eigentlich kann ich nicht mehr als vier, fünf Tage weg. Ich muss so bald wie möglich wieder in die Kanzlei zurück. Du weißt doch, dass ich darauf hoffe, zur Partnerin ernannt zu werden? Ich stehe kurz davor, ich kann mir jetzt keinen Ärger erlauben ...«

»Ja, das ist mir bewusst, und ich hätte dich ganz bestimmt nicht gefragt, wenn ich eine andere Möglichkeit sehen würde.«, unterbrach er sie.

Stella verdrehte innerlich die Augen. »Ja, das hatten wir schon. Alles gut. Ich komme ja. Bis bald, tschüss, kleiner Bruder.«

Sie legte auf, fuhr sich mit der Hand über die Stirn und stöhnte. Was hatte sie sich da nur wieder eingebrockt? Stella konnte Simons wütende Tiraden im Kopf schon hören. Deshalb tippte sie lieber eine E-Mail, in der sie ihm kurz und bündig mitteilte, dass ein familiärer Notfall sie nach Island rief. Sie schrieb auch, dass sie alle Projekte von dort aus weiter betreuen würde. Zum Glück konnte man das meiste per Laptop und Videomeetings erledigen. Seit der Pandemie war das allgemein akzeptiert, es sparte ungemein viel Zeit, wenn man nicht ständig herumreisen und sich persönlich treffen musste.

Eilig buchte Stella den nächsten Flug, der bereits morgen früh um acht von Gatwick nach Keflavík ging. Auf dem Nachhauseweg holte sie etwas vom Inder, obwohl es schon spät war. Aber sie hatte den ganzen Tag nichts gegessen, und der Magen hing ihr in den Kniekehlen. Darauf zu hoffen, dass Marvin etwas gekocht hatte, konnte sie sich sparen. Entweder war er selbst noch im Büro, beim Sport, oder er saß mit dem Laptop im Bett und arbeitete.

Zu Hause in Chelsea fuhr Stella mit dem Aufzug in die fünfte Etage, wo sie mit Marvin das Penthouse bewohnte. Es gehörte ihm, sie war vor ein paar Monaten eingezogen, kurz nachdem er ihr auf der Tower Bridge mitten in der Nacht einen Antrag gemacht hatte. Sie liebte das Leben in der Großstadt, wo rund um die Uhr etwas los war, man ständig und überall etwas erleben konnte. Immer, wenn sie in der Kanzlei aus dem Aufzug stieg, musste sie einen Moment innehalten und das Ambiente, den glänzenden Marmor, die edlen Möbel und emsigen Angestellten beobachten. Dann kam sie sich noch heute wie im Film vor, in dem sie die ersehnte Hauptrolle ergattert hatte. Ihr Traum vom Erfolg in der großen weiten Welt war wahr geworden – fast. Sie war kurz vor dem Ziel. Jetzt durfte einfach nichts mehr schiefgehen.

»Hallo Babe, bist du zuhause?«, rief Stella und ließ ihre Schlüssel in die dafür vorgesehene Schale in der Garderobe fallen. Dann zog sie ihre High Heels aus und tapste auf nackten Füßen mit Laptoprucksack und Abendessen in die Küche und schaltete das Licht an.

Marvin war nicht hier. Na schön, esse ich eben alleine, dachte sie und kramte eine Gabel aus der Besteckschublade. Während sie ihr Abendessen verputzte, las sie noch einen Schriftsatz einer anderen Kanzlei über das E-Mail-Programm ihres Smartphones. Sie war noch nicht fertig damit, die Anmerkungen der Gegenseite zu studieren, und stocherte nebenbei in ihrem indischen Rahmhühnchen, als Marvin eintraf.

»Hey, Sweetheart«, grüßte er sie und gab ihr einen Kuss auf die Stirn. Er roch nach Duschgel, sein Haar war leicht feucht. Er kommt vom Sport, schlussfolgerte Stella.

»Wie war dein Tag?«, fragte sie, während er sich ihr Essen heranzog und ihr die Gabel aus der Hand nahm.

»Anstrengend«, war alles, was er sagte, ohne sie dabei anzusehen.

Während sie aufstand und ihm etwas Chardonnay eingoss, überlegte Stella, wie sie ihre Neuigkeiten verpacken konnte, ohne dass er gleich ausflippte. Stella wusste, dass Marvin nicht begeistert sein würde, dass sie so kurzfristig – und so lange – verreisen musste. Er war kein Freund von spontanen Ideen. Im Gegenteil.

»Ich muss nach Island«, fing sie an und reichte ihm das langstielige Glas. »Es ist eine familiäre Sache.«

Marvin trank einen Schluck und schaute sie zum ersten Mal heute Abend wirklich an. Die Gleichgültigkeit in seinem Blick überraschte sie kurz. »Ach? Wieso das denn?«

Stella räusperte sich. »Mein Bruder braucht Hilfe, du weißt ja, dass Magnea mit Zwillingen schwanger ist ...«

Marvin fehlte nach seinem anstrengenden Arbeitstag offenbar die nötige Geduld, sich das, was sie zu sagen hatte, anzuhören. Er unterbrach Stella mit zusammengekniffenen Brauen. »Und, was sollst du da machen? Du hast ja wohl Besseres zu tun, als Angelhaken und Knarren zu verkaufen.«

Stella fiel nichts ein, was sie darauf erwidern sollte, merkte aber, dass sich Unmut in ihr regte. Sie versteifte sich. »Ich bin immerhin seine Schwester. Es sind Familienangelegenheiten. Ich hoffe, es wird nicht für allzu lange sein, es könnte aber zwei Wochen dauern.« Oder drei.

»Zwei Wochen?«, wiederholte Marvin. »Bist du wahnsinnig? Das kannst du dir in deiner Situation doch gar nicht erlauben. Dann wird nie was aus deiner Partnerschaft, das sage ich dir gleich.«

Stella wunderte sich über seinen groben Tonfall. War Marvin schon immer so unnachgiebig gewesen, oder war es ihr bislang nur nicht aufgefallen? »Glaub mir, es geht nicht anders. Es wäre schön, wenn du mich unterstützen würdest. Stress habe ich auch so schon genug«, erwiderte sie höflich. Innerlich distanzierte sie sich etwas von ihm. Familie war wichtig für Stella – für Marvin auch, aber nur seine eigene, wie sie gerade realisierte.

Der Appetit war ihr vergangen. Sie schob Marvin die zweite Packung indisches Essen vor die Nase – die eigentlich für ihn vorgesehen war, während er gerade *ihr* Essen verputze. Danach schüttete sie den Rest ihres Weins in den Ausguss. »Ich muss packen. Mein Flug geht morgen früh.« Damit ließ sie Marvin in der Küche sitzen und machte sich mit einem mulmigen Gefühl daran, alles Mögliche in einen Koffer zu stopfen, den sie im Handgepäck mitnehmen konnte.

1

Eisiger Wind wehte Jökull entgegen, als er aus dem Schafstall trat und die Tür hinter sich schloss. Spóri folgte ihm schwanzwedelnd. Der treue Border Collie hatte ihn nach Opas Tod schnell als neuen Herrn akzeptiert. Das Blöken der Mutterschafe war auch durch die geschlossene Tür zu hören. Bald würde es losgehen, aber nicht, solange es noch nach Schnee aussah. Jökull freute sich auf die vor ihm liegenden Wochen und fürchtete sie gleichermaßen. Als Kind hatte er oft auf dem Hof seiner Großeltern ausgeholfen und viel gelernt, aber die Last der Verantwortung allein zu tragen, war nach wie vor ungewohnt für ihn. Nun, er würde das Kind, oder vielmehr die Lämmer schon schaukeln. Die meisten Geburten verliefen unproblematisch, und für die anderen Fälle war er ja da. Aber nicht mehr heute, sagte er sich und stapfte über den geschotterten Weg zurück zum alten Bauernhaus. Der Himmel war von düsteren Wolken bedeckt. Jökull zog sich die Mütze tiefer in die Stirn und ließ seinen Blick über den

Eyjafjord gleiten. Die See war rau und wirkte bei den heutigen Wetterverhältnissen beinahe schwarz. Ein paar Möwen schaukelten am Ufer im seichten Wasser. In der Ferne blies ein Wal in die Luft. Das alte Bauernhaus war weiß getüncht und hatte ein rotes Dach, wie es traditionell üblich war. Jökulls Familie lebte hier seit Generationen. Er sah Oma hinter den Küchengardinen herumhuschen, vermutlich war sie dabei, etwas zu essen zu richten. Sie liebte es, ihren Enkel zu bekochen. Jökull ging ums Haus herum und trat durch den Nebeneingang in den Hauswirtschaftsraum. Spóri blieb draußen, er war kein Hund, der gern im Haus war. Er liebte seine Freiheit zu sehr. Er hatte eine Box mit Stroh im Stall, und obwohl Jökull den schwarz-weißen Hund schon ein paar Mal versucht hatte, mit freundlichen Worten ins Warme zu locken, kam Spóri nicht über die Schwelle. Im Hauswirtschaftsraum schlüpfte Jökull aus den Gummistiefeln und dem Winter-Overall. Kurz musste er schmunzeln, vor ein paar Tagen hatte man den offiziellen Sommeranfang gefeiert. Es war der erste Tag des Sommermonats *Harpa* gewesen, der immer auf den ersten Donnerstag nach dem 18. April fiel. Man konnte seinen Landsleuten nicht nachsagen, dass sie nicht von unerschütterlichem Optimismus geprägt wären, dachte Jökull, während er sich die Hände mit Seife und Bürstchen wusch. Danach ging er zu Oma in die Küche. Aus dem uralten Radio dudelten Schlager, die in etwa in der gleichen Zeit entstanden sein mussten wie das Gerät, aus dessen Lautsprechern sie gerade erklangen.

Es war warm im Haus, das Küchenfenster war jedoch wie meistens geöffnet. Die von Oma gehäkelte Gardine flatterte im Luftzug. Am Kühlschrank klebten unzählige

Magneten und Postkarten. Einige Fotos hingen dazwischen. Ein Schwarz-Weiß-Foto von dem Bauernhof, von dem seine Oma Dorothea stammte. Natürlich wurde sie von allen nur Dudda genannt, es war ungewohnt, ihren vollen Namen auf dem Foto zu lesen. Es war ein kleiner Hof mit Schafen, Kühen und wenigen Pferden in den Westfjorden gewesen, wo sie als eines von acht Kindern aufgewachsen war. Das zweite Foto zeigte Jökulls Opa mit dem Schaf Skoppa auf der Weide. Vor einigen Jahren hatte Skoppa den Preis für Islands prachtvollstes Mutterschaf erhalten, worauf alle – Opa voran – sehr stolz gewesen waren.

Als Oma Jökull entdeckte, hielt sie in der Arbeit inne und wandte sich ihrem Enkel zu. Sie war gerade dabei gewesen, Garnelensalat zuzubereiten.

»Und, wie sieht es aus?«, fragte sie und lächelte. Sie meinte natürlich die Schafe – die bevorstehenden Geburten sorgten bereits für Spannung und Vorfreude. Oma trug eine Schürze mit Latz. Sie sagte gern selbst von sich, dass sie so hoch wie breit war – was irgendwie auch stimmte. Alles an ihr war weich und rund. Als kleiner Junge hatte er es geliebt, sich an ihren Körper zu schmiegen und sich von ihr trösten zu lassen. Heute machte Jökull seine Probleme lieber mit sich selbst aus.

An den Schuhen trug Oma Sandalen, ihre Interpretation von Hausschuhen. Ihre früher dunkelbraunen Haare waren mittlerweile schneeweiß.

»Es dauert noch etwas«, gab er zurück.

Sie nickte wissend. »Dachte ich es mir doch.« Heute Morgen hatte sie ihre Vermutung bereits geäußert, als sie aus dem Fenster geschaut hatte. Die Alten hatten viel

Wissen gesammelt, manchmal fragte Jökull sich, wie es für die Nation weitergehen sollte, weil die Jüngeren oft nicht mehr zuhörten. Nicht zuhören wollten. Er war auch so gewesen, bis ...

Nicht jetzt, sagte er sich. Jökull schob die Gedanken beiseite und setzte sich an den Küchentisch. Er schlug das Morgunblaðið auf und überflog die Schlagzeilen der Tageszeitung.

Oma widmete sich wieder ihrer Arbeit. Nach einer Weile wandte sie sich an Jökull. »Bringst du Gunni nachher was vom Garnelensalat rüber?«

»Sicher«, antwortete Jökull abwesend und strich sich dabei gedankenverloren über den Bart. Er hob seinen Blick und sah, dass Kartoffeln auf dem Herd köchelten, in einem zweiten Topf vermutete er dem Geruch nach Lammfleisch. Das war kaum überraschend, Fleisch aus eigener Zucht gab es häufig auf dem Hof. Es störte Jökull nicht, dass sein Speiseplan weniger vielfältig war als früher. Manchmal kam ihm sein altes Leben wie ein ferner Traum vor. Ein Albtraum, an den er sich nicht gern erinnerte. Deshalb widmete er sich lieber wieder der Zeitung, ehe ihm weitere Rückblicke in den Sinn kamen, die er vermeiden wollte.

Jökull ließ Oma werkeln, auch wenn er spürte, dass sie gern mehr mit ihm plaudern wollte. Aber er war weder in der richtigen Stimmung noch generell ein guter Gesprächspartner. Sollte Oma doch eine ihrer Schwestern oder Freundinnen anrufen. Zu ihren Themen – Rezepten und Stricken – hatte er nichts zu sagen, und was bei den Nachbarn so los war, hatten sie am Morgen schon zur Genüge besprochen. Oma ließ sich von seiner beschäftigten Haltung jedoch nicht davon abbringen, ihn weiter zu bearbeiten. »Wieso rasierst du dich nicht mal wieder? Und einen Haarschnitt könntest du auch vertragen. Soll ich nicht einmal bei meiner Freundin in Akureyri anrufen und fragen, ob sie dich dazwischenschieben kann?«, meinte Oma, während sie Jökull einen Cracker mit Garnelensalat zum Probieren hinhielt.

Jökull tat so, als hätte er den Kommentar nicht gehört, die beste Strategie in diesem Fall. Oma wollte einfach nicht begreifen, dass seine Frisur ihn heute nicht mehr interessierte. In seinem Leben gab es andere Prioritäten als das äußere Erscheinungsbild. Er aß ihre Kostprobe und zeigte mit dem Daumen nach oben. »Ist perfekt geworden«, brummte er mit vollem Mund, dann stand er auf und verließ die Küche – die einzige Möglichkeit, Omas Fragerei aus dem Weg zu gehen, die ansonsten unweigerlich folgen würde.

ZUHAUSE, schoss es Stella durch den Kopf, während sie in Akureyri aus der Propellermaschine der Icelandair stieg. Sie hatte einen Anschlussflug von Reykjavík in den Norden genommen, weil kein verdammter Mietwagen zu bekommen gewesen war. Unglaublich – und das Ende April. Okay, sagte sie sich, sie hätte es sich beinahe denken können. Jói hatte ihr am Telefon ja schon mitgeteilt, dass deutlich mehr Touristen unterwegs waren als in den Jahren zuvor. Island lag voll im Trend. Aus gutem Grund, die Landschaft war spektakulär. Und die schroffe Natur hatte hier ihre ganz besondere Wirkung. Stella atmete tief durch, während sie die schmale Treppe nach unten stieg.

Eiskalter Wind peitschte ihr die Haare ins Gesicht und entlockte Stella ein breites Grinsen – Gott, wie sehr hatte sie ihre Heimat vermisst, das begriff sie erst jetzt richtig. Irgendwie hatte sie das verdrängt – was bei ihrem Arbeitspensum nicht schwer war. Sie liebte Island sogar bei rauem Wetter, oder nein, vor allem dann. Dichte Wolken trieben über den dunklen Himmel, ein paar Schneeflocken tanzten durch die Luft. Mit jedem Atemzug weiteten sich Stellas Lungen etwas mehr. Die Haut auf ihrem Gesicht prickelte von der Kälte, es fühlte sich so lebendig an. So ursprünglich. Rein.

Als Stella merkte, dass die Leute hinter ihr ungeduldig wurden, setzte sie sich eilig wieder in Bewegung und nahm die letzten Stufen nach unten.

Auf dem Weg zum Flughafengebäude wurde sie von ein paar entfernten Bekannten angesprochen. Im ersten Moment war es wie immer ungewohnt für Stella, wenn sie aus London nach Hause kam. Sie hatte sich so an ihren Großstadtalltag gewöhnt, in England lebte sie völlig anonym inmitten von Millionen anderen. Niemand kümmerte sich darum, was oder wer sie war. In Akureyri war das schlichtweg unmöglich. Hier kannte jeder jeden, man interessierte sich füreinander – im positiven Sinne, wie ihr gerade auffiel. In den vorausgegangenen Minuten war sie so oft angelächelt worden wie in der ganzen letzten Woche nicht. Die Leute in der Großstadt senkten lieber den Blick aufs Handy und kümmerten sich um sich selbst.

»Hey, Stella! Bist du es wirklich?«, sprach eine Frau sie an, als Stella gerade mit ihrem kleinen Rollköfferchen am Gepäckband vorbeilaufen wollte, um nach Jói zu suchen.

Stella hielt inne, denn sie hatte die Frau nicht gleich

auf den ersten Blick erkannt. »Vala?«, antwortete Stella überrascht.

Ihre ehemalige Mitschülerin lachte und schob sich eine Haarsträhne aus dem Gesicht. Dann legte sie eine Hand auf ihren riesigen Schwangerschaftsbauch und strich liebevoll darüber. »Ja, ich weiß. Ich sehe aus wie ein Walross! Dabei habe ich weitere acht Wochen vor mir. Keine Ahnung, wo der Bauch noch hinwachsen will.« Sie strahlte von innen heraus. Daran, dass Vala glücklich war, gab es keinen Zweifel. Merkwürdigerweise versetzte es Stella einen kleinen Stich.

»Dein erstes?«, erkundigte sich Stella höflich, während sie von einem Fuß auf den anderen trat.

Vala schüttelte den Kopf und winkte mit einer saloppen Geste ab. »Wo denkst du hin? Es ist das dritte, wir haben schon zwei Mädchen, dieses Mal wird's ein Junge. Mein Mann freut sich, der hatte schon Angst, dass er bald von vier Frauen regiert wird. Ein bisschen männliche Unterstützung findet er super – und ich natürlich auch.«

»Herzlichen Glückwunsch«, erwiderte Stella und schluckte. Sie hatte keine Ahnung, woher der Kloß in ihrem Hals auf einmal kam. Ihre Gratulation kam von Herzen, sie freute sich für Vala, gleichzeitig fürchtete Stelle die nächste Frage, die unausweichlich folgen musste. Es wäre nicht das erste Mal.

»Und bei dir?«

Zack. Da war sie. Stella war sich durchaus darüber im Klaren, dass sie für isländische Maßstäbe ein geradezu biblisches Alter dafür erreicht hatte, dass sie weder verheiratet war noch Kinder hatte – wobei es eher um Letzteres ging. Einen Trauschein brauchte man in Island nicht unbedingt, um eine Familie zu gründen. Marvin sah das anders. Stella schob die Gedanken an ihn und ihre Beziehung beiseite, das war ein Thema, das sie auf gar keinen Fall mit einer alten Schulfreundin besprechen wollte. Sie hatte sich nicht einmal selbst erlaubt, näher darüber nachzudenken, was sie davon hielt. Stella vergrub sich üblicherweise in ihre Arbeit, um die Zukunftsplanung ihres Privatlebens getrost verdrängen zu können, weil sie ja sowieso keine Zeit dafür hatte.

»Ich habe an meiner Karriere gearbeitet«, gab Stella mit einem Lächeln zurück, das sich leider mechanisch und aufgesetzt anfühlte. Obwohl sie es nie zugeben würde, so schwelte der Wunsch in ihr, selbst eine Familie zu gründen. Die Sehnsucht danach, ein Leben in sich wachsen zu spüren, kugelrund wie Vala zu werden, um dann das eigene Baby in den Armen zu halten. Verschrumpelt und winzig. Pures Glück. Nur, wie sollte das gehen mit einem Job, der sie siebzig Stunden in der Woche forderte? Es war unmöglich. Momentan jedenfalls. Stella spürte, wie unangenehme Hitze über ihren Hals in ihre Wangen kroch. »Ich arbeite als Anwältin in London«, war alles, was sie Vala erklärte.

Die neigte ihren Kopf zur Seite und kniff die Augen ein wenig zusammen. Sie schien nicht zu verstehen, was Stella ihr damit sagen wollte. In Island schloss das eine das andere nicht aus, aber in Stellas Leben war für ein Baby derzeit schlicht kein Platz. Noch nicht? Sie hoffte es, aber das war nichts, was sie hier vor dem Gepäckband bequatschen wollte, zumal sie Vala seit Jahren nicht getroffen hatte.

»Ich wünsche dir alles Gute für die Geburt«, meinte

Stella deshalb nur und guckte sich kurz um. »Ach, guck mal, da kommt mein Bruder angefahren, ich muss leider los. Wir sehen uns! *Gángi þér vel.*« *Alles Gute für dich.*

Damit ließ sie Vala stehen und lief auf Jói zu, der seinen Truck vor dem Flughafengebäude angehalten hatte. Stella gelangte durch die Schiebetür auf den Parkplatz. Sie warf ihr Gepäck auf die Rücksitzbank, schwang sich auf den Beifahrersitz und umarmte Jói innig und lange. Es tat so gut, ihn endlich wiederzusehen. Bei ihm fühlte sie sich geborgen und schlicht sauwohl. Sie hatten immer ein gutes Verhältnis gehabt, aber in den letzten Jahren war der Kontakt seltener geworden. Weil jeder viel zu tun hatte, so hatte sie es sich jedenfalls immer eingeredet. Gerade merkte sie, dass das vielleicht nur eine Ausrede gewesen war. »Hey, Schwesterchen, ich kann gar nicht glauben, dass du wirklich da bist!« Die Freude in seiner Stimme war unüberhörbar und ließ ein warmes Gefühl durch Stellas Brust rieseln.

Für einen Moment wurde sie sehr sentimental und presste ihre Lider zusammen. Gott, sie würde doch nicht anfangen zu heulen? Aber ihr war bis eben nicht bewusst gewesen, wie sehr sie ihre Familie vermisst hatte. Wie lange war es her, dass sie zuletzt auf Island gewesen war? Ewigkeiten. Sie war so in ihrem Alltagsrad festgenagelt, dass sie nicht dazu gekommen war. Das war ein Grund, der andere, dass Marvin nicht gern fror und alles andere als ein Naturbursche war. Er konnte Island nicht leiden. Einmal war er mitgekommen und hatte die ganze Zeit nur Theater gemacht, dass das Wetter zu schlecht, die Leute zu neugierig und das Essen zu fettig war. Daraufhin hatte Stella nie mehr versucht, ihn zu einer Reise zu überreden.

»Oh, ich freue mich auch! Es tut so gut, dich zu sehen«, gab sie zurück und hörte selbst, wie zittrig ihre Stimme klang. Hoffentlich merkte Jói nicht, wie ergriffen sie von diesem Wiedersehen war. Doch die Freude wurde sogleich von einem anderen Gedanken abgelöst. Sie ahnte, dass Jói gleich fragen würde, wie es ihr ging und was bei ihr derzeit los war. Irgendwann würde dann unweigerlich die Schwangerschaft seiner Frau zur Sprache kommen, was schlussendlich dazu führen würde, dass auch ihr Bruder wissen wollte, wann es bei ihr endlich so weit sein würde. Aber auf eine weitere Baby-Fragerunde und Gespräche über ihre Familienplanung hatte sie gerade keine Lust. Dennoch wusste Stella, dass das Thema früher oder später bei allen, die sie näher kannte, auf den Tisch kommen würde. In Island konnte sich einfach niemand vorstellen, freiwillig kinderlos zu sein. Sie im Prinzip auch nicht, aber alles zu seiner Zeit. Bis vor wenigen Minuten war ihr gar nicht bewusst gewesen, dass sie damit überhaupt ein Problem hatte – oder wie auch immer man es nennen sollte, dass sie den Gedanken an eine eigene Familie bislang erfolgreich verdrängt hatte.

Jói trat aufs Gaspedal und brauste los. »Erst mal ein Eis?«, schlug er vor, und Stella war dankbar dafür, dass er ihr zumindest ein wenig Schonfrist gönnte, ehe er sie über ihr Leben ausquetschen würde –, dass es dazu kommen würde, stand außer Frage. Denn Jói liebte sie und wollte erfahren, wie es ihr ging. Ein schönes Gefühl zu wissen, dass sich ihr Bruder im positiven Sinne um sie sorgte. Es war mehr als das, er hatte Interesse an ihr und ihrem Leben.

»Klar doch!« Stella lächelte Jói an und merkte, dass

etwas von der Anspannung in ihren Schultern von ihr abfiel.

»Was nimmst du?«, wollte er von ihr wissen, während sie die Landstraße entlangbrausten, die am Ufer des Fjords nach Akureyri hineinführte.

»Ein kleines in der Waffel«, erwiderte sie.

Ihr Bruder sah sie mit gehobener Augenbraue von der Seite aus an. »Seit wann bist du so bescheiden?«

»Seit ich versuche, meine Kleidergröße zu halten – ich habe keine Lust, nach zwei Wochen Island fünf Kilo zugenommen zu haben.« Das war leider die Wahrheit, Stella war keine von den Frauen, die essen konnten, was sie wollten, ohne direkt ein paar Pfunde mehr drauf zu haben. Es war ohnehin schon schwer genug, die Röllchen und Pölsterchen im Griff zu haben. Außerdem war sie sich im Klaren darüber, dass das isländische Essen üppig und verdammt lecker war.

Jói verdrehte die Augen kommentarlos und bog nach links ab. Kurz darauf erreichten sie den bekanntesten Eisladen im Ort. Das Haus war rot gestrichen, und der Name »Brynja« war zusammen mit einer gemalten Eistüte in Weiß an die Wand gepinselt worden. Hier befand sich der älteste Teil Akureyris, mit seinen schnuckeligen Häuschen, die nahezu allesamt renoviert waren. Es gab zum Beispiel das ehemalige Krankenhaus, das heute ein Bed & Breakfast war. Oder das Theater, das auch heute noch als solches genutzt wurde, obwohl es mittlerweile am Hafen ein neues Gebäude – das Opernhaus Hóf – gab.

»Was schaust du so komisch?«, wollte Jói wissen.

Sie zuckte die Schultern. »Man wird sich doch noch

mal umsehen dürfen? Ich freue mich einfach, dass sich auf den ersten Blick wenig verändert hat.«

Jói runzelte die Stirn. »Na ja, wie man es nimmt. Es wird viel gebaut, da vorne zum Beispiel sind gerade zwei große Wohnblocks entstanden, die ich persönlich als nicht gelungen empfinde. Die nehmen den anderen das Licht und die Aussicht, das finde ich nicht so schön. Es gibt ganze Neubauviertel, Akureyri wächst. Wieso interessierst du dich dafür? Willst du doch wieder nach Hause kommen?«

Von dieser Frage war Stella nicht überrascht. Sie kommentierte sie nur mit einem Kopfschütteln. »Lass uns Eis kaufen!«

Gemeinsam betraten sie den Laden. »Das ist krass, hier sieht ja alles anders aus«, meinte sie leise zu ihrem Bruder.

Früher war es ein kleines Geschäft mit einer einzigen Softeis-Sorte gewesen. Jetzt standen mehrere Eismaschinen mit verschiedenen Geschmacksrichtungen im hellen Verkaufsraum. Es gab nicht nur weißes Softeis, sondern auch Schoko, Erdbeere, Veganes und Kokos. »Verrückt«, murmelte Stella.

»Was darf es sein?«, fragte die Verkäuferin hinter dem Tresen, die noch Schülerin sein musste. Sie war garantiert nicht älter als fünfzehn. Sie trug eine schwarze Leggins mit Turnschuhen und einen Kapuzenpullover, darüber eine Schürze mit dem Logo des Ladens. Sie kaute Kaugummi und wirkte mittelmäßig motiviert. Sicher arbeitete sie nur hier, um sich ihr Taschengeld aufzubessern. Das Leben in Island war teuer, und es war völlig normal, dass man als Jugendlicher einen kleinen Job annahm, um sich gewisse Sachen leisten zu können.

Stella hatte gerade ihren Mund geöffnet, um die Bestellung aufzugeben, als Jói ihr ins Wort fiel.

»Ein weißes Eis im Becher, mittlere Größe, gemischt mit Noa Kropp und den kleinen Lakritzbällchen hier.« Er zeigte in die Auslagen der gekühlten Glasvitrine, in der unzählig viele Süßigkeiten in Edelstahlbehältern – wie in italienischen Eisdielen das Eis – präsentiert wurden. In Island war es gang und gebe, dass man sich ins Softeis verschiedene Leckereien mischen lassen konnte. So ähnlich wie McFlurry bei McDonalds nur mit tausendmal mehr Auswahl.

Jói wandte sich an Stella. »Sorry, Schwesterlein, du wirst ein richtiges Eis essen und jetzt nicht damit anfangen, Kalorien zu sparen.«

Stella verzog ihre Lippen, musste dann aber doch lachen. »Na gut, schön, dass du dich noch erinnerst, was ich am liebsten mag.«

Er gab ihr einen Kuss auf die Wange. »Wie könnte ich das vergessen? Und ehrlich: Ich bin saufroh, dass du hier bist.«

»Weil ich eine billige Arbeitskraft bin?«, scherzte sie und stupste ihm den Ellenbogen in die Seite.

»Das auch, aber mal im Ernst, Stella. Es tut einfach so gut, dich wiederzusehen, dass ich gar nicht weiß, wohin mit meiner Freude.«

Sie wusste, dass er es ehrlich meinte, und es fühlte sich wunderbar vertraut an, gleichzeitig regte sich ein wenig Widerstand in ihr. Es war ja nicht so, dass sie hinterm Mond lebte. Beinahe hätte sie erwidert, dass er ja auch einmal nach London zu Besuch hätte kommen können. Aber Jói und Marvin verstanden sich nicht sonderlich gut.

Eigentlich konnte Marvin kaum jemanden aus ihrer Familie leiden – weil die immer nur isländisch redeten, sagte er zu ihr, wenn sie ihn darauf ansprach, warum er ihre Familie geradezu ablehnte. Das mit dem Isländischsprechen stimmte sogar, diesbezüglich konnte sie Marvin keinen Vorwurf machen. Trotzdem fand sie es unglaublich schade, dass das Verhältnis zwischen dem Mann, mit dem sie zusammenlebte, und ihrer Familie nicht besser war. Nicht jetzt, dachte sie, nahm den Eisbecher von dem Mädchen entgennen und bedankte sich. Stella zog sich einen Einweg-Bambuslöffel aus einem Becher und begann direkt zu futtern, während ihr Bruder seine Bestellung aufgab: Ein weißes Softeis in der Waffel, eingetaucht in helle Schokolade und im Anschluss in kleinen Schokobällchen gewendet, die dann in der noch weichen Masse festklebten.

Stella zückte ihre Kreditkarte und wollte bezahlen, aber Jói drängelte sich vor und hielt sein Handy vor das Lesegerät.

»Du bist unmöglich«, schimpfte Stella, als sie zum Auto hinausgingen, weil sie ihn hatte einladen wollen.

»Das wäre ja noch schöner, dass du bezahlst«, gab er amüsiert zurück und klemmte sich hinters Steuer.

»Macho«, grummelte Stella und zwinkerte ihm zu.

Er ging nicht darauf ein, sondern startete den Motor und fuhr los. Sie drehten eine Runde zum Hafen und plauderten über dies und das, während sie ihr Eis mampften, bis Jóis Haltung sich ein wenig änderte. Auf einmal wirkte er, als ob er kurz davor stünde, ihr schlechte Neuigkeiten zu übermitteln. Stella hatte keine Ahnung, was das sein könnte, aber diesen Gesichtsausdruck hatte sie schon öfter gesehen und konnte ihn daher sehr gut einordnen.

»Was ist los?«, wollte sie von Jói wissen und ließ ihren Eisbecher auf den Oberschenkel sinken.

»Also, ich wollte dich fragen, ob es okay ist, wenn du bei Opa wohnst, solange du hier bist.«

»Bei Opa?«, wiederholte sie überrascht. »Wieso das denn?«

Opa wohnte etwa fünfzehn Minuten außerhalb von Akureyri, er betrieb dort eine kleine Fischfarm für Lachs und Saiblinge. »Ist es wegen Magnea? Ich schwöre, dass ich sie nicht störe, ich werde mich ruhig verhalten und euch so gut ich kann unterstützen.«

»Nein, Stella, es ist nicht wegen ihr. Ich weiß, dass du ihr nicht – wie andere Familienmitglieder ...«, er bedachte Stella mit einem hilflosen Blick, und sie wusste, dass er die werdenden Großmütter meinte. Die konnten die Ankunft der Zwillinge kaum noch erwarten und gingen, seit sie wussten, dass Babys unterwegs waren, Magnea und Jói mit guten Ratschlägen auf den Keks. Sie waren einfach so furchtbar übermotiviert. Jói fuhr fort. »Ich wollte dich bitten, erst einmal ein paar Tage bei Opa zu wohnen, weil ich das Gefühl habe, Opa vereinsamt ein bisschen da draußen. Er sagt zwar nichts, aber ... na ja, schau es dir einfach mal an, okay? Es wäre cool, wenn du bei ihm mal nach dem Rechten sehen könntest. Frauen bemerken so was ja eher.«

Sie kniff die Augen zusammen. »Was meinst du mit *so was*? Soll ich ihm das Haus putzen, oder worauf willst du hinaus?«

Mit einem Schulterzucken erwiderte Jói. »Schau es dir

einfach an, okay? Sag mir, was du von Opa hältst. Und du bist nicht als Reinemachefrau engagiert, klar? Ich finde, dass er sehr zurückgezogen lebt, er kommt nicht mehr so oft zu uns, auch nicht, wenn wir ihn einladen. Da hat er dann immer neue Ausreden, warum er nicht kann. Ich habe das Gefühl, dass er noch immer stark trauert. Ich mache mir einfach Sorgen um ihn.«

Stella wurde schwer ums Herz. »Wieso sagt mir denn niemand was? Das habe ich nicht gewusst.«

»Weißt du, Stella. Wir telefonieren nicht häufig, und wenn ich dich mal an der Strippe habe, dann hast du meistens nach drei Minuten jemand anderen in der Leitung, der dringendere Anliegen hat. Ich weiß echt nicht, wann und wie ich das Thema mal mit dir hätte besprechen sollen. Außerdem ist London weit weg, und, na ja, jetzt bist du da. Sieh mal nach ihm, vielleicht täusche ich mich ja auch, und Opa hat einfach nur keinen Bock auf uns.«

Das konnte Stella sich nicht vorstellen. Opa Gunni war ein lebensfroher Mensch, der sich sehr um seine Lieben sorgte. Aber ja, seit Omas Tod hatte sich viel für ihn verändert. Dass er sehr traurig war, hatte sie gewusst, aber das war ja normal. Sie hatte gedacht, dass er sich irgendwie damit arrangieren würde, alleine zu leben.

War es wirklich so schlimm, wie Jói sagte?

O Gott. Stellas Gewissen meldete sich. Ihr Bruder übertrieb selten, dafür war er nicht der Typ. Stella hatte seit Ewigkeiten nicht mit Opa geredet. Und ehrlicherweise musste sie vor sich selbst zugeben, dass es stimmte, was Jói ihr eben wie einen Spiegel vor Augen gehalten hatte. Stella hatte ihre Familie und auch Freunde vernachlässigt. Mehr als das. Außer ihrer Arbeit gab es nichts in ihrem Leben. Das bisschen Freizeit, das ihr blieb, verbrachte sie mit Marvin, und auch mit ihm ging es in den Gesprächen größtenteils um ihre oder seine Karriere. Gerade fragte Stella sich, warum sie das nicht früher erkannt hatte, denn das konnte ja wohl nicht alles im Leben sein, oder?

»Also gut, dann bring mich zu Opa. Vielleicht ist das wirklich ganz gut, denn ich habe ihn sehr vermisst. Nur, wie komme ich dann jeden Tag zum Angelladen? Es ist ein bisschen zu weit, um mit dem Fahrrad zu fahren«, witzelte Stella, um ihre emotionale Verwirrung zu überspielen.

»Opa hat doch ein Auto«, erinnerte Jói sie.

»Meinst du, ich darf das nehmen?«

Jói lachte. »Was ist das denn für eine merkwürdige Frage? Klar kannst du den Nissan ausleihen.«

Stella senkte den Blick und schämte sich fast ein bisschen für ihre Unsicherheit. »Ich weiß selbst nicht, wie ich darauf komme«, log sie, dabei wusste sie es ganz genau. In Marvins Garage stand ein Aston Martin – und den hatte sie noch nicht ein einziges Mal fahren dürfen. Einmal hatte sie ihn gefragt, da hatte Marvin nur gelacht und ihr einen Kuss gegeben, mit den Worten »Sweetheart, ich lass' mir eher die Eier von dir abschneiden, als dir das Auto zu borgen«.

Danach hatte sie nicht mehr darum gebeten und war mit den öffentlichen Verkehrsmitteln gefahren.

Stella schluckte und schaute aus dem Fenster, während sie die in ihr aufsteigenden Gefühle niederkämpfte. So recht gelang es allerdings nicht.

Sie fuhren über die Landstraße an der Tankstelle vorbei über den Fluss, so dass sie auf die andere Seite des Fjords kamen. Von hier aus hatte man einen fantastischen

Blick auf Akureyri. »Die Stadt wird ja immer größer«, murmelte sie vor sich hin.

»Es ist kaum zu glauben, oder? Andererseits, Akureyri hat alles, was man braucht. Für Familien ist es fantastisch, hier zu leben.«

»Ja, ganz bestimmt«, gab Stella einsilbig zurück.

Jói ging nicht auf ihre seltsame Stimmung ein, dafür war sie dankbar. »Kommst du morgen Abend zum Essen? Ich wollte dich heute erst mal in Ruhe ankommen lassen.«

»Ich bin doch nicht zum Vergnügen da, du musst mich nicht verköstigen«, erwiderte sie und knuffte ihm in den Oberarm. »Zuerst komme ich morgen in den Laden, und dann sehen wir weiter. Wenn ich nämlich eines nicht will, dann dir und Magnea Umstände bereiten. Um wie viel Uhr ist Dienstbeginn?«

»Wir machen um elf auf – das hat sich nicht geändert. Aber willst du dich nicht erst mal einrichten? Und, Stella, sei nicht albern, dich zum Essen dazuhaben sind keine Umstände, es ist eine große Freude. Was ist bloß in England mit dir passiert?«

Sie ging nicht darauf ein, aber hatte sich eben schon dieselbe Frage gestellt. Früher war sie ein absoluter Familienmensch gewesen. Sie hatte es genossen, von ihren Lieben umgeben zu sein. Heute fühlte sie sich wie eine Einsiedlerin, die unsicher wurde, wenn sie ihre Fühler mal aus dem Schneckenhaus strecken sollte. Bestimmt würde sich das in den kommenden Tagen legen – sie hoffte es zumindest.

»Um mich einzurichten, brauche ich doch keinen ganzen Tag.« Außerdem kann ich nicht ewig bleiben, schoss es ihr durch den Kopf. Sie wollte aber die begrenzte

Zeit, die sie auf Island hatte, wirklich nützlich sein. »Wie lange fällt Arnaldur denn aus?«, fragte sie schließlich.

»Kein gutes Thema – ich weiß es nicht, das mit seinem Bein scheint kompliziert zu sein. Aber ich habe natürlich schon eine Stellenanzeige laufen. Nur finde mal jemanden, der Ahnung von Angel- und Jagdausrüstungen hat. Das ist momentan geradezu unmöglich.«

Sie hörte an seiner Stimme und wusste auch so, dass es ihm seit Tagen furchtbares Kopfzerbrechen bereitete. Daher wechselte sie lieber das Thema. »Die Winter hier können lang sein, wenn man das mit London vergleicht.«

»Der Winter ist lange vorbei. Bald ist Mai«, witzelte Jói, während er die Scheibenwischer anstellte, weil der Schneefall dichter geworden war.

»Ich fürchte, ich habe die falschen Schuhe eingepackt«, brummte Stella und schaute auf ihre Pumps mit Pfennigabsätzen. Sie passten perfekt zur schwarzen Lederleggins und dem cremefarbenen Rollkragenpullover, den sie trug.

»Das sind hoffentlich nicht die einzigen Schuhe, die du mithast?« Als sie das Entsetzen in Jóis Gesicht sah, prustete Stella los.

»Nein, keine Sorge.«

Das zweite Paar waren ein paar weiße Sneaker, das behielt sie für sich, denn Witze auf ihre Kosten konnte sie gerade nicht ertragen. Stella hatte keine Ahnung, was sie sich beim Packen gedacht hatte. Wenig vermutlich, weil sie sauer auf Marvin gewesen war. Auch beim Verabschieden heute Morgen war die Stimmung frostig gewesen.

Sie hatte ihm bisher nicht einmal getextet, dass sie gut gelandet war.

Und er hatte nicht nachgefragt.

Stella zückte ihr Handy und schaute erneut darauf. Sie hatte unzählige Nachrichten und E-Mails, aber keine war von ihm. Gut, soll mir recht sein, dachte sie beleidigt. Wenn er sich darüber ärgern will, dass ich meine Familie unterstütze, sollte er das tun. Das wird mich nicht davon abhalten.

»Du willst doch jetzt nicht noch arbeiten, oder?«, riss Jói sie aus ihren Überlegungen.

»Nein, will ich nicht«, gab sie knapp zurück und löffelte den Rest ihres Eisbechers aus, obwohl ihr schon ganz frostig zumute war. Das ließ sich glücklicherweise mit der Sitzheizung beheben.

»Weißt du, ich bin echt froh, dass ich hier bin«, meinte sie schließlich, während sie über den lang gezogenen Fjord schaute. Das Meer war rau und wirkte ohne leuchtende Sonnenstrahlen beinahe schwarz. Ein Trawler war auf dem Weg in den Hafen. Links von der Straße ging es hinab zum Ufer. Auf den Weiden lag kein Schnee mehr, aber das Gras war auch noch nicht grün, sondern bräunlich. Rechts ging es steil den Berg hinauf, sie waren vor ein paar Minuten am neuen Tunnel vorbeigekommen und links in Richtung *Grytubakkahreppur* abgebogen, wo Opas Haus lag. Stella kannte nicht alle Bauernhöfe der Gegend, aber einige.

Es war schön zu sehen, dass sich hier wenig bis gar nichts verändert hatte. Zehn Minuten später bogen sie links ab und fuhren den schmalen Schotterweg, der serpentinenartig zu Opas Haus hinabführte.

Von hier aus konnte man die beiden Fischteiche und das Bassin mit den jüngeren Fischen sehen, die noch nicht groß genug waren, um umgesetzt zu werden.

»Weiß Opa eigentlich, dass ich komme?«, fragte Stella.

»Er wird es gleich erfahren.«

Stella rollte mit den Augen. »Ich habe echt vergessen, wie spontan wir sind.«

Jói tätschelte ihren Oberschenkel. »Ein bisschen zurück zu den Wurzeln wird dir guttun, Stella. Um dich habe ich mir nämlich auch Gedanken gemacht.«

Wieso sollte man sich um sie sorgen? Mit diesem kryptischen Satz parkte Jói den Truck vor dem Wohnhaus. Der Wasserfall dahinter plätscherte wie eh und je und mündete in ein kleines Bächlein, das weiter unten in den Fjord führte. In alten Tagen, als es noch keine Wasserleitungen gegeben hatte, war das die Trinkwasserquelle gewesen. Die Gegend hier wirkte wie aus der Zeit gefallen, ursprünglich, unverändert. Rein. In Stellas Bauch fing es an zu kribbeln.

Als kleines Mädchen hatte sie unzählige Tage hier verbracht. Sie hatte es geliebt, Opa bei der Arbeit behilflich zu sein und mit Oma Kuchen zu backen. Auch, wenn Stellas Talente eher in der Fischzucht lagen als im häuslichen Bereich, so hatte ihr beides Spaß gemacht. Seitdem hatte sich, was die Kochkünste betraf, bei ihr wenig geändert. Stella schaffte es gerade mal, Rührei und Pasta unfallfrei zuzubereiten.

Aber was die Saibling- und Lachszucht anging, war sie auch nicht sicher, ob sie nicht alles vergessen hatte. Das war es jedoch garantiert nicht gewesen, was Jói gemeint hatte, als er gesagt hatte, dass sie mal nach Opa schauen sollte. Opa brauchte bestimmt keine geschäftliche Hilfe. Er war einsam, hatte Jói gesagt, und das konnte Stella sich sehr gut vorstellen.

Seit ihre Oma vor zwei Jahren verstorben war, war

Stella nicht mehr hier gewesen. Sie hatte gedacht, dass Opa irgendwie klarkommen würde. Er hatte eine Aufgabe, hatte Freunde und alles ... Vielleicht war sie auch einfach zu sehr mit sich beschäftigt gewesen und hatte nicht an seinen Kummer denken wollen. Ihr Gewissen regte sich erneut, aber Stella schob das alles beiseite. Sie wollte sich die Wiedersehensfreude nicht von Schuldgefühlen trüben lassen.

Gerade fürchtete sie sich jedoch ein wenig vor der Begegnung. Vielleicht war Opa schrecklich gealtert und unglücklich. Zum Bangen blieb wenig Zeit, denn die Haustür ging auf, und Opa Gunni schaute heraus. Er hatte einen alten isländischen Wollpullover an, der ein bisschen fleckig war, ebenso wie die Arbeitshose. An den Füßen trug er Socken mit einem Loch am großen Zeh. Er war schmal geworden, das konnte Stella sogar auf die Entfernung erkennen.

»Ja, traue ich meinen Augen?«, stieß Opa hervor, schlüpfte in seine Stiefel und kam aus dem Haus.

»Sieh mal, wen ich dir mitgebracht habe«, verkündete Jói.

Stella sprang aus dem Auto und lief auf den alten Mann zu, den sie so liebte. »Überraschung!«, rief sie und breitete die Arme aus.

Opa drückte Stella fest an seine Brust, und sie schmiegte sich an ihn. Sie merkte, wie er über ihr Haar strich, als wäre sie noch das siebenjährige Mädchen und keine erwachsene Frau. Ein Gefühl der Geborgenheit und der Wärme rieselte durch ihre Brust, wie sie es lange nicht mehr gespürt hatte.

»Ich bin so froh, dass ich hier bin«, wisperte sie.

»Das ist die schönste Überraschung seit Langem«, brummte Opa, und er hörte sich ein wenig ergriffen an.

Stella löste sich von ihm. »Meinst du, ich kann ein paar Tage bleiben?«

Zuerst wirkte er überrascht, dann breitete sich ein Grinsen auf seinem faltigen und vom Wetter gegerbten Gesicht aus. Er sah aus, als hätte er sich länger nicht rasiert, seine Wangen waren ein wenig eingefallen. Aber seine Augen strahlten fröhlich, wie Stella jetzt erleichtert feststellte. Er freute sich wirklich, sie zu sehen, und ihr ging es genauso.

»Kommt doch erst einmal rein. Du bist immer willkommen bei uns. Immer. Ich hoffe, das weißt du.« Er räusperte sich, dann huschte ein Schatten über seine Züge, was er mit einem Achselzucken überspielte. Er hatte *bei uns* gesagt. Als wäre Oma noch da.

Wie traurig, dachte Stella. Wieso habe ich ihn nie angerufen?

Etwas in ihr zog sich kummervoll zusammen. Vergangenes ließ sich leider nicht nachholen, aber die Zukunft, die konnte sie ändern. Vielleicht war Jóis Hilferuf viel mehr als das gewesen – Stella begriff, dass es eine Chance für sie war. Es könnte eine Gelegenheit sein, nicht mehr länger ihr eigenes Leben zu verpassen. Stella kam London plötzlich viel weiter als ein paar Tausend Kilometer entfernt vor. Es war merkwürdig, beängstigend sogar. Sie war gerade mal ein paar Stunden auf Island, und plötzlich stellte sie alles infrage, was sie bisher glücklich gemacht hatte. Aber stimmte das wirklich? War sie glücklich gewesen oder einfach nur beschäftigt?

»Nun kommt schon rein!« Opa riss sie aus ihren Grübeleien. Er gestikulierte aufgeregt, was hieß, dass er sich sehr über ihren Besuch freute. »Wir wollen uns doch nicht die Beine in den Bauch stehen. Liebes Kind, du siehst nicht so aus, als wärst du auf Schneefall eingerichtet.«

Stella verzog ihre Lippen. »Da hast du vollkommen recht.« Sie schlang sich die Arme um den Körper, während ihr Bruder das Gepäck von der Rücksitzbank nahm und ins Haus trug. Es war wirklich eiskalt, das hatte sie bis eben gar nicht wahrgenommen, dafür jetzt umso mehr.

Opa legte ihr einen Arm um die Schultern und ging mit Stella bis zu den Stufen, dann ließ er ihr den Vortritt. »Nach dir, Liebes.«

Schon wieder brannte es hinter ihren Lidern. Tränen der Freude. Tränen der Liebe. Es war unglaublich, wie sehr sie Island und ihre Familie vermisst hatte.

Im Hausflur zog sie ihre Schuhe aus. Es roch ein wenig muffig. An der Garderobe hingen nicht nur Opas Klamotten, sondern auch Omas Jacken. Stella wurde schwer ums Herz, aber sie sagte nichts. Auf der Kommode lag eine dicke Staubschicht, die auch den Strauß mit getrockneten Blumen überzogen hatte. Ein Gefühl der Schwermut hing in der Luft, das ihre Brust eng werden ließ. Wie es wohl im Rest des Hauses ausschauen mochte? War Opa zum Messi geworden? Das konnte sie sich nicht vorstellen, aber Trauer stellte mit manchen Leuten seltsame Dinge an.

Stella ging mit leichtem Unwohlsein über den Flur in die Küche. Dort wurden ihre Ahnungen glücklicherweise nicht wahr. Es stapelten sich kein von Dreck verkrustetes Geschirr oder schmutzige Töpfe im Zimmer. Aber etwas fehlte trotzdem: Behaglichkeit.

Es gab kein Gebäck wie früher, kein Obst in der Schale.

Auf dem Fensterbrett stand eine vertrocknete Grünpflanze. Man konnte nicht mehr erkennen, was es mal gewesen war. An der Wand neben dem Küchentisch, an den – wenn man sich eng quetschte – vier Personen passten, hingen Familienfotos und Omas Todesanzeige.

Der Kloß in Stellas Hals wurde riesengroß. Sie sagte nichts, sie hätte es auch gar nicht gekonnt.

»Wollt ihr erst einmal einen Kaffee?«, erkundigte Opa sich und begann bereits damit an der Filtermaschine, die auch schon bessere Tage gesehen hatte, herumzuhantieren. »Wie geht es Magnea?«, wollte er von seinem Enkel wissen.

»Soweit gut, danke. Ich kann leider nicht bleiben, ich muss nach Hause. Wir sehen uns aber bald. Morgen Abend gibt es essen bei uns.«

Opa ging nicht darauf ein, während er Kaffeepulver in den Filter löffelte. Stella wollte sagen, dass sie so spät – es war kurz nach sechs – keinen mehr trinken wollte, um nachts besser zu schlafen. Sie ließ es aber sein, denn in Island wurde Kaffee nun mal zu jeder Tages- und Nachtzeit serviert. Außerdem wollte sie Opa nicht vor den Kopf stoßen. Denn er wollte ihr eine Freude machen und sie willkommen heißen.

Erst jetzt fiel Stella auf, dass eine Reihe von sauberen Tupperdosen und Schüsseln auf der Arbeitsfläche standen. »Soll ich die wegräumen?«, bot sie an, weil sie sich nützlich machen wollte.

»Tschüss ihr beiden, dann bis morgen«, Jói nutzte die Gelegenheit, um sich zu verabschieden.

»Tschüss«, antwortete Opa, dann wandte er sich an Stella. »Du kannst sie rüber zu Lollis Hof bringen, Dudda hat mir ein paar Sachen rübergeschickt. Die Frau denkt, ich verhungere sonst.«

Ein Lächeln huschte über Stellas Gesicht. »Wie schön, das mache ich gern.« Sie kannte das Ehepaar vom Nachbarhof. Es tat gut zu hören, dass sich Dudda ein bisschen um Opa kümmerte – und sei es nur mit etwas Kuchen oder Suppe. Stella war davon überzeugt, auch ohne in den Kühlschrank geschaut zu haben, dass da nicht viel drin sein würde. Außer Butter und Milch vermutlich. Den Fisch hatte Opa direkt vor der Tür, und Gemüse oder Salat hatte er schon als Tierfutter bezeichnet und abgelehnt, als Oma noch täglich gekocht hatte.

Nach ihrem Tod war garantiert kein einziges Salatblatt in seinen Einkaufswagen gewandert. Nun, das konnte sich ja jetzt ändern, überlegte Stella, während sie die Tupperdosen in eine Tüte packte, die sie aus der Schublade neben der Spülmaschine geholt hatte. Dort waren sie früher schon immer gewesen.

»Bis du zurück bist, ist auch der Kaffee durchgelaufen. Und sag Dudda, ich brauche nichts, ich habe alles«, brummte er und kramte herum.

Das würde sie nicht tun!

Stella klopfte ihm liebevoll auf die Schulter. »Gern, Opa. Bis gleich.«

Im Flur schlüpfte Stella wieder in ihre Schuhe und ging nach draußen. Vielleicht hätte sie sich eine Jacke überziehen sollen – und Opas Stiefel statt der High Heels, aber daran hatte sie nicht gedacht. Außerdem war sie ein wenig zu eitel dafür. Schon nach wenigen Schritten merkte sie, dass sie das bald bereuen würde, wollte aber nicht noch mal umdrehen.

Außerdem wollte sie kein Weichei sein. Fröhlich vor sich hin pfeifend stakste sie über den Schotterweg bis zur Grundstücksgrenze. Sie musste ein Stück über eine Weide der Nachbarn gehen, was sich in den High Heels als gar nicht so leicht herausstellte. Aber sie meisterte den Weg, ohne umzuknicken. Bis sie drüben am Hof der Nachbarn, der Hjarðarholt hieß, ankam, war ihr auch gar nicht mehr so kalt. Bis auf die Finger und Nasenspitze jedenfalls – die fühlten sich an, als würden sie gleich abfallen.

Stella wurde von einem bellenden schwarz-weißen Hund begrüßt, der aufgeregt um sie herumlief. Es kam Stella so vor, als ob nicht oft Besucher auf den Hof kämen, aber das konnte auch täuschen. Der Vierbeiner wirkte jedenfalls nicht aggressiv. »Na, wer bist du denn?«, sprach sie ihn an. Sogleich setzte er sich brav vor sie hin, sein Schwanz wedelte über den Boden. Er schaute sie interessiert an, als erwartete er was Leckeres oder zumindest ein paar Streicheleinheiten von ihr. Sie hörte die Schafe im Stall hin und wieder blöken. Gerade wollte sie den Hund hinter den Ohren kraulen, als sie ein Geräusch aufblicken ließ.

»Achtung, er könnte beißen«, rief jemand unvermittelt. Stella erschreckte sich so sehr, dass sie rückwärts stolperte und unsanft auf ihrem Po landete. Sie quietschte auf.

Scheiße, tat das weh.

Es fühlte sich an, als hätte sie sich das Steißbein geprellt. Mindestens.

»Verdammt«, fluchte Stella und rappelte sich wieder hoch. Die Tüte hatte sie noch immer in den Händen. Schon während sie aufstand, fragte sie sich, warum ihr der Mann nicht wenigstens auf die Beine half. Als sie wieder auf den Beinen war, schaute sie sich genervt und gleichermaßen peinlich berührt um. Da war dieser grobe Kerl, der breitbeinig auf dem Hof stand, als gehörte er ihm. Der Typ schien, im Gesicht zumindest, nur aus Haaren zu bestehen. Er trug grüne Dunlop-Gummistiefel, eine braune, ausgebeulte und fleckige Hose und einen bunten Lopapeysa, einen traditionellen isländischen Wollpullover. Das gute Stück schillerte in allen Regenbogenfarben. Der Mann selbst war blond, seine Augen blau. Und so wütend. So grimmig. Er hatte einen Blick drauf, der so stechend war wie das schärfste Filetiermesser.

»Suchst du was?«, wollte er jetzt wissen und rührte sich nicht von der Stelle.

»Danke, mir geht's gut«, erwiderte Stella erbost und fragte sich, was der Kerl überhaupt auf Lollis Hof zu suchen hatte. Wobei irgendwas an ihm kam ihr bekannt vor. Sie wusste bloß nicht, was es war.

Der Fremde ließ seinen Blick von Kopf bis Fuß über ihren Körper wandern, dabei ließ er sich Zeit und versuchte erst gar nicht, seine Musterung unauffällig wirken zu lassen. Sie las keine Anerkennung oder gar etwas Sexuelles darin, sondern ... Verachtung.

Stella schnappte nach Luft.

Was sollte das denn? Sie hatte ihm nichts getan. Sie kannte den Kerl nicht mal.

Stella war auch nicht blöd. Sie begriff schnell, dass er ihren Look als unpassend und dämlich verurteilte. Anscheinend hatte er etwas gegen zivilisierte Frauen.

Gut, ihr gefiel sein Outfit auch nicht, trotzdem benahm sie sich nicht wie ein Höhlenmensch.

Wenn Stella eines nicht leiden konnte, dann arrogante

Tölpel, die ihr vorschreiben wollten, wie sie zu sein hatte. Vor allem, wenn es jemand war, der selbst ein Bild des Schreckens bot. Fehlte nur noch, dass er den Rotz durch die Nase hochzog und ihr vor die Füße spuckte. Stella erschauderte bei dieser Vorstellung.

»Das wollte ich gar nicht wissen«, knurrte er zum Glück nur und verschränkte die Arme vor seiner breiten Brust.

Ein Arschloch war er trotzdem.

»Wer bist du überhaupt? Wo ist Lolli? Und wo ist Dudda?« Stella reckte ihr Kinn trotzig nach vorn. Sie schaffte es, nicht das zu sagen, was ihr auf den Lippen lag: Du bist der abscheulichste Kerl, der mir je begegnet ist.

Aber er schien auch so zu merken, was sie von ihm hielt. Er ließ sich davon nicht beeindrucken. Der Mann hob lediglich eine Braue. Sein Blick war noch immer kalt und abschätzend wie zuvor. »Wer will das wissen?«

Himmel! Hatte er niemals etwas von höflichen Umgangsformen gehört? Was war das bloß für ein Mensch? Ein Saisonarbeiter vielleicht. Lolli und Dudda waren nicht mehr die Jüngsten, und die Lammsaison fing bald an, wie sich Stella gerade erinnerte, weil sie das Blöken aus dem Stall immer wieder hörte.

»Allmählich wird mir das zu dumm hier! Keine Ahnung, wer du bist, aber so muss ich mich nicht behandeln lassen.« Sie marschierte an ihm vorbei und achtete darauf, nicht erneut zu stolpern. Stella stakste die drei Stufen bis zur Haustür hinauf und klingelte.

Sie spürte den bohrenden Blick des Ekelpakets in ihrem Rücken – oder auf ihrem Po, sie war sich nicht sicher. Wie auch immer. Stella drückte die Brust raus und hielt das Kreuz gerade. Von so einem Arschloch ließ sie sich nicht einschüchtern. Sie hatte es in ihrem Leben schon mit ganz anderen Kerlen zu tun gehabt. Sie konnte ebenso gut mit millionenschweren Machos wie mit ungehobelten Oligarchen umgehen, also würde sie sich bestimmt nicht von einem vollbärtigen Bauerngehilfen aus der Ruhe bringen lassen. Leider merkte sie, dass ihr Herz wie verrückt pochte. Ihr Atem kam schnell.

So was aber auch.

Sie wollte gerade umdrehen, als die Tür geöffnet wurde. Stella schaute in Duddas freundliches Gesicht. Dudda brauchte einen Moment, dann schlug sie freudig die Hände vor der üppigen Brust zusammen. »Stella? Bist du das? Meine Güte! Wie schön, dich zu sehen, komm rein!«

Dudda drückte sie warmherzig an sich, was sich seltsam anfühlte. Stella war einen ganzen Kopf größer als die alte Dame. Stella erwiderte die überschwängliche Begrüßung etwas unbeholfen und steif. Dudda ließ sich, sollte sie es merken, nicht davon irritieren.

»Eigentlich wollte ich nur kurz deine Tupperdosen zurückbringen, Opa hat sie mir gegeben ...«, stammelte Stella, während sie Dudda ins Haus zog und die Tür hinter ihr schloss.

Stella schlüpfte mechanisch aus ihren Schuhen und folgte Dudda in die Küche, sie wusste, dass weiterer Widerstand zwecklos war – und unhöflich wollte sie auch nicht sein.

Es duftete köstlich nach allen möglichen Aromen, eine Mischung aus Braten und Gebäck. Aus dem Radio dudelten alte Schlager, zu denen Stella unbewusst anfing mitzusummen. In der Küche nahm Dudda ihr die Tüte ab.

»Da hat sich ja ganz schön was angesammelt«, meinte sie lachend und stellte sie ab. Dann nahm Dudda die Alufolie von einem Kuchen ab und schob ihn Stella vor die Nase.

»Setz dich doch«, forderte Dudda sie freundlich auf. »Und erzähl mal! Wie lange bist du schon auf Island. Und wie lange willst du bleiben? Mein Gott, das ist ja ewig her, seit ich dich zuletzt gesehen habe ...«

Dudda redete nicht weiter, weil sie sich wahrscheinlich beide daran erinnerten, dass es bei Omas Beerdigung gewesen sein musste.

Stella war ein wenig überfordert von der Herzlichkeit, die ihr hier entgegenschlug. Von dem ätzenden Typen von eben mal abgesehen, den würde sie gleich wieder vergessen. »Opa kocht gerade Kaffee, ich kann gar nicht lange bleiben, bin ja eben erst angekommen«, erklärte Stella mit einem Lächeln.

»Ach, komm, ein Stück Kuchen wirst du doch wohl essen können. Danach kannst du Gunni was davon mitnehmen. Im Kühlschrank habe ich auch noch Garnelensalat für ihn.«

»Es ist so lieb, dass du dich etwas um ihn kümmerst. Wo ist denn Lolli? Ich habe ihn gesucht, aber da war nur der ...«, sie wusste nicht, wie sie es formulieren sollte.

So viel zum Thema, dass sie den ätzenden Typen gleich wieder vergessen wollte.

Aber gut, das war auch schwer, so ekelhaft, wie er sich ihr gegenüber verhalten hatte.

Dudda schob ein Stück Kuchen auf den Teller. Es sah nach *Hjónabandssæla* aus, einem Gebäck mit Hafermehl und Rhabarbermarmelade. Der Name bedeutete Eheglück, er wurde so genannt, weil man hoffte, er hielte so lange frisch wie eine gute Ehe. Allerdings war der Kuchen selbst manchmal eine recht trockene Angelegenheit, die man am besten mit Sahne und Eis futterte. Aber nicht bei Dudda, ihre Kuchen waren immer saftig und lecker.

»Du weißt es nicht?«, fragte Dudda und ihr Lächeln verblasste.

O je. In welches Fettnäpfchen war Stella jetzt schon wieder getreten?

Dudda fasste sich schnell. »Lolli ist im letzten Herbst gestorben.

»O nein. Mein herzliches Beileid.« Stella hatte nicht gewusst, dass Duddas Mann verstorben war.

»Danke, Stella. Wir kommen zurecht. Seitdem ist Jökull allein für den Hof zuständig, er ... Der Junge arbeitet zu viel.«

Jökull? Der Junge?

Etwas klingelte bei Stella.

Nein. Das war nicht möglich!

Für einen Moment stand Stella der Mund offen, sogleich schloss sie ihn wieder. »Ich habe deinen Enkelsohn gar nicht erkannt«, stieß sie hervor und merkte, dass ihr heiß wurde.

Es war nicht so, dass sie befreundet gewesen waren, aber natürlich waren sie sich früher, als Kinder, im Sommer hin und wieder mal begegnet.

Damals war Jökull allerdings netter gewesen – und weniger wie ein ... menschenverachtender Eremit. Krass.

»Es muss Jahre her sein, dass ihr euch zuletzt gesehen habt, oder?« Dudda setzte sich zu ihr an den Tisch, packte ein Stück Kuchen auf den Teller und reichte ihn Stella.

»Keine Ahnung, mindestens zehn, oder zwanzig sogar. O Gott, wie das klingt, als wäre ich schon fast hundert!« Stella lachte und nahm den Teller entgegen.

»Es ist kein Wunder, dass du ihn nicht identifizieren konntest, meine Liebe. Der Junge versteckt sein gutes Aussehen hinter seinem Bart«, scherzte Dudda.

Stella enthielt sich eines Kommentars. Doch musste die Großmama wirklich blind vor Liebe für den Enkel sein, wenn man diesen hinterhältigen Berserker als *Jungen* bezeichnen konnte. »Erzähl, wie geht es dir? Wo wohnst du?«, hakte Dudda nach.

Und schon ging es los. Während Stella den Kuchen verputzte – alles andere wäre extrem unhöflich gewesen – erzählte sie Dudda, wo sie lebte und arbeitete. Sie ließ dabei aus, dass sie mit einem Engländer verlobt war und nicht vorhatte, jemals wieder nach Island zu ziehen. Die wenigsten Isländer konnten das nämlich verstehen. Für alle war immer klar, dass Stella zwar im Ausland lebte und arbeitete, aber irgendwann nach Hause kommen würde. Für diese Art von Gespräch war der Moment jedoch absolut ungeeignet, und Dudda würde Stellas Gründe ohnehin nicht nachvollziehen können.

»So, jetzt muss ich aber wirklich«, meinte Stella wenig später und stand auf. Sie wollte den Teller in die Spüle stellen, aber Dudda hielt sie sanft zurück.

»Lass nur, ich mache das schon. Es war so schön, dich zu sehen. Warte, nimm den Salat für Gunni mit. Und auch was von dem Kuchen, ich weiß doch, was für ein Süßschnabel dein Opa ist. Hast du keine Jacke? Sieh doch mal raus, es schneit, du holst dir eine Erkältung. Hier, nimm eine von mir mit.«

Dudda lief mit Stella in den Flur und reichte ihr eine hochmoderne Goretex-Jacke. »Ja, ich weiß, passt gar nicht zu mir. Hat Jökull mir neulich gekauft. Sie wird dir viel zu groß sein, aber für die paar Meter wird es gehen. Und was hast du nur für Schuhe an? Du wirst dir noch die Füße brechen, warte, so geht das nicht.«

Dudda lief mit ihren Sandalen auf den Hof hinaus und ließ die Tür hinter sich offen. Stella folgte ihr schweigend und ahnte Böses.

Tatsächlich rief Dudda nach ihrem Enkel, der sogleich zusammen mit dem Hund um die Ecke kam.

»Was ist denn?«, brummte er und vermied es, Stella anzusehen.

»Bring Stella bitte nach Hause«, trug Dudda ihrem Enkelsohn auf, der bei ihr erstaunlich handzahm und zurückhaltend war – als wäre er ein anderer Mensch und nicht der Eisblock, der andere hasste. Oder es lag an ihr.

Stella runzelte die Stirn und musterte den vollbärtigen Typen verstohlen. Seine Statur war durchaus ansehnlich, solange man nicht auf den Rest achtete. Sein Bart wirkte so, als wäre er noch nie geschnitten worden. Er war zottelig, genau wie seine Haare.

So was war nicht Stellas Ding, sie stand eher auf gepflegte Typen, die sich um ihr Äußeres kümmerten. Zum Glück stand das hier überhaupt nicht zur Diskussion, denn Jökull musste ihr nicht gefallen. Stella hätte, im Gegenteil, nichts dagegen, wenn sie nie wieder ein Wort mit diesem ungehobelten Kerl wechseln müsste.

»Ich bin mir sicher, dass sie gut auf sich aufpassen kann«, erwiderte dieser und erntete dafür einen empörten Seufzer von seiner Oma.

»Was sind das denn für Manieren«, schimpfte Dudda.

Stella kam nicht umhin, der Oma ein imaginäres High-Five zu geben. So nett Dudda auch war, so anders war ihr Enkel: ein Albtraum in Dunlop-Gummistiefeln.

»Ich komme wirklich allein zurecht«, erklärte Stella resolut und hielt sich den Kuchen und den Salat wie eine Rettungsboje vor die Brust. Wenn sie eines vermeiden wollte, dann jemals in der Schuld dieses Affen zu stehen.

»Da hörst du es, sie will nicht, dass ich sie begleite«, erwiderte Jökull, ohne mit der Wimper zu zucken, und würdigte Stella noch immer keines Blickes. Er behandelte sie wie Luft. Unglaublich.

Der Typ brachte sie mit seinem Verhalten geradezu auf die Palme. Stella spürte, wie ihr Puls anfing zu rasen. Eine Reaktion, die sie sich nicht wirklich erklären konnte. Sie war es gewohnt, mit unangenehmen Menschen klarzukommen. Warum stellte der Umgang mit Jökull eine Ausnahme dar?

Dass er sie genauso wenig leiden konnte, wie sie ihn, war offensichtlich. Dudda schien das völlig egal zu sein, sie wirkte nach wie vor ruhig und gut gelaunt. Das war vermutlich das Schöne am Alter, man ließ sich nicht mehr so leicht aus der Ruhe bringen.

»Ich möchte, dass du sie rüberbegleitest«, erklärte sie ihrem Enkel freundlich, aber bestimmt. »Was ist denn nur los mit dir, sonst bist du nicht so schwer von Begriff, mein Schatz? Bei dem Wetter können wir Stella nicht zu Fuß gehen lassen, das muss dir doch einleuchten?« Dudda tätschelte die behaarte Wange ihres Enkels, dann zwinkerte sie Stella zu. »So, und nun macht, dass ihr loskommt. Ich geh wieder rein. Brr, ist das kalt heute. So was nennt man Frühling! Hoffentlich sind das keine Vorboten für den Sommer.«

Dudda trappelte eilig davon und schlug die Haustür hinter sich zu, damit war die Diskussion für sie anscheinend beendet. So genervt, wie der Enkelsohn vor sich hinstarrte, hatte er nicht vor, seine Oma zu enttäuschen.

Mist. Stella war auf einmal verlegen, sie wusste nicht, was sie sagen oder tun sollte.

Weil auch Jökull – was für ein passender Name übrigens: Gletscher! Da hatten seine Eltern wohl schon bei der Geburt eine Vorahnung gehabt – keine Anstalten machte, sich zu bewegen, lief Stella einfach los. Sie würde den Eisblock nicht bitten, der Anweisung seiner Oma zu folgen. Ganz bestimmt nicht. Lieber riskierte sie einen zweiten Sturz, obwohl ihr Hintern nach dem ersten noch immer schmerzte. Aber das verdrängte sie und hielt sich kerzengerade.

»Was machst du da?«, erkundigte er sich so ruhig hinter ihr, dass Stella es beinahe nicht gehört hätte.

Meine Güte. So eine blöde Frage konnte nur von ihm kommen.

Stella wirbelte herum. »Wonach sieht es denn aus? Ich gehe nach Hause. Weißt du, warum? Du verströmst mit jeder Pore deines Seins, dass du keinen Bock hast, mich rüberzubringen. Und ganz ehrlich, ich brauche deine Hilfe auch nicht. Dankeschön und tschüss.« Sie machte auf dem Absatz kehrt und wäre, leider, beinahe schon wieder gestolpert. Sie schaffte es gerade noch, ihr Gleichgewicht zu halten und damit ihre Würde zu bewahren. Mittlerweile lag eine dünne Schneeschicht auf dem Weg und der Wiese. Obwohl ihr vom Kopf her sehr klar war, dass es keine gute Idee war, mit den High Heels über das unebene Gelände zu laufen, so wollte sie sich keine Blöße vor Jökull geben. Für heute hatte sie sich schon genug blamiert.

»Nun stell dich nicht so an und komm mit«, brummte der Eisblock und stapfte davon. Der Hund lief ihm nach, aber Stella verzog ihre Lippen und hielt inne. Sie überlegte. Sollte sie die Gesundheit ihrer Knöchel riskieren oder drei Minuten mit dem bärtigen Albtraum aushalten? Die Aussicht darauf war zwar wenig erfreulich, aber sie gab sich geschlagen. Verletzt würde sie weder Opa noch Jói eine Hilfe sein, sondern zu einer Belastung werden, und das hatte ihre Familie nicht verdient.

Was sollte in drei Minuten schon passieren? Richtig. Gar nichts. Obwohl sie die Aussicht nach wie vor unangenehm fand, irgendwie in Jökulls Schuld zu stehen, so biss sie lieber in den sauren Apfel. Stella war schon immer eine Verfechterin von gelebtem Pragmatismus gewesen, deshalb folgte sie ihm mit einem leisen Seufzen um die Ecke des Stalls.

Als sie sah und hörte, wie er den Motor eines Quads startete, wollte sie am liebsten kehrtmachen und verschwinden. Genau in dieser Sekunde schaute er sich nach ihr um und winkte sie ungeduldig zu sich. »Brauchst du vielleicht eine Extra-Einladung?«

Das war doch wohl die Höhe!

Was für ein Idiot.

Stella verkniff sich einen Kommentar, nahm sich innerlich jedoch vor, so bald nicht mehr auf den Hof zu kommen. Dudda hin oder her. Dieser Mann war unerträglich. Für einen kurzen Moment bereute sie ihre Entscheidung, nicht doch zu Fuß gegangen zu sein. Aber kneifen wollte sie jetzt auch nicht mehr.

Als sie am Quad ankam, fragte sie sich, wie sie die Schüssel und den Kuchen balancieren sollte. Jökull schien ihre Gedanken zu erahnen, er verzog das Gesicht – ja, das konnte sie sogar trotz des wuscheligen Bartes erkennen. »Nun gib das Zeug schon her, ich halte es.«

Hilfe! Konnte der Mann eigentlich auch nur ein einziges Mal in einem Tonfall reden, der nicht wie ein Vorwurf klang?

Trotzdem folgte Stella seiner Aufforderung. Während sie ihm die Lebensmittel reichte, berührten sich ihre Finger für einen kleinen Moment. Stella zuckte zusammen.

Was war das denn gewesen?

Er schien es auch gespürt zu haben, denn er sah sie für den Bruchteil einer Sekunde mit einem merkwürdigen Ausdruck in den Augen an, der zur Abwechslung einmal nicht frostig oder gemein war. Doch der Moment war schnell vorbei. Jökull hatte bereits zu seiner gewohnten Form zurückgefunden und strahlte mit jedem Zentimeter seines Daseins aus, dass er die bevorstehende Aufgabe als äußerst lästig empfand. Dass er *sie* als lästig empfand, korrigierte Stella sich stumm. Sie fühlte sich gekränkt, aber versuchte sich nichts anmerken zu lassen. »Wenn du dann bereit bist, kannst du aufsteigen, ich wollte das gern heute noch erledigen.«

Erledigen, als ob sie ein Hundehaufen wäre, der weggefegt werden musste.

Meine Güte. Was für ein Arsch!

Hinter ihren Lidern fing es an zu brennen. Noch etwas, das sie nicht begriff. Warum scherte sie sich nun darum, wie er mit ihr umging? Sie kannte den Mann nicht mal.

Stella unterdrückte einen Fluch und kletterte hinter Jökull auf das Quad. Sie hielt sich nicht an ihm fest – das wäre ja noch schöner – sondern fasste hinter sich. Obwohl sie versuchte, so viel Abstand wie möglich zwischen sich und ihn zu bringen, berührten sich ihre Oberschenkel – und seine fühlten sich verdammt warm und muskulös an.

Jökull roch überraschenderweise nicht nach Schafsmist, sondern nach einer Mischung aus Duschgel, Wolle und echtem Mann. Eine Gänsehaut breitete sich auf Stellas Körper aus. Wie unangenehm.

»Verdammt kalt heute«, rief sie über den Lärm des Motors hinweg, weil sie verwirrt war. Ihre höchst unpassenden Empfindungen konnten ja wohl nur von den Temperaturen herrühren.

Ihr blieb keine Gelegenheit, noch etwas zu sagen – was vermutlich auch besser war, ehe sie sich um Kopf und Kragen redete. Eine Antwort erhielt sie auch nicht. Jökull gab stattdessen Gas, und Stella hatte ihre liebe Mühe, sich auf dem Quad zu halten. Was für eine wackelige Angelegenheit. Nun würde sie sich vielleicht nicht den Knöchel verstauchen, aber das Genick brechen. Reflexartig fasste Stella doch nach vorn, um sich an Jökull festzuklammern.

Heilige Mutter Gottes. Gerade ging es rasant um die Kurve. Dass die Räder nicht auf der einen Seite abhoben, war alles.

Was hatte der Kerl nur für einen Fahrstil?

Der Hund lief kläffend neben ihnen her, nach einigen Metern gab er auf. Stella beneidete den Border Collie darum, frei und in Sicherheit zu sein. Sie ließ sich ihre

Angst – haha, dass sie unerschrocken wäre, konnte sie sich nicht mal selbst vormachen – nicht anmerken. Natürlich hatte Jökull mitbekommen, dass sie sich an ihm festklammerte wie ein ängstliches Mäuschen. Peinlich. Aber auf diesen Höllentrip war sie nicht vorbereitet gewesen. Nicht in ihren wildesten Träumen.

Zum Glück hielt er die Klappe, sonst hätte sie ihm leider die Augen auskratzen müssen. Kurz darauf, die Fahrt hatte wirklich nicht lange gedauert, bremste Jökull vor Opas Haus, zum Glück etwas sanfter, als er fuhr. Stella atmete erleichtert aus. Sie kletterte vom Quad, ihre Beine fühlten sich wackelig an.

Es fiel ihr schwer, aber sie erinnerte sich gerade noch an ihre gute Kinderstube. »Danke, dass du mich rübergebracht hast. Und schöne Grüße an deine Oma.«

Es war wenig überraschend für Stella, dass Jökull nicht mit höflichen Floskeln um sich schmiss. Dass er jedoch gar nicht darauf antwortete und schlichtweg davonbrauste, ohne sich erneut umzusehen, ließ sie einmal mehr sprachlos zurück.

»Was zur Hölle ...«, murmelte sie und starrte ihm hinterher.

2

Eine dünne Schneedecke lag über den Hügeln und Bergen, dichte Wolken zogen auch heute über den Himmel. Obwohl das Wetter genauso unfreundlich wie gestern war, genoss Stella den Blick aus dem Küchenfenster. Die Aussicht über den Fjord war fantastisch. Die unendliche Weite, die unberührte Natur und vor allem die friedliche Stille hatten etwas ungemein Beruhigendes.

Sie gähnte. Stella hatte schlecht geschlafen. Und wenig. Zu viel war ihr durch den Kopf gegangen, so dass sie nicht zur Ruhe gekommen war. Sie fragte sich, während sie die zweite Tasse Kaffee an diesem Morgen trank, wie sie Opa helfen konnte, ohne ihn vor den Kopf zu stoßen. Es war mehr als offensichtlich, dass der Haushalt vernachlässigt war. Sie hatte ihn nicht gefragt, wann er das letzte Mal einen Staubsauger benutzt hatte – auch weil sie sich vor der Antwort fürchtete, die gut heißen konnte: gar nicht. Natürlich war Reinlichkeit nicht das Wichtigste, aber er sollte sich in seinem Zuhause wohlfühlen können. Und das konnte sich Stella, so, wie es hier ausschaute, nicht vorstellen. Der Zustand der Küche war okay. Auch das Badezimmer hielt Opa einigermaßen in Schuss, er wusste glücklicherweise, wie man eine Klobürste benutzte – aber ansonsten fehlte eindeutig eine helfende Hand. Die musste nicht zwingend weiblich sein, aber Stella wollte sich dieser Aufgabe, so lange sie hier war, annehmen.

Dafür musste er aber erst mal aus dem Haus gehen, denn Opa hatte ihr schon gestern klargemacht, dass er von ihr nicht wollte, dass sie ihre Freizeit für Hausarbeit verschwendete. Aber davon würde sie sich nicht abhalten lassen. Trotzdem musste sie warten, bis er weg war. Eigentlich musste sie ihn für mindestens einen ganzen Tag loswerden. Sie würde heute Abend mal in Ruhe mit Jói sprechen. Vielleicht konnte sie Opa ja dazu bringen, hin und wieder mal im Laden auszuhelfen.

Das war die Idee überhaupt! Wie gut, dass sie darauf gekommen war. Manchmal lagen die Lösungen geradezu auf der Hand. Super, da konnte sie dann einen imaginären Haken dran machen. Stella zeigte sich selbst eine kleine Siegesfaust, dann öffnete sie den Laptop und checkte ihre E-Mails. Schon beim ersten Blick in den Posteingang wurde ihr schlecht.

»Gott, wann soll ich das denn alles abarbeiten?«, murmelte sie. Wo sie eben noch hoch motiviert und gut gelaunt gewesen war, überfiel sie nun ein Gefühl der Machtlosigkeit.

Es kam ihr beinahe so vor, als ob ihre Kollegen, Kolleginnen und vor allem ihr Chef absichtlich viel auf sie abluden, sozusagen als Bestrafung für den kurzfristig anberaumten und nicht abgesegneten Urlaub – der anscheinend auch keiner werden sollte.

Ihr könnt mich alle mal, schoss es ihr durch den Kopf. Stella hatte die Hand schon am Deckel des Laptops, ließ sie aber wieder sinken, weil ihr Pflichtgefühl stärker war. In großer Eile bearbeitet sie so viel wie möglich, bis sie Opa von oben herunterpoltern hörte. Die Treppe knarzte bei jedem Schritt.

»Guten Morgen«, grüßte sie ihn, als er hereinkam, und stand auf. »Hast du gut geschlafen?«

»Guten Morgen«, erwiderte er und küsste sie auf die Stirn. »Oh, du hast schon Kaffee gemacht? Aber Stella, du sollst mich doch nicht bemuttern!«

»Das kann man wohl kaum so bezeichnen. Den Kaffee habe ich schon aus Eigennutz aufgesetzt, ich brauchte unbedingt Koffein zum Wachwerden.«

Opa nahm eine Tasse aus dem Schrank und goss sich ein. »Gutes Stichwort, wieso schläfst du nicht mehr? Du hast doch Urlaub, oder?« Sein Blick fiel auf die Wanduhr. Es war gerade mal kurz nach sieben, aber schon lange hell. Die Tage waren bereits deutlich länger als die Nächte, Ende Mai würde es gar nicht mehr dunkel werden. Schade, dass sie dann nicht mehr hier sein würde. Sie vermisste den isländischen Sommer. Es war viel zu lange her, dass sie die Mitternachtssonne über dem Fjord gesehen hatte.

Stella seufzte. »Ich will bloß nicht den ganzen Tag verpennen.« Zum Glück wusste Opa nicht, was in ihr vor sich ging. Sie setzte ein Lächeln auf und hoffte, dass es echt aussah. »Du, Opa, bevor ich in den Angelladen fahre, habe ich noch eine ganze Menge zu erledigen, du bist mir nicht böse, wenn ich nicht mit dir rausgehe?« Tatsächlich war es so, dass sie vermutlich sogar während der Arbeitszeit in Jóis Geschäft am Laptop hängen würde. Unzählige E-Mails würden bis dahin wieder eintreffen, womöglich waren sogar einige Videokonferenzen angesetzt, die sie nicht absagen konnte. Wie das alles klappen sollte, wusste sie noch nicht, aber irgendwie würde es schon gehen. Sie war eine Optimistin und glaubte fest daran, dass sich alles immer auf die ein oder andere Weise fügte.

Opa legte ihr eine Hand an die Wange und schaute sie ein wenig besorgt an. »Du bist viel zu blass, mein Kind. Du solltest weniger am Computer sitzen und mehr rausgehen.«

Stella lächelte traurig, denn sie wusste natürlich, dass er recht hatte. »Bedauerlicherweise ist es in meinem Job so, dass ich sehr viel arbeiten muss. Ich bin dabei, meine Karriere aufzubauen, da kann ich leider nicht einfach sagen: Oh, heute habe ich keine Zeit, die Sonne scheint so schön.« Schon während sie diese Worte aussprach, spürte sie, wie sich ihr Nacken verspannte.

Opa erwiderte nichts darauf, sondern setzte sich ihr mit seinem Kaffee gegenüber. Stella überkam der Impuls, ihren Laptop wegzuschieben, um ein wenig mit ihm zu plaudern. Aber sie konnte nicht, sonst würde sie niemals alles schaffen, was zu tun war. Opa wirkte nachdenklich, aber das Schweigen war alles andere als unangenehm. Es kam Stella so vor, als ob er ihre Nähe genoss, und ihr ging es genauso. Außerdem schätzte sie sehr an ihm, dass er ihren Lebensstil nicht kritisierte. Das hatte er nie getan, obwohl sie doch wusste, dass er sich wünschte, sie würde nicht so weit weg wohnen.

Irgendwann hörte sie, wie er das Haus verließ.

»Verdammt«, stieß Stella hervor. Er hatte selbst nichts gefrühstückt. Kein Wunder, dass er so dünn war. Ihr Gewissen meldete sich, vielleicht hätte sie sich doch diese verfluchten zehn Minuten Zeit nehmen können, die es brauchte, um Haferflocken mit Wasser zu kochen. Das typische Frühstück, das es hier schon immer gegeben hatte. Und Súrmjólk hatte auch nie fehlen dürfen, Sauermilch, ähnlich in der Konsistenz wie Buttermilch, war aber insgesamt etwas cremiger. Darüber streute man braunen Zucker, der karamellartig schmeckte. Jetzt knurrte ihr Magen doch, obwohl sie in London nie frühstückte – aus Zeitmangel und wegen ihrer Hüften ...

Gestern Abend hatte es Fisch, Kartoffeln und Butter gegeben. Vermutlich war das das Einzige, was Opa – neben den »Spenden« von Dudda – überhaupt zu sich nahm.

Morgen würde sie es anders machen. Ein gemeinsames Frühstück war das, was einen guten Start in den Tag verhieß. Sie wollte ihre Zeit mit Opa auch nutzen und selbst auch etwas davon haben, begriff sie jetzt. Das Leben konnte kurz sein, wer wusste, wie oft sie ihn noch sehen würde? Ja, sicher, er wirkte fit, aber das Funkeln in seinen Augen war seit dem Tod der Oma erloschen, und das bereitete Stella Sorgen. Sie schob die Gedanken beiseite, stand auf und guckte in den Kühlschrank. Dann holte sie den Garnelensalat heraus und suchte nach Brot. In der Schublade unter dem Besteckkasten, wo es früher immer verschiedene Sorten von Crackern, Keksen und Toast gegeben hatte, befanden sich jetzt lediglich ein paar Krümel und eine leere Knäcke-Packung, die niemand entsorgt hatte. »So geht das doch nicht, meine Güte!«, stieß sie schockiert hervor, kein Wunder, dass an dem Mann gefühlt nur noch Haut und Knochen dran waren.

Stella schüttelte den Kopf, stellte ihre Tasse in den Geschirrspüler und zog sich eine Jacke über. Sie fand Opa am Fischbassin, wo er etwas Futter ins Wasser streute. »Kann ich dein Auto benutzen?«, wollte sie wissen.

»Natürlich, da musst du doch nicht fragen.«

Ein Lächeln erhellte ihr Gesicht, sie sah es im spiegelglatten Wasser. Tatsächlich freute sie sich sehr darüber, wie selbstverständlich und liebevoll der Umgang miteinander war. Sie hatte es beinahe vergessen, umso schöner war es, dass sie endlich wieder einmal daran erinnert wurde, dass sich nicht alles im Leben wie ein Kampf gestalten musste. »Danke, bis später.«

»Hab einen schönen Tag, Liebes«, rief er ihr hinterher.

Stella erwiderte ein »Du auch!«, und rannte mit ihren weißen Turnschuhen – die schon jetzt Flecken hatten – zum Haus zurück. Im Flur kramte sie den Autoschlüssel hervor, schnappte sich ihre Kreditkarte und düste zum nächstgelegenen Supermarkt nach Grenivík. Sie kaufte den halben Laden leer und sparte auch nicht an Putzmitteln. Beim Bezahlen wurde sie ein bisschen schräg angeschaut. »Planst du, dich zuhause zu verbarrikadieren für die nächsten Monate?«, wollte der Mann hinter der Kasse wissen, der seine Brille nicht auf der Nase, sondern auf dem Kopf trug.

Stella lachte. »So ungefähr. Ich bin bei meinem Opa zu Besuch, und außer Krümeln hat er nichts im Haus.«

»Ach, tatsächlich? Wer ist dein Opa?«

Die Frage ließ sie schmunzeln. Denn auch den vorausgegangenen Satz hätte sie selbst außerhalb von Island niemals ausgesprochen. »Gunni. Du weißt schon, ihm gehört *Víkurfisk*.« So hieß seine kleine Fischfarm.

»Du ahnst es nicht«, erwiderte der Verkäufer. »Dann bestell ihm schöne Grüße. Wir liefern auch, wenn er mal was braucht. Geht es ihm gut? Ich habe ihn ewig nicht gesehen.« Der Mann beförderte die Waren weiter über den Scanner. Stella schmiss alles in ihren Wagen, der sich sehr schnell wieder füllte.

»Das erklärt seinen leeren Kühlschrank, also, ich meine, dass du ihn ewig nicht gesehen hast. Gut zu wissen, dass ihr auch Lebensmittel bringt. Hast du eine Telefonnummer?«

»Er muss sich nur die App laden oder anrufen.«

»Ihr habt eine eigene App dafür?«

Der Mann schaute Stella an, als ob sie verrückt wäre. Dann nickte er und schob ihr ein Kärtchen zu. Sie guckte kurz darauf, dann schob sie es sich in die Gesäßtasche ihrer Jeans. »Danke. Was bekommst du von mir?«

Nachdem er die letzte Packung Erbsen in der Dose gescannt hatte, zeigte er auf eine Zahl, die in Rot auf dem Display leuchtete. »Vierunddreißigtausendfünfhundertzwölf.«

Stella machte große Augen. Sie hatte nicht nur vergessen, wie nett und hilfsbereit die Leute hier waren, sondern auch, wie teuer das Leben sein konnte.

»Kann ich mit Karte zahlen?«, fragte sie unnötigerweise.

»Mädchen, wo warst du in den letzten Jahren?«, der Mann lachte heiser.

»Das frage ich mich auch gerade ...«

Nachdem sie gezahlt, alles nach Hause gebracht hatte

und im oberen Stockwerk gesaugt und die Betten frisch bezogen hatte, fuhr sie nach Akureyri. Sie war mit Jói im Laden verabredet, damit er ihr alles erklären konnte. Obwohl es erst kurz nach zehn war, fühlte sie sich bereits so erschöpft, als hätte sie einen ganzen Arbeitstag hinter sich. Gleichzeitig war sie so erfüllt wie lange nicht mehr. Glücklich beinahe.

»Denkst du, du kommst zurecht?«, fragte Jói, nachdem er alles mit ihr durchgegangen war. Ich muss gleich mit Magnea zum Ultraschall.«

»Ist alles okay? Und ja, ich werde den Laden nicht abfackeln, wenn das deine Sorge ist.«

Es hatte ein Witz sein sollen, aber ihr Bruder war viel zu angespannt, um zu scherzen.

Jói schenkte ihr einen zweifelnden Blick. »Es ist eine Routineuntersuchung. Weil es Zwillinge sind, wird das öfter als üblich gemacht. Du hast wirklich alles, was du brauchst? Ich bin am Nachmittag dann wieder hier, ja?«

Stella legte ihm eine Hand auf die Schulter. »Beruhige dich mal, so gestresst kenne ich dich ja gar nicht.«

Er tätschelte Stellas Hand und nahm sie in seine. »Ich bin einfach nervös.«

Stella drückte ihn aufmunternd. »Das verstehe ich, aber sie ist in guten Händen, und du sagst ja selbst, den Babys geht es gut.«

»Es kann so viel passieren ...« Er schluckte, dann lächelte er schief. Auf einmal wirkte er viel jünger als achtundzwanzig. »Ich hab' Schiss, okay? Ich meine, hast du dir mal angesehen, wo die Kinder rauskommen sollen?«

Stella hob eine Hand. »Hör bloß auf, du bekommst sie doch nicht. Lass das bitte auch nicht Magnea hören, denn sie wird diejenige sein, die die Schmerzen aushalten muss.«

Jói wurde blass.

»Jetzt kipp mir hier nicht aus den Latschen«, warnte Stella ihn. »Bis zur Geburt musst du dich besser im Griff haben, so nützt du deiner Frau gar nichts.«

»Mensch, ich weiß es ja.« Er stöhnte und raufte sich die Haare. Stella unterdrückte ein Schmunzeln.

»Nun geh schon, sie wartet bestimmt auf dich. Bist du sicher, dass wir heute Abend zum Essen kommen sollen?«, fragte sie noch.

»Aber klar, ich koche.«

»Lass mich raten. Fisch und Kartoffeln.« Stella grinste.

»Hast du was dagegen?«

»Nicht im Geringsten, ich freue mich. Also, bis später.« Sie schob ihn förmlich zur Tür hinaus. »Aber eine Sache noch.«

»Ja, was denn?«

»Warum hast du nicht Mama gefragt, ob sie helfen kann, oder deine Schwiegermutter?«

Jói zog eine Schnute. »Das meinst du nicht ernst, oder? Die treiben uns schon aus der Ferne mit ihren täglichen Anrufen beinahe in den Wahnsinn. Stell dir mal vor, sie sind dann hier und nehmen erst unser Haus und dann unser Leben auseinander.«

Stella lachte. »Ich wusste gar nicht, dass deine Schwiegermutter genauso ist wie Mama. Dann müssen sich die beiden ja gut verstehen.«

»O, glaub mir, das tun sie. Mir reicht es schon, dass sie gleich nach der Geburt herkommen wollen. Ich weiß jetzt schon, dass sie mit so glorreichen Tipps kommen werden, dass wir die Schnuller in Zuckerwasser tauchen sollen und so was. Dabei wissen wir nicht mal, ob wir den Zwillingen überhaupt Schnuller geben wollen, das hat ja auch Nachteile.«

Stella spürte Jóis Nervenflattern überdeutlich, sie konnte es ihm nachsehen. Das waren alles Dinge, über die sie sich bislang nie Gedanken gemacht hatte – und gerade beneidete sie ihren Bruder auch nicht darum. Andererseits, es würde sich bestimmt alles fügen, wenn die Babys erst einmal auf der Welt waren. »Das wird schon«, sagte sie daher nur und drückte ihn erneut. Daraufhin murmelte er etwas Unverständliches und machte sich auf den Weg.

Jedenfalls wusste sie nun, warum er sie um Hilfe gebeten hatte, und das ehrte sie ein bisschen – auch, wenn sie es nicht zugeben wollte.

Jói hatte den Laden kaum verlassen, als ihr Handy bimmelte. Stella war nicht überrascht als sie sah, dass es Marvin war. Sie hatte ihm gestern doch noch eine Nachricht geschickt, um Bescheid zu geben, dass sie gut angekommen war – weil er ihren Anruf nicht beantwortet hatte. Vermutlich war er lange im Büro gewesen.

»Hallo Babe«, beantwortete sie und ging hinter den Tresen, wo ihr Rucksack stand.

»Hey, Sweetheart, wie geht's?«, im Hintergrund hörte sie, wie Marvin auf der Computertastatur tippte.

Unwillen regte sich in Stella. Konnte der Mann sich nicht einmal zwei verdammte Minuten Zeit nehmen, um in Ruhe mit ihr zu sprechen? Warum rief er überhaupt an, wenn er doch nur mit halbem Ohr bei ihr war?

»Viel zu tun?«, schlussfolgerte Stella und merkte, wie sich ihr Nacken schon wieder verspannte.

Weil Marvin offenbar nur aus Pflichtgefühl oder was auch immer anrief, kramte sie selbst ihren Laptop hervor und baute ihn auf dem Verkaufstisch neben der Kasse auf.

»O ja, ich versinke in Arbeit, aber das ist ja nichts Neues. Wie ist die Lage bei dir?«

Stella freute sich über seine Frage, das hieß zumindest, dass es Marvin nicht vollkommen egal war, wie es ihr ging. »Ich habe erst einmal mit dem Großputz bei Opa angefangen, und stell dir mal vor, er hatte nichts mehr zum Essen im Haus.«

Während sie das erzählte, hörte sie eine weibliche Stimme im Hintergrund, dann Marvin. »Ja, ich bin gleich da. Sorry, Sweetheart, was hast du gesagt?«

Stella kniff die Lippen zusammen, ehe sie antwortete. »Schon gut, Marvin. Weißt du, ich habe ziemlich viel zu tun, vielleicht reden wir einfach heute Abend in Ruhe, ja?«

»In Ordnung, ist bei mir genauso. Liebe dich, bye.«

»Ich dich auch«, lag ihr auf den Lippen, aber Marvin hatte schon aufgelegt, ehe sie etwas erwidern konnte.

Na toll. Stella schmiss ihr Handy auf den Tisch vor ihr und ärgerte sich. Ihre gute Stimmung war dahin, und sie konnte nicht einmal genau sagen, warum.

Jói hatte nicht übertrieben. Magneas Bauch war überdimensional groß. Ihre Füße hatte sie auf einen Stuhl gelegt, weil ihre Knöchel angeschwollen waren. Jói trug eine rosafarbene Schürze, damit sah er witzig aus. Süß irgendwie. Sie war stolz auf ihren kleinen Bruder, der mit beiden Beinen fest im Leben stand. Seine Ehe schien glücklich zu sein, was sie wahnsinnig für ihn freute.

Jói war gerade dabei, den gekochten Kabeljau aus dem heißen Wasser zu fischen, um ihn auf eine Servierplatte zu legen. Stella stand in der offenen Küche und schälte die gekochten Kartoffeln, während Opa und Magnea bereits am Esstisch saßen.

Jói und Magnea wohnten in einem Neubaugebiet. Die Betonwände und der glatte Boden des Bungalows hatten einen industriellen Touch, der aber dank perfekt arrangierter Deko – Vasen, Grünpflanzen, indirektem Licht und einigen Gemälden – sehr wohnlich anmutete. Gemütlich sogar. Das riesengroße Sofa lud jedenfalls förmlich dazu ein, sich stundenlang darauf herumzulümmeln und eine Netflix-Serie nach der anderen zu verschlingen. Gut, damit war in Kürze für die beiden jedenfalls Schluss, überlegte Stella amüsiert.

Stella legte die letzte Kartoffel in die Schüssel und brachte sie zum Tisch hinüber. Jói folgte ihr und, sehr zu ihrer Überraschung, schob er jedem bereits etwas Fisch auf den Teller. »Möchte jemand Wein?«, fragte er.

Magnea lachte. »Also ich ja, aber ich darf nicht.«

Opa schüttelte den Kopf. »Heute ist Dienstag«, antwortete er und brachte Stella damit zum Schmunzeln.

Im »alten« Island trank man nur am Wochenende, und auf dem Land war man auch nicht mit Wein großgeworden, sondern mit selbstgebranntem Zeug. Schnaps war zum Betrunkenwerden da, nicht zum Genuss. Stella versuchte erst gar nicht, ihm zu erklären, dass man zum Essen durchaus mal ein Gläschen trinken konnte, auch, wenn es nicht Freitag war. Aber sie hatte ohnehin keine

Lust auf Wein, nach dem Telefonat mit Marvin war ihre Stimmung noch immer getrübt. Sie kapierte nicht, warum der Mann sich nicht mal, wenn sie weg war, für ihre Belange interessierte. War sie ihm wirklich egal?

»Stella, du?«, riss Jói sie ins Hier und Jetzt zurück.

Stella schüttelte den Kopf. »Nein, Danke. Ich bleibe auch bei Wasser.«

Nachdem alle Fisch, Kartoffeln und Butter hatten, hob Jói sein Glas. »Schön, dass ihr da seid, wir freuen uns sehr.«

Magnea lächelte ihrem Mann und dann den andern zu. »So ist es, und jetzt fangt an, ehe es kalt wird.«

Beim Essen gab es ein wenig Klatsch und Tratsch über gemeinsame Bekannte, irgendwann merkte Stella, dass sie dem nicht mehr folgen konnte. Sie lebte wohl schon zu lange fernab der Insel. Daher wandte sie sich an Magnea. »Habt ihr denn schon alles soweit vorbereitet? Was fehlt euch denn noch? Planst du auch eine Babyshower?«

Magnea lachte. »Bloß nicht, das ist mir viel zu amerikanisch. Ich weiß nicht, ob wir alles haben. Wird sich dann zeigen, oder?«

Stella war einen Moment überrascht, was man ihr wohl ansah.

»Was ist?«, wollte Magnea wissen.

»Ich wundere mich, wie entspannt du bist. Die werdenden Mütter, die ich kenne, haben immer ein Riesenbrimborium darum gemacht. Über das Thema Krankenhaustasche konnten sie zwei oder besser drei Stunden sinnieren.«

Magnea lachte und schüttelte den Kopf. »Was soll ich im Krankenhaus brauchen? Wenn ich einen Kaiserschnitt kriege – was bei Zwillingen nicht selten ist – muss ich eh alles ausziehen. Und hinterher? Da ist es mir wohl wurscht, wie ich aussehe, nehme ich an. Was ich brauche, kann mir dann wohl jemand bringen. Also nein, ich wüsste gar nicht, was ich da reinschmeißen soll, außer einer Zahnbürste vielleicht.«

Stella grinste. Wieder einmal merkte sie, wie sehr sie die Einstellung ihrer Landsleute liebte. Es wurde nicht aus allem ein Problem gemacht. »Ich glaube, einige meiner Bekannten in London würden vor Entsetzen den Mund nicht mehr zukriegen«, scherzte Stella, dabei entsprach es der Wahrheit. Vielleicht war das ja einer der Gründe, warum Marvin nicht bereit für eine Familie war. Möglicherweise hatte er Sorge, dass sich dann alles nur noch um Schwangerschaft, Geburt und das Kind drehen würde. Oder dass Stella sich in ein Jogginghosen tragendes Mama-Monster verwandeln würde. Er legte sehr viel Wert auf angemessene Kleidung, doch gerade fragte Stella sich, was das überhaupt sein sollte.

»Möchtest du etwas mehr Fisch?«, erkundigte ihre Schwägerin sich.

»Oh nein, danke, ich bin total satt.«

Nachdem alle genug hatten, begann Stella damit abzuräumen. In der Küche krallte sie sich Jói für einen Moment, um ihm ihre Idee zu erzählen und ihren Plan gleich in die Tat umzusetzen. »Wie wäre es denn, wenn Opa hin und wieder mal im Laden aushelfen würde?«

»Opa?«

»Ja, klar. Wenn einer Ahnung von Angelzeugs hat, dann ja wohl er.«

Jói furchte die Stirn. »Ich weiß nicht.«

»Ich brauche ihn zwei Tage aus dem Haus«, erklärte sie

jetzt. Zwei Tage waren sicher besser als einer. »Frag ihn doch, ob er dir bei was helfen kann, ja?«

Jói stöhnte unterdrückt. »Was hast du vor?«

»Im Grunde muss ich das Haus auf den Kopf stellen, einmal eine Grundreinigung reinbringen – und dann müssen wir ihm eine Putzfrau organisieren, die einmal die Woche kommt. So kann er nicht leben, das ist nicht schön. Vielleicht tut er so, als ob es ihm nichts ausmachte, aber du hattest recht. Er ist einsam.«

»Aber jetzt komm mir nicht mit der Idee, dass wir ihn mit einer Putzfrau verkuppeln sollen?«

Stella blinzelte ein paarmal. Was hatte er gesagt? Dann kicherte sie. »Oh Mann, ich sehe schon, du hast mit Magnea wirklich viele Liebesfilme angeschaut in der letzten Zeit. Nein, das hatte ich nicht vor. Ich kann mir nicht vorstellen, dass Opa jemals bereit für eine andere Frau sein könnte. Muss er ja auch gar nicht. Aber er soll es zu Hause trotzdem schön haben, oder?«

Ihr Bruder wirkte erleichtert. »Gut, dass du das sagst. Ja, eine Frau, die saubermacht, sollte zu finden sein. Ich bin echt froh, dass du mich nicht in einen anderen Komplott reinziehst.«

Sie kniff Jói ins nicht vorhandene Bauchfett. »Ich wusste gar nicht, dass so viel Romantik in dir steckt.«

»Sehr witzig. Was ist mit dir? Soll ich dir einen Mann besorgen?«

Ihr Lachen fror ein, dann zog sie ihre Hand zurück und hob sie an. »Siehst du den Ring? Der ist von Marvin. Ein Verlobungsring, also, nein, ich brauche ganz sicher keinen Mann, denn ich habe schon einen.«

Sie drehte sich weg und räumte die Teller in die Spülmaschine ein.

»Alles in Ordnung bei euch?«, rief Magnea vom Esstisch aus.

»Ja, alles super«, brummte Stella. »Möchte jemand Kaffee?«

Opa bejahte, also schaltete Jói das Gerät an und brachte Schokoladenkonfekt hinüber. Stella war froh, dass sie mit dem Geschirr beschäftigt war, denn Jóis Verhalten gab ihr zu denken. So deutlich hatte er ihr noch nie zu verstehen gegeben, was er von ihrer Beziehung mit Marvin hielt. Oder hatte sie es bislang einfach nicht sehen wollen?

3

Jökull trat aus dem Haus, die Sonne schien von einem wolkenlosen Himmel. Spóri kam um die Ecke gesaust und begrüßte ihn schwanzwedelnd.

»Guten Morgen, mein Guter.« Dabei tätschelte er dem Border Collie den Kopf.

Auf dem Hof hatten sich Pfützen gebildet, der Schnee war getaut. Jetzt wurde es wirklich Frühling.

Jökull ging ein paar Schritte und winkte Gunni zu, der drüben am Teich an einer Pumpe herumwerkelte. Es war zu weit, als dass man miteinander reden könnte. An Gesprächen hatten sie ohnehin beide gleichermaßen kein Interesse, und das war gut so. Vermutlich verstand er sich deshalb mit dem alten Mann so blendend. Er wollte ihn nicht mit dämlichem Zeug bequatschen, aber man half sich gegenseitig.

Gunni hatte ihm neulich, als Jökull ihm beim

Umsetzen von einigen Lachsen geholfen hatte, seine Unterstützung für die Zeit zugesagt, wenn die Lämmer zur Welt kamen. Allein würden die kommenden vier Wochen für Jökull kaum zu bewerkstelligen sein. Sie hatten zwar nicht so viele Schafe wie die großen Höfe, aber doch mehr als genug für eine Person und vierundzwanzig Stunden an einem Tag. Jökull wusste, dass viele der Bauern sogar ihre Mahlzeiten im Stall einnahmen, um da zu sein, wenn Hilfe gebraucht wurde. Jökull fürchtete sich nicht vor der Arbeit, der Schlaflosigkeit, im Gegenteil, er schlief sowieso nicht gern. Wenn er wach war, konnten ihn immerhin keine Albträume heimsuchen. Und mit einer Beschäftigung, die ihm keine Zeit zum Nachdenken ließ, fühlte er sich auch gut bedient.

Jökull blickte noch einmal zu Gunnis Haus. Die Fensterscheiben spiegelten sich im Sonnenlicht, der alte Geländewagen stand nicht vor der Tür. Dann war sie also nicht zu Hause. Gunnis Enkelin hatte er in den letzten Tagen hin und wieder aus der Ferne gesehen. Die Frau schien immer im Stechschritt unterwegs zu sein. Ihre hektische Ausstrahlung erinnerte Jökull an all das, was er in seinem Leben nie wieder haben wollte. Er schob die Gedanken an Gunnis Enkeltochter beiseite und marschierte über den Hof zum Stall. Der Schotter knirschte unter seinen derben Stiefeln, Spóri lief bellend und schwanzwedelnd neben ihm her. Als das Handy in seiner Hosentasche brummte, zog er es heraus – die isländische Nummer hatten nicht viele Leute, vielleicht war das Gespräch ja wichtig. Nachdem er gesehen hatte, um wen es sich beim Anrufer handelte, blieb Jökull stehen. Kurz dachte er, dass er Roberts Stimme tatsächlich vermisst hatte. Aber dann fiel ihm ein, was er vermutlich von ihm wollte, und erstarrte.

Jökull vermisste seinen ehemaligen besten Freund und Geschäftspartner, und er wusste, irgendwann musste er Tacheles mit ihm reden und ihm erklären, dass er nicht mehr nach New York zurückkehren wollte – ob er es dennoch tun müsste, stand in den Sternen. Jökull hatte keine Antwort darauf. Jedenfalls momentan nicht. Zudem hatte er keine Lust auf Roberts bohrende Fragen, seine nervtötenden – aber berechtigten – Kommentare dazu, dass Jökull seine Pflichten vernachlässigte. Was absolut untertrieben war. Jökull war sich sehr darüber bewusst, dass er Robert und die Firma hängen ließ. Aber er hatte ihn schließlich auch auf seine Weise hintergangen ... Noch ein Thema, an das Jökull beim besten Willen nicht denken wollte. Irgendwann würde er mit Robert aber reden und alles Nötige veranlassen müssen.

Aber dieser Tag war nicht heute.

Und auch nicht morgen.

Er war nicht so weit. Würde es vielleicht niemals sein. Das war ja das, was ihn so fertigmachte. Er war hin- und hergerissen.

Jökull wusste nicht, ob er jemals bereit sein würde, sein geliebtes Island zu verlassen, um in die Welt zurückzukehren, die einmal seine gewesen war. Auf diesen schmerzhaften Pfad konnte er sich jetzt nicht begeben. Es ging einfach nicht.

Deshalb schob er das Handy zurück in seine Hosentasche und betrat den Stall. Der Anrufer war schnell vergessen, als er das erste neugeborene Lämmchen entdeckte, das auf wackeligen Beinen neben seiner Mama im Stroh stand. Dem Kleinen ging es gut, aber die Mutter wirkte sehr schwach. Das bereitete ihm Sorgen.

Jökull stieg über das Gatter und sah nach ihr. Vielleicht war die Aue nur erschöpft. Er war unsicher und wünschte sich einmal mehr, dass sein Großvater noch leben würde. Der würde nicht zögern, sondern genau wissen, was zu tun war. Welchen Rat würde er mir geben, fragte Jökull sich und wusste im selben Moment, dass er ihm sagen würde, er solle auf sein erstes Bauchgefühl hören. Das war meistens richtig, und so würde Jökull es halten und hoffen, dass er die richtigen Entscheidungen traf. Zunächst untersuchte er das Mutterschaf. Alles war in Ordnung, die Nachgeburt war vollständig gekommen, aber sie wirkte wirklich kraftlos. Vorsorglich verpasste Jökull ihr ein paar Vitamine und Medikamente, die man nach sehr schweren Geburten verabreichen konnte, um den Auen Kraft zu geben. Er hoffte, dass es ihr damit schnell bald besser ging.

Daraufhin verteilte Jökull das Frühstück, Heu, während sich bereits das nächste Lämmchen auf den Weg machte. Bei den meisten Geburten brauchte man nicht zu helfen, aber manche Auen musste man unterstützen, vor allem, wenn es Komplikationen gab. Beide Vorderbeine sollten zusammen mit dem Köpfchen zuerst geboren werden; wenn das nicht der Fall war, musste man Hand anlegen. Generell ließ man jedoch die Schafe die Anstrengungen weitestgehend allein machen, sonst verlernten sie irgendwann, auf ihre eigenen Kräfte zu vertrauen. Das war immer Opas Grundsatz gewesen, den er über die Jahre gelebt hatte und den Jökull auch für richtig hielt.

Sein Adrenalinspiegel stieg, denn in diesem Frühling lag die Verantwortung für alle Tiere alleine bei ihm. Wo er früher selbstsicher und bestimmt gewesen war, zögerte er heute. Was war nur mit ihm los? Als Jugendlicher hatte er keine Probleme damit gehabt, das zu tun, was nötig war. Er hatte schon so viele Geburten begleitet, dass es ihm eigentlich nicht schwerfallen dürfte. So was verlernte man doch nicht?

Jökull merkte, wie ihm der kalte Schweiß ausbrach. Bis vor wenigen Stunden hatte er nicht daran gezweifelt, dass er hier das Richtige tat. Was, wenn er sich völlig verschätzt, oder vielmehr *über*schätzt hatte?

»Schatz, kommst du essen? Du bist schon lange im Stall!« Oma steckte ihren Kopf zur Tür herein und riss Jökull aus seiner Starre. Als sie das erste Lämmchen sah, trat sie näher. »Dann geht es jetzt also los.« Sie wirkte hocherfreut, aufgeregt geradezu.

Jökull stützte sich auf die Heugabel. »Ja, so ist es. Das zweite ist schon auf dem Weg. Aber Drottning geht es nicht gut. Was meinst du? Schau sie dir mal an!«

Oma hatte früher auch mitgeholfen, aber seit ein paar Jahren machte ihr Rücken das nicht mehr mit. Sie betrachtete das Schaf, entdeckte die Nachgeburt und guckte auch das Lämmchen an. »Warten wir noch ein paar Stunden. Sie kommt bestimmt wieder auf die Beine.«

»Hoffen wir es.« Das beruhigte Jökull zunächst. Er lehnte die Heugabel gegen die Wand der Scheune und folgte Oma. Während er den Stall verließ, schickte er ein kleines Gebet für die frischgebackene Schafsmama in den Himmel und wünschte sich, dass er sie bei seiner nächsten Kontrolle in einem besseren Zustand vorfinden würde. Es wäre ein sehr schlechtes Omen, wenn bereits bei der ersten Geburt des Jahres eine Aue ihr Leben verlor.

DER BALANCEAKT WAR KRÄFTEZEHREND und anstrengend. Während Stella ihrem Bruder vorspielte, dass alles in bester Ordnung war – damit er sich auf sein eigenes Leben konzentrierte – fing Stella bereits an zu schwimmen. Sie hangelte sich von einer Telefonkonferenz zur nächsten, bearbeitete Verträge, kommunizierte mit Klienten, und doch war es nie genug. Es war ihr schlichtweg nicht möglich, von hier aus ihren Job vernünftig zu erledigen, und gerade fragte sie sich auch, warum sie nicht – wie andere Menschen auf diesem Planeten – ein paar Tage freibekam, ohne gesteinigt zu werden. Gottlob hielt es sich heute mit der Kundschaft im Laden in Grenzen. Und wenn Leute da waren, blieben die meisten sehr geduldig, wenn sie kurz warten mussten, bis Stella sie bediente oder abkassierte.

Jedes Mal, wenn jemand den Laden betrat, hoffte Stella, dass er oder sie keine Beratung wünschte – was sich gleichzeitig falsch anfühlte. Denn eigentlich mochte sie die Arbeit hier im Laden, auch, wenn es mit ihrem normalen Job als Anwältin gar nichts zu tun hatte. Vielleicht war es das ja sogar, was ihr so viel Freude bereitete – eine Auszeit von ihrem Leben. Im Privaten hasste Stella Streitigkeiten, aber in den Fällen ihrer Klienten war sich selten jemand einig. Es war anstrengend, und gerade fragte sie sich, warum sie sich damals für ein Jurastudium entschieden hatte, obwohl ihr doch alle Türen offen gestanden hatten. In ihrer Vorstellung war ihr der Job als erfolgreiche Anwältin in einer Metropole geradezu glamourös erschienen, die Realität sah anders aus. Gerade kam sie ohnehin zu keinem wirklichen Ergebnis, vielleicht wollte sie diese Überlegungen auch nicht weiterführen. Klar war nur, dass Stella sich mehr nach einer echten Auszeit sehnte, als sie bislang zugegeben hatte. So schön es auch wäre, so wenig konnte sie ihre Klienten und Kollegen hängen lassen. Nur widerwillig öffnete sie die nächste E-Mail, sie hatte momentan überhaupt keine Lust, sie zu lesen. Im gleichen Moment ging die Tür auf, und ein Mann trat ein. Er grüßte auf Isländisch und guckte sich interessiert um.

»Guten Tag«, erwiderte Stella. »Kann ich was für dich tun?«

Er war um die Sechzig, das Haar war ergraut, er trug keine Brille. »Ich brauche ein Fernglas.«

»Klar, gerne, die haben wir hier.« Sie zeigte auf eine Vitrine. »Soll ich dir was zeigen?«

Kurz befürchtete sie, dass er ihr schroff an den Kopf werfen würde, dass sie ja sowieso keine Ahnung hätte und dass er lieber mit einem »richtigen« Verkäufer reden würde.

Aber nichts davon passierte. Stella begriff, dass sie sich das alles nur in ihrem Kopf zurechtgesponnen hatte. Warum?, fragte sie sich. Seit wann bin ich so unsicher?

Ein Stimmchen in ihrem Hinterkopf flüsterte, dass sie in den letzten Jahren häufig von Menschen in ihrem Umfeld mitgeteilt bekommen hatte, was sie alles nicht konnte. Sehr viel seltener hatte es Lob für das gegeben, was sie gut machte.

Sie schüttelte diese Gedanken ab, denn der Mann forderte ihre Aufmerksamkeit – und eigentlich wollte sie sich auch nicht mit ihren merkwürdigen Selbstzweifeln befassen. »Sehr gern, ich suche eines, das nicht so teuer ist.«

Während Stella die Vitrine öffnete und ihm erklärte, welche Vorzüge und Nachteile die jeweiligen Modelle hatten, spürte sie, dass es ihr großen Spaß machte, mit dem Mann zu plaudern. Er erzählte ihr, woher er kam, wann er in den Osten fahren wollte, um mit Freunden auf Rentierjagd zu gehen, und wie er überhaupt dazu gekommen war. In ihrem normalen Alltag hätte sie niemals Zeit für ein Gespräch wie dieses, auch jetzt bekam sie mit, dass ihr Handy in regelmäßigen Abständen brummte. Aber Stella ignorierte es und nahm sich die Zeit für den Mann, die er brauchte, um sich entscheiden zu können.

Am Ende kaufte er kein Fernglas, weil er erst in Ruhe überlegen wollte. Stella war nicht genervt, sondern wünschte ihm lächelnd einen schönen Tag. Marvin würde das als Zeitverschwendung bezeichnen, doch Stella erkannte, dass genau das die Momente waren, die das Leben lebenswert machten. Wenn man sich Zeit für jemanden nehmen konnte, für ein Gespräch, in dem man ihn oder sie wertschätzte. Sie hatte aus dieser Unterhaltung selbst einiges gelernt, und dabei ging es nicht um die Jagd, sondern darum, das zu tun, was einen glücklich machte.

Stella kehrte zum Verkaufstresen zurück und nahm ihr Telefon in die Hand, um zu sehen, was ihr in der Zwischenzeit entgangen war. Jetzt klingelte es schon wieder. Es war ihr Chef. Na super, auf seine nervigen Vorwürfe – aus anderen Gründen rief er nie an – würde sie jetzt gerne verzichten. Leider war ihr Pflichtgefühl mal wieder größer, auch, weil sie ihn gestern schon einmal ignoriert hatte.

»Hallo?«, beantwortete Stella und bereute es sofort, drangegangen zu sein, als sie seinen ätzenden Tonfall hörte.

»Ich weiß nicht, wofür ich dich bezahle. Nichts ist erledigt, die Klienten sind alleingelassen. Was soll das, Stella?«

Wovon sprach der Mann? Sie saß hier und riss sich den Arsch für die Kanzlei auf, obwohl sie zu tun hatte, und so wurde es ihr gedankt?

In ihr zog sich etwas zusammen. Sie wusste, dass sie besser die Klappe hielt, aber der berühmte Tropfen war soeben in ihr Fass gefallen. Und der Boden war tief. Sie hatte lange gesammelt. Sehr lange.

»Das ist nicht dein Ernst«, fuhr sie ihn an.

»In welchem Ton sprichst du mit mir?«, blaffte er zurück.

Sie schnaubte und machte sich ein Stück größer, obwohl er sie natürlich nicht sehen konnte. »Im gleichen wie du mit mir.«

»Das ist unerhört. Ich erwarte von dir, dass du dich in den nächsten Flieger setzt und ins Büro kommst. Sofort.«

»Sonst was?« Sie reckte ihr Kinn trotzig nach vorn. Alles in ihr sträubte sich gegen seine Forderung. Sie würde nicht abreisen. Auf keinen Fall.

»Sonst kannst du dir deine Partnerschaft in die Haare schmieren. Ach, was sag ich, wenn du jetzt nicht nach London zurückkommst und deine Arbeit machst, brauchst du gar nicht mehr wiederkommen.«

Stella schnappte nach Luft, während sie versuchte, die verbalen Drohungen in ihrem Kopf zu ordnen.

Fassungslosigkeit war gar kein Ausdruck dafür, was sie nach seinen Worten empfand. Doch das erste Gefühl der Furcht wandelte sich schnell in Wut. Sie loderte heiß und brennend in ihrem Bauch auf, bahnte sich ihren Weg nach oben, wo sie in Stellas Kehle explodierte. »Jetzt sag ich dir mal was, Simon, ich reiße mir seit Jahren Tag und Nacht für diese Kanzlei den Arsch auf, an Feiertagen, an Wochenenden, in meinem Urlaub. Ich habe niemals ein Danke oder ein Lob gehört. Alles, was du für mich übrighast, ist Kritik. Und jetzt auch noch das? Da mache ich nicht mit. Damit ist ab heute für mich Schluss. Ich stecke hier in einer heftigen familiären Krise«, sie wusste, dass sie damit leicht übertrieb, aber es spielte keine Rolle. Das, was jetzt folgte, kam aus tiefstem Herzen. »Wenn du das nicht verstehst oder nicht kapieren willst, dann musst du mir eben kündigen.«

Stella biss sich auf die Lippe und wappnete sich für einen Sturm an Beschimpfungen. Ihr Boss war als Choleriker verschrien. Vielleicht hätte sie es doch ein wenig diplomatischer formulieren sollen.

Nein, hätte sie nicht.

Ein für alle Mal. Es war genug.

Sie würde sich nicht mehr herumschubsen lassen. Vermutlich würde sie so oder so niemals wirklich Partnerin in der Kanzlei werden. Endlich kapierte sie, dass man ihr die Möhre nur immer wieder vor die Nase hielt, damit sie sich weiter ausbeuten ließ. Anders konnte Stella es nicht bezeichnen. Der Moment, in dem ihre Hoffnung zerplatzte, tat weh. Sehr sogar, aber es war auch eine Erleichterung, endlich klar zu sehen, was sie niemals bekommen würde. Jedenfalls nicht in diesem Unternehmen. Nicht mit diesem Chef.

»Du bist verrückt geworden.« Man hörte seiner Stimme die Ungläubigkeit an. Stella konnte sich gut vorstellen, wie Simon sich in seinem schicken Eckbüro im Ledersessel zurücklehnte und verwirrt die Stirn runzelte. So redete niemand mit ihm. Niemals. Es war gut möglich, dass sie sich damit ihr eigenes Grab schaufelte, aber gerade war ihr das herzlich egal.

»Ja, vielleicht bin ich verrückt«, erwiderte sie plötzlich ganz ruhig und selbstbewusst. Es bestand kein Zweifel für Stella, dass sie ihr Schicksal damit besiegelte. »Ich habe nie um etwas gebeten, war immer zur Stelle, habe mehr als hundert Tage Urlaub angesammelt und mich nie beschwert. Aber jetzt ist der Punkt erreicht, an dem es einmal um mich geht. Um meine Familie. Und hier wiederhole ich mich gern noch einmal: Ich lasse mir nicht drohen. Wenn du nicht verstehst, dass ich wirklich ein paar Tage Urlaub benötige, dann musst du mich rausschmeißen. Das ist deine Sache und dein gutes Recht. Und jetzt lege ich auf und logge mich aus meinem PC aus. Tschüss.«

Stella hängte auf und warf das Handy auf den Tresen, als hätte sie sich daran verbrannt.

Dann vergrub sie das Gesicht zwischen ihren Händen. »Scheiße, was hab' ich getan?«, flüsterte sie und fing an zu zittern.

Welcher Teufel hatte sie geritten?

Simon konnte gar nicht anders, als sie zu feuern.

Hatte sie gerade ihre Karriere zerstört?

Die Erkenntnis fühlte sich nicht so niederschmetternd an, wie sie vielleicht sollte. Stella ließ ihre Hände sinken, ihr Atem kam flach. Ihr wurde noch immer wechselweise heiß und kalt.

Vielleicht war sie wirklich durchgeknallt.

Oder zur Vernunft gekommen.

Diese Frage konnte sie gerade nicht mit Sicherheit beantworten.

4

Nachdem Stella den Laden abgeschlossen hatte, war sie bei Magnea vorbeigefahren und hatte sich ein paar Klamotten und Schuhe von ihrer Schwägerin ausgeliehen. Ein Glück, dass sie ungefähr die gleiche Größe trugen – vor der Schwangerschaft natürlich. Jetzt hatte Stella alles, was sie brauchte, um Opa nicht nur im Haus helfen zu können, sondern ihn auch ein wenig bei der Arbeit zu unterstützen.

Du willst dich nur ablenken, mahnte sie sich stumm. Und selbst wenn, sie wollte sich auf keinen Fall damit befassen, was sie heute Mittag angerichtet hatte. Ihr Boss hatte nicht noch einmal angerufen – und Stella hatte ihre Aussagen nicht korrigiert. Weil sie sie nicht als falsch empfand, obwohl sie vom Kopf her wusste, dass sie damit wirklich ihr eigenes Todesurteil ausgesprochen hatte. In der Kanzlei zumindest. Doch der Punkt dabei war: Sie hatte das Gefühl, dass ihr Leben dadurch nicht beendet war, sondern endlich anfangen konnte.

Also bin ich doch verrückt, schlussfolgerte sie und trat aufs Gaspedal. Opas alter Nissan Pajero röhrte auf, und kurz fragte sich Stella, ob sie dem Dieselmotor damit womöglich den Todesstoß verpasst haben könnte. Man sollte Wetten darauf abschließen, was zuerst passierte, dass die Karosserie auseinanderfiel, weil sie ohnehin nur von Rost zusammengehalten wurde, oder ob das Getriebe das Zeitliche segnete. In jedem Fall war es nur eine Frage der Zeit, wann Opa keinen fahrbaren Untersatz mehr sein Eigen nennen konnte. Dass er damit überhaupt noch herumfuhr, war eigentlich nicht mehr vertretbar.

Das Radio war auch kaputt, was sie gerade sehr schade fand. Ein wenig Musik hätte sie gut vertragen können, um ihre im Kreis drehenden Gedanken zu beruhigen. Nun musste es eben so gehen. Wenigstens war das Wetter heute schön. Das war etwas, worauf man in Island nicht mit Sicherheit zählen konnte. An Tagen wie diesen konnte man sich nicht vorstellen, wie stürmisch es werden konnte. Die Sonne strahlte über dem spiegelglatten Fjord, der Himmel leuchtete in einem wundervollen Blau, das man in London niemals zu Gesicht bekam. Die Wiesen waren über Nacht grün geworden, unzählige Gänse waren in Island angekommen und erholten sich nun von ihrer langen Reise. Der Frühling hielt Einzug auf der Insel, auch die Küstenseeschwalben waren zurückgekehrt. Früher hatte man ihr Eintreffen sehnsüchtig erwartet und sogar im Radio darüber berichtet, denn das war der endgültige Beweis für die Nation gewesen, dass der lange Winter endlich vorbei war. Die Pferde auf den Weiden der Nachbarhöfe grasten friedlich oder aalten sich im Frühlingslicht.

Gott, warum bin ich heute nur so melancholisch, dachte sie und bog nach links in Richtung *Grytubakkahreppur* ab. Sie vertagte die Antwort auf später und konzentrierte sich lieber auf die Fahrt und die Umgebung.

Kurz bevor sie *Víkurfisk* erreichte, verlangsamte sie das Tempo. Hier musste sie immer besonders aufpassen, sie hatte die Abzweigung schon öfter verpasst. Geistig machte Stella sich eine Notiz, Opa den Vorschlag zu unterbreiten, dass er ein Hinweisschild aufstellen könnte. Vielen Touristen und auch Isländern ging es garantiert genauso, dass sie den schmalen Weg übersahen. Zum Teil lebte Opa ja auch davon, dass Leute kamen und bei ihm Lachse und Saiblinge angelten. Wenn man *Víkurfisk* gar nicht erst finden konnte, entging ihm sicher so manche Krone. Zeitgemäß war es jedenfalls nicht, nur von Empfehlungen zu leben. Tatsächlich hatte sie sich in den letzten Tagen ein paar Mal gefragt, warum ihm nicht daran gelegen war, dass mehr Kunden zu ihm kamen. Opa verkaufte auch geräucherten Fisch, es war der leckerste, den sie jemals gegessen hatte –, aber bisher hatte sie nur alte Bekannte auf dem Grundstück gesehen, die die Kundschaft ausmachten. Es kam ihr so vor, als machte ihr lieber Opa ein Geheimnis um seine Arbeit, als wollte er gar nicht, dass Fremde zu ihm kamen. Früher war das anderes gewesen, da hatte er alle überschwänglich begrüßt und gerne mit den Menschen geplaudert, die bei ihm fischten. Seit Omas Tod schien sich auch das verändert zu haben. Nun, das war ein weiterer Punkt, den sie zu ändern gedachte. Womöglich hatte Stella dafür nach dem heutigen Tag viel mehr Zeit, als sie sich vor kurzem hätte vorstellen können. Vielleicht sollte sie sich in diesem Zusammenhang auch gleich darüber informieren, ob sie das Arbeitslosengeld auch in Island beziehen konnte ...

Den Gedanken hatte sie noch nicht ganz verarbeitet, als sie an Hjarðarholt vorbeikam, Lollis und Duddas Bauernhof.

Oh, das war merkwürdig! Der vollbärtige Albtraum lehnte an der Scheunenwand. Er war in sich zusammengesackt und wirkte völlig weggetreten.

Ach du grüne Neune.

War ihm etwas passiert?

Vielleicht war er auch nur betrunken.

Wundern würde es Stella nicht, wenn der Kerl gerne mal zu tief ins Glas schaute. Zu seinem verlotterten Erscheinungsbild würde es passen. Irgendein Problem schien er jedenfalls zu haben, so wie er verhielt sich kein normaler Mensch. Zumindest nicht nach ihrem Dafürhalten.

Ist er tot?, dachte sie und setzte reflexhaft den Blinker, um nachzusehen. Irgendetwas stimmte nicht mit ihm, so viel war klar. Vielleicht war er ja auch Diabetiker und hatte einen Zuckerschock? Während sie schneller als normalerweise über den geschotterten Weg hinunter zum Hof brauste, rief sie sich innerlich zur Ruhe. Ihre Fantasie war schon immer blühend gewesen, und auch jetzt machte sie sich vermutlich zu viele Gedanken. Wenn er nur betrunken war und seinen Rausch in der Sonne ausschlief, brauchte er ganz bestimmt niemanden, der ihm zu Hilfe eilte ...

Stella bremste und wollte wieder kehrtmachen, dann überwog doch ihre Vernunft. Falls es doch etwas Ernstes sein sollte, wollte sie sich hinterher keine Vorwürfe machen müssen, dass sie ihn hätte retten können und es unterlassen hatte. Sie mochte den Kerl vielleicht nicht leiden, aber sie würde ihm nicht die Erste Hilfe verweigern.

Tatsächlich war es das erste Mal, dass sie nach der abenteuerlichen Quad-Fahrt wieder auf den Hof kam. Und wo steckte Dudda? Wusste sie, dass ihr Enkel ein Säufer war?

Nun verurteile ihn mal nicht schon vorher, sagte sie sich. Aber alles andere war für Stella unwahrscheinlich. Vielleicht gefiel es ihr sogar ein wenig, dass sie ihn endlich in eine Schublade stecken konnte. Verkrachte Existenz, schoss es ihr durch den Kopf. Dann dachte sie daran, dass es ihr womöglich bald genauso ging. Wenn Simon sie feuerte, brauchte sie es in London gar nicht mehr bei einer anderen renommierten Kanzlei versuchen. Simon würde dafür sorgen, dass niemand sie mehr mit der Kneifzange anfasste. Wo sollte sie dann hin, nach Manchester vielleicht? Eher würde sie tot über dem Zaun hängen. Nein. Ganz sicher nicht.

Und jetzt war auch nicht der richtige Moment, um darüber nachzudenken. Stella hatte den Hof erreicht, stellte den Motor ab und zog die Handbremse mit einem Ruck an. Der Hund kam um die Ecke geschossen und begrüßte sie mit einem freudig-aufgeregten Bellen. »Na, mein Süßer, was ist denn hier los?«, sprach sie den Vierbeiner an und nahm sich vor, bei Gelegenheit nach seinem Namen zu fragen.

Er ließ sich den Kopf tätscheln, dann eilte Stella über den Kies auf Jökull zu. Sein Brustkorb hob und senkte sich regelmäßig, das konnte sie sehr gut erkennen. Erleichtert atmete sie aus. Also doch besoffen, dachte sie. Stella ging in die Hocke und roch an seinem Atem. In diesem Moment riss er die Augen auf und erschreckte Stella damit so sehr, dass sie nach Luft schnappte, hektisch mit den Armen ruderte und auf ihrem Gesäß landete.

Schon wieder.

Nicht zu fassen.

Autsch.

Wie peinlich.

»Du lebst«, war alles, was ihr über die Lippen kam, während sich ihre Gesichtsfarbe vermutlich von normal auf dunkelrot änderte.

Jökull richtete sich auf und schaute sie an, als ob er sie für geisteskrank hielte. So ganz konnte sie ihm den Gedanken nicht verübeln. Eine steile Falte bildete sich zwischen seinen Augenbrauen, er musste nicht mal ein Wort von sich geben, und doch konnte er Stella mühelos mitteilen, dass sie hier nicht erwünscht war.

»Ich bin eingenickt, ist das ein Problem?«, knurrte er.

Gott, ich bin so blöd, dachte sie, während sie sich daran erinnerte, dass es die Zeit der Lammgeburten war. Natürlich war er müde, er musste ja ständig im Stall sein. Sogar Opa war in den letzten Tagen stundenweise hier gewesen. Das hatte Stella verdrängt, weil sie zum einen nichts von Jökull hatte hören wollen und heute zum anderen sehr viele eigene Themen hatte, die ihr Gehirn beschäftigt hielten ... Wie dumm von ihr.

Und peinlich war es allemal. Stella richtete sich mit brennenden Wangen auf und klopfte sich den Dreck von der Jeans ab. An den Füßen trug sie heute, dank Magneas freundlicher Unterstützung, braune Lederschnürstiefel und keine High Heels. Sie wagte einen weiteren Blick in sein Gesicht.

So sah also die pure Erschöpfung aus. Der Mann hatte dunkle Ringe unter den Augen. Er war bestimmt völlig fertig. Aus der Scheune hörte man das Blöken der vielen Schafe, zu gern würde sie mal einen Blick auf die Lämmchen werfen – auch, um seiner Gegenwart zu entkommen. Aber ihn darum bitten? Niemals.

»Wann hast du das letzte Mal geschlafen?«, fragte sie ihn stattdessen.

»Gerade eben«, erwiderte er vorwurfsvoll.

Stella verdrehte die Augen. »Ach, du bist also ein Komiker, sehr schön. Kein Wunder, dass du Schafe züchten musst, wenn du dein Bühnenprogramm so aufbaust. Das ist nicht witzig, ich dachte, du bist umgekippt oder so was.«

Eine seiner Brauen wanderte langsam in die Höhe, aber sein Mund blieb verschlossen. Stattdessen stand er mit einem Ächzen auf und streckte sich ausgiebig.

Himmel. Sie hatte vergessen, wie groß und breit dieser Mann war.

Ihr Mund wurde trocken, aber sie wich nicht zurück – obwohl das ihr erster Impuls gewesen war. Nicht, weil er ihr Angst machte. Er regte Stella auf eine gewisse Weise auf, die alles andere als angenehm war. Ein seltsames Kribbeln überlief ihren Körper, als er sie aus seinen blauen Augen anstarrte, als sei sie die Ausgeburt der Hölle, die ihm das Leben schwermachen wollte.

Idiot.

»Gut, wenn hier also alles okay ist, dann kann ich ja wieder losfahren ...«

Er ging nicht darauf ein, denn aus der Scheune drang

ein Laut, der einem Wehklagen glich. »Verdammt«, stieß er hervor und marschierte schnurstracks hinein.

Was war los? Jökull hatte so ausgesehen, als fühlte er sich schuldig, dass er für einen Moment geschlafen hatte. Irgendetwas Beunruhigendes ging hier vor sich, und Stella überlegte, ob sie ihm folgen sollte. Sie hatte als Jugendliche oft bei den Bauern geholfen und sich ein Taschengeld dazuverdient. Sie wusste, was Sache war. Vielleicht war sie kein Profi, aber ahnungslos war sie auch nicht. Und so, wie der Mann ausschaute, konnte er eine helfende Hand, oder besser zwei, gebrauchen.

Stella dachte nicht weiter darüber nach und betrat den Stall. Sie brauchte einen Moment, um sich an die Lichtverhältnisse zu gewöhnen. Es war recht dunkel, es gab nur wenige Fenster. Dazu roch es streng, aber das war völlig normal, und auch daran störte sie sich nicht. Im Gegenteil, es erinnerte sie an vergangene Zeiten, die sie genossen hatte. Als das Leben noch einfacher gewesen war als heute. Stella entdeckte Jökull in einem Verschlag. Er hockte bei einer Aue und strich ihr über den Kopf. Die lag im Stroh und ächzte. Sofort begriff Stella, dass etwas im Argen lag. Lämmchen konnte sie keine beim Mutterschaf entdecken, während sie nähertrat.

»Das hier ist kein Spielplatz«, murrte er, ohne aufzublicken.

»Zum Spielen bin ich auch nicht gekommen«, gab Stella trotzig zurück. Sie war seinen Tonfall so was von leid. »Ich kann dir helfen«, bot sie ein wenig sanfter an.

Er gab einen Laut der Empörung von sich. »Du wirst dir einen Nagel abbrechen und dann anfangen zu heulen.«

Stella erstarrte und schloss die Augen für einen

Moment. Sie war zu entrüstet, um zu antworten. Außerdem wollte sie sich nicht auf sein Niveau herablassen. So ein Arsch! Als sie sich wieder gefasst hatte, sagte sie ganz ruhig: »Mein Aussehen lass mal meine Sorge sein. Also, was kann ich tun?«

Jökull richtete seinen Blick auf sie, und es kam Stella so vor, als ob er sie zum ersten Mal wirklich wahrnahm. Für einen Atemzug sagte niemand etwas, während eine Menge passierte. Seine Züge wurden weicher, kaum merklich, aber sie täuschte sich nicht. Seine Schultern sanken etwas herab, während er seinen Kopf zur Seite neigte.

Diese Augen, dachte sie. Sie schimmern wie ein Meer aus Traurigkeit. Im Zwielicht des Stalls wirkten sie dunkel, verheißungsvoll beinahe.

Stella blinzelte irritiert, denn die Hitze, die ihr zwischen die Schenkel schoss, war alles andere als angebracht. Das Gefühl der Erregung, das sich in ihrem Unterleib ausbreitete, war schockierend und falsch. So falsch.

Was mache ich hier?, fragte sie sich und spürte ihr Herz wild klopfen.

Jökull wandte sich abrupt ab. Ging es ihm genauso?

Nein. Sicher nicht.

Aber für einen Moment hatte sie geglaubt, etwas in seinen Augen aufblitzen zu sehen, was sie genauso empfunden hatte.

Absurd. Das war es.

Unmöglich.

Sie musste sich getäuscht haben, denn jetzt war er wieder ganz der Alte. »Wenn du nur rumstehen willst, dann kannst du gleich wieder gehen. Falls du es ernst meinst, nimm dir Handschuhe. Elding bekommt zwei

Lämmer, sie liegen falsch herum im Mutterleib. Ich hätte nicht schlafen dürfen, jetzt ist es vielleicht zu spät für sie, verdammt.«

Stella hörte seinem Tonfall an, dass die Lage ernst war. Sehr ernst. Gleichzeitig empfand sie Respekt für ihn. War es Zufall, dass er den Namen der Aue kannte? Oder war er mit allen Schafen hier so vertraut? Sie sah in sein Gesicht und las die große Sorge darin. Seine Stirn lag in Falten. Sie spürte auch ohne Worte, dass ihm das Wohlergehen dieser Tiere am Herzen lag.

Elding schien es nichts auszumachen, dass Jökull bei ihr war und sie untersuchte, das hatte sie schon anders erlebt. Manche Schafe wollten keine Menschen um sich haben, waren scheu und mussten an den Hörnern gepackt werden, damit sie sich und andere nicht verletzten.

Jökull schob seine Hand in Elding, und Stella setzte sich in Bewegung, um sich medizinische Handschuhe aus einem Karton zu besorgen. Während sie sie überzog, dachte sie an Marvin. Was er wohl sagen würde, wenn er sie hier im Stall sehen würde? Er würde sich vermutlich ekeln und angewidert die Nase rümpfen. Es war seltsam, aber in diesem Moment schaute Jökull noch einmal zu ihr auf, und auf seinen Lippen lag tatsächlich so etwas wie die Andeutung eines Lächelns. Als ob er sich freute, dass sie hier war und sie sich nicht scheute, mit anzupacken. Vielleicht interpretierte Stella auch zu viel in die Situation hinein. Ihr Atem stockte, sie versuchte sich ihre Verwirrung nicht anmerken zu lassen.

Sehr schnell hatte sie ihre Emotionen vergessen, als sie zu Jökull und dem Schaf in den Verschlag kletterte. Er gab ihr klare Anweisungen, sie sollte mit der Aue sprechen, an ihrem Kopf verweilen und wenn nötig eingreifen und sie halten. Die Laute, die das Tier ausstieß, waren fürchterlich. Auch ohne eine gemeinsame Sprache zu haben, verstand Stella, dass Elding unter schrecklichen Schmerzen litt.

»Sie ist völlig am Ende«, murmelte er keuchend, denn auch für Jökull war es schwere Arbeit. »Ich habe die Vorderfüße«, stieß er irgendwann hervor, und dann dauerte es nicht mehr lange, bis das erste Lämmchen da war. Er legte es sanft ins Stroh und säuberte Mund und Nase. Ohne Pause machte er weiter, um auch dem zweiten auf die Welt zu helfen. Stella redete Elding die ganze Zeit gut zu. »Meine Liebe, du hast es bald geschafft, du machst das prima, halte durch, danach wird es dir ganz schnell besser gehen. Jede Geburt tut weh, aber wir kriegen das hin, wir sind dafür geschaffen ...«

Stella spürte Jökulls Blick auf sich und hob ihren Kopf ein wenig an. Hitze kroch in ihr Gesicht, weil sie bis eben ausgeblendet hatte, dass er ihr auch zuhörte. Sie hatte sich so auf Elding konzentriert, dass sie ihn dabei völlig vergessen hatte.

»Du machst das sehr gut«, murmelte er und schaute weg. Dann räusperte er sich.

Es dauerte noch ein paar Minuten – die sich wie Stunden anfühlten, bis er die Füße des zweiten Lämmchens hatte. Es kam Stella so vor, als ob in dieser Zeit das letzte bisschen Leben aus Elding herausfloss wie Sand durch ein Sieb. »Halte durch«, flüsterte sie der zahmen Aue immer wieder zu, bis auch das Geschwisterchen im Stroh lag. Das erste tapste schon auf wackeligen Beinen zur Mama. Es wollte trinken.

»Wird sie es schaffen?«, wandte Stella sich an Jökull, der auch dem zweiten Kleinen Maul und Nase befreit hatte.

Sein tieftrauriger Blick ließ ihre Kehle eng werden. Er zuckte die Schultern und drehte Stella den Rücken zu. »Es ist nur ein Schaf. Ich weiß es nicht.«

Gott, Jökull ist so ein schlechter Lügner, schoss es ihr durch den Kopf. Während sie begriff, was das für Elding bedeutete, liefen bereits heiße Tränen über Stellas Wangen. Sie kniete noch immer neben der Aue und strich ihr über den Kopf. Elding schaute aus treuen Augen zu ihr auf, sie schien Danke damit zu sagen. Danke, dass du bei mir warst. Danke, dass du mich bis zum Regenbogen begleitest. Dann wurde ihr Blick starr und das letzte bisschen Leben verließ ihren Körper.

»Nein, nein, nein!«, schrie Stella auf und rüttelte an Eldings Hörnern. »Du kannst nicht sterben, hörst du? Du darfst nicht! Du hast zwei Lämmchen hier, sie wollen trinken! Los, du blödes Schaf! Mach die Augen wieder auf! Du musst leben.« Stellas Schultern bebten, sie wollte sich beherrschen, aber es gelang ihr nicht. Das Herzzerreißende an diesem Moment war, dass die beiden Lämmchen quietschfidel nach den Zitzen der Mama suchten. Sie wirkten kräftig und munter. Kaum ein paar Minuten auf der Welt und doch mutterseelenalleine, dachte Stella niedergeschlagen und verfluchte die Ungerechtigkeit dieser Welt. »Wach auf«, heulte Stella, während ihre zitternde Hand auf Eldings Kopf ruhte. »Wach doch bitte wieder auf!«

Sie sah, wie Jökull neben sie trat. Sie konnte nicht aufschauen, dazu fehlte ihr die Kraft. Ihr war bewusst, dass sie sich – in seinen Augen – vermutlich hysterisch und dämlich verhielt, aber sie bekam ihre Gefühle einfach nicht in den Griff. Er ging neben ihr in die Hocke und legte einen Arm um Stellas Schultern.

»Es tut mir leid«, flüsterte er mit rauer Stimme, als kostete es ihn selbst die größte Mühe, nicht in Tränen auszubrechen. Das war doch absurd. Er war eiskalt. Ein Eisblock. Ein Gletscher, wie sein Name schon sagte. Er ließ sich vom Tod einer Aue sicher nicht aus dem Gleichgewicht bringen. Das war doch sein Alltag als Bauer. Oder etwa nicht?

»Du hast das gut gemacht«, fügte er an und verwirrte sie damit vollends.

Stella schaute von der Seite zu ihm auf, sie war zu verblüfft, um auch nur einen Ton über ihre Lippen zu bringen.

Was war das von ihm: Lob? Verständnis? Trost?

Wie absurd.

Zwischen ihnen herrschte eine neue Vertrautheit, ein stummes Einvernehmen, das Stella tiefen Trost spendete. Sie fühlte sich, mit ihm an ihrer Seite, nicht mehr so allein, nicht mehr so verlassen.

»Ich habe nichts gemacht«, antwortete sie und schniefte. Noch eine verdammte Träne tropfte auf die tote Elding.

»Es ist meine Schuld, Stella. Nicht deine.« Seine dunkle Stimme klang tonlos. Bitter. Voller Selbstvorwürfe.

Daraufhin stand er auf und wandte Stella wieder den Rücken zu. In Jökulls Worten lag so viel Schmerz. So viel Kummer. Aber Stella traute sich nicht, ihn in den Arm zu nehmen, wie er es zuvor bei ihr getan hatte.

»Wir müssen die Lämmer versorgen, überlegen, was

wir tun können«, fuhr er mechanisch fort, als hätte er seine Gefühle tief in sich vergraben und weggesperrt, als könnte man sie so loswerden. Nichts mehr fühlen. Nur noch funktionieren.

Ihr entging jedoch nicht, dass er wir gesagt hatte. Etwas in Stella erwärmte sich in dieser Sekunde für ihn, für den das Sprichwort raue Schale, weicher Kern, wie gemacht zu sein schien.

Was ist dir passiert, dachte Stella und starrte weiter auf seinen breiten Rücken, während sie Elding ein letztes Mal zärtlich über den Kopf strich. »Ruhe sanft, wir passen gut auf deine beiden Kleinen auf«, flüsterte sie, dann stand sie auf.

Stella sah, dass sich Jökull verstohlen mit seinem Lopapeysa über die Augen wischte. Sie tat aber so, als hätte sie nichts gesehen, sie wollte ihn nicht in Verlegenheit bringen. Seltsam war das, denn noch vor einer Stunde hätte sie eine Menge dafür gegeben, ihm seine Gemeinheiten heimzahlen zu können.

WAS FÜR EIN BESCHISSENER TAG. Der Drang, etwas zu zerstören, vibrierte in ihm. Jökull wusste natürlich, dass es nicht helfen würde, seine Schuldgefühle loszuwerden. Im besten Fall könnte er sie für eine Weile verdrängen, bis sie ihn mit voller Wucht einholten und ihn noch tiefer zogen. Erst Drotting und jetzt Elding. Zwei seiner besten Schafe.

Während sie die beiden Lämmchen in Decken hüllten und hinüber ins Haus trugen, knirschte er mit den Zähnen. Er konnte nicht sprechen. Er wollte auch gar nichts sagen.

Er fühlte sich wie Dreck. Er war das Letzte. Wenn er sich nicht diese verdammte Pause gegönnt hätte, würde Elding nicht tot im Stall liegen. Es graute ihm davor, ihren leblosen Körper begraben zu müssen. Auch, wenn es eigentlich nicht erlaubt war, verendete Tiere auf dem eigenen Hof zu beerdigen, so würde er genau das tun. Die Gute hatte es verdient. Ich sollte mich dazu legen, schoss es ihm durch den Kopf. Er wusste, dass das keine Lösung war, sonst hätte er schon vor langer Zeit aufgegeben. Aber an Tagen wie diesen fiel es ihm schwer, das Gute zu sehen. Das Einzige, was er um sich herum spürte, war Dunkelheit.

Das leise Blöken eines Lämmchens holte ihn in die Gegenwart zurück. Jökulls Kehle wurde eng, während er die unschuldigen Tiere betrachtete, wie sie sich mit den Köpfchen in seine Richtung drehten, als wollten sie ihm sagen: Hey, wir sind auch noch da, schau hin. Sein Herz wurde schwer, gleichzeitig erkannte er, dass das Licht da war, wenn er die Augen dafür öffnete. Eldings Nachwuchs hatte es geschafft. Die beiden Lämmchen würden groß werden, wenigstens etwas. Und er würde dafür sorgen, dass nichts mehr schieflief.

Er drückte die Türklinke mit seinem Ellenbogen herunter. Stella folgte ihm, sie hatte das Geschwisterchen in ihren Armen. Er hatte nicht einmal geschaut, ob sie männlich oder weiblich waren. Das konnte Oma gleich nachholen. Er hörte sie schon, ihre Schritte hallten über den Flur.

»Ich habe euch über den Hof kommen gesehen.« Ihre Miene war kummervoll. Omas besorgter Blick ließ Jökull sich noch schuldiger fühlen, obwohl er wusste, dass sie ihm niemals Vorwürfe machen würde. Das konnte er sehr gut allein. »Was ist denn passiert?«

»Ich bin passiert«, presste er aus zusammengebissenen Zähnen hervor und reichte ihr das Lämmchen. Dann nahm er Stella das andere Neugeborene ab. »Du kannst jetzt gehen«, sagte er zu ihr.

Ihre rot geränderten Augen blickten ihm vorwurfsvoll entgegen, als wollten sie sagen: Was soll das, du Idiot? Und er konnte sie sogar verstehen. Es war nicht verwunderlich, dass Stella ihn nicht mochte. Er konnte sich nicht einmal selbst leiden.

Sein Respekt war ihr hingegen sicher, und er musste sein Urteil über sie revidieren. Stella war mehr als Lederleggins, High Heels und roter Nagellack. Er hatte es zuerst bloß nicht erkannt. Das änderte jedoch nichts an der Tatsache, dass er niemanden an seiner Seite brauchte, der ihn mit Gefühlen überforderte, die er nicht spüren wollte.

Stellas Anteilnahme war authentisch. Wie sie Elding in ihrer schwersten Stunde gut zugeredet hatte, hatte etwas in ihm berührt. Auf unangenehme Weise. Stellas herzliche Art machte ihn fertig. In ihrer Nähe fühlte er sich noch abscheulicher als sonst. Es war kaum auszuhalten.

»Nun sei mal nicht so grob«, mischte Oma sich ein. »Wie schön, dass du da bist, Stella. Komm doch bitte mit.«

»Ich wünschte, es wäre unter freudigeren Umständen«, gab sie zurück und schaute Jökull traurig an. Sein Herz vollführte einen merkwürdigen Sprung.

Gott. Was sollte das denn? Bekam er jetzt auch noch eine Arrhythmie?

Sein Herz hatte er schon lange nicht mehr wahrgenommen. Dass es im Zusammenhang mit Gunnis Enkelin auf einmal Sperenzchen machte, war verrückt. Und es kam äußerst ungelegen. Jökull tat es als emotionale »Nebenwirkung« angesichts der toten Elding ab. Ja, das musste es sein. Er war einfach verwirrt heute.

Wie er die nächsten Wochen durchhalten sollte, ohne weiteren Schaden anzurichten, konnte er sich gerade nicht vorstellen. Jökull hatte sich das alles einfacher vorgestellt. Man musste zur richtigen Zeit am richtigen Ort sein in diesen vier Wochen. Aber konnte er das wirklich leisten? Heute hatte er bereits einen Fehler gemacht, den eines der besten Schafe mit dem Leben bezahlt hatte.

»Ich muss nachdenken«, knurrte er und schob sich an Oma und Stella vorbei ins Haus, um Milchfläschchen für die beiden Lämmer vorzubereiten. Die Routine half ihm dabei, nicht durchzudrehen. Nicht den Kopf gegen die Wand zu rammen, bis dieser Schmerz den anderen übertönte.

Während er in der Küche herumhantierte, hörte er Oma mit Stella plaudern.

»Es ist zu viel für den Jungen. Er hat seit Tagen nicht geschlafen. Jökull ist die ganze Zeit im Stall. Das geht so nicht weiter, er klappt mir noch zusammen.«

Halt bitte den Mund, flehte Jökull stumm. Wenn er eines nicht wollte, dann Mitleid. Und auch kein Verständnis.

»Ach du grüne Neune«, stieß Stella leise hervor, vermutlich um das Lämmchen in ihren Armen nicht zu erschrecken. Auch ohne sie zu sehen, konnte er sich bildlich vorstellen, wie sie mit dem Kleinen auf dem Sofa saß und ihm den Kopf kraulte, wie seiner Mama vor wenigen

Minuten. »Ist er ganz allein? Ohne Unterstützung ist das nicht machbar, das ist ja wohl klar.«

»Gunni hilft uns, aber er hat natürlich auch selbst zu tun. Und man kann auch nicht mehr von ihm verlangen, als hin und wieder mal rüberzukommen. Dein Opa ist ja auch nicht mehr der Jüngste, und er hat eigene Kundschaft.«

»Ich könnte helfen«, bot Stella an.

Jökull presste die Lider zusammen, während ein unerklärlicher Schauer durch seinen Körper rieselte. Bitte nicht, flehte er stumm. Er wollte sie nicht hier haben.

»Wirklich? Das wäre fantastisch! Ein paar Stunden am Tag würden uns sehr helfen. Zwei Hände mehr wären eine wirkliche Erleichterung, weißt du? Die Lämmchen hier versorge ich natürlich, das schaffe ich auf meine alten Tage ganz gut. Aber bei den Geburten und der Arbeit im Stall? Das bekomme ich nicht mehr hin, Stella, so gern ich es auch möchte.«

»Das sollst du doch gar nicht. Solange ich auf Island bin, kann ich euch sehr gern zur Hand gehen. Ich muss natürlich weiterhin in den Angelladen, aber so ein Tag hat ja vierundzwanzig Stunden.« Plötzlich klang Stella zuversichtlich und froh, als böte sie ihre Hilfe nicht nur aus purer Höflichkeit an. Es klang beinahe so, als hätte sie Lust darauf.

Jökull erinnerte sich für einen Augenblick, wie überrascht er gewesen war, sie vorhin im Stall zu entdecken. Dass sie ohne Zögern zu Elding gegangen war, um ihr beizustehen. Dabei war es weiß Gott keine Selbstverständlichkeit, dass Schafe Menschen in ihrer Nähe akzeptierten. Vor allem, weil Stella für seine Tiere eine Unbekannte war.

Aber Stella schien etwas an sich zu haben, das alle mochten. Mensch wie Schaf. Trotzdem wollte er nicht ständig mit ihr umgehen müssen. Er war nicht sozial kompatibel, wollte es auch gar nicht mehr sein.

»Das wäre wirklich großartig, und da sagen wir nicht nein«, beantwortete Oma Stellas Angebot, und Jökull verdrehte die Augen. Andererseits, und das musste er sich eingestehen, war die Aussicht auf zwei, drei Stunden Schlaf am Stück geradezu fantastisch. Die Vorstellung, eine weiche Matratze unter sich zu spüren, erschien ihm wie ein ferner Traum. Schlafmangel bedeutete Folter pur – und die Folge davon lag im Stall. Obwohl er ablehnen wollte, so konnte er es sich nicht leisten. Er brauchte ihre Hilfe.

Jökull kehrte mit den beiden Fläschchen in die Stube zurück und reichte Oma und Stella je eine.

»Wozu sagen wir nicht nein?«, fragte er, obwohl er genau wusste, worum es ging.

»Die liebe Stella wird dir zur Hand gehen. Na, klingt das nicht fantastisch?«

Er spürte Stellas Blick auf sich und wandte sich ihr zu. »Fantastisch«, wiederholte er, und ein undefinierbares Gefühl machte sich in seinem Magen breit, das sich ähnlich wie Krankwerden anfühlte.

An Stellas Reaktion sah er, dass sein Tonfall offenbar zu schroff gewesen war, denn sie wirkte seltsam betroffen. »Keine Sorge, wir werden ja kaum zur gleichen Zeit im Stall sein. Sonst würde das alles ja gar keinen Sinn ergeben, nicht wahr? Wir arbeiten eine Art Schichtsystem aus.«

»Richtig«, erwiderte er und sah, wie sie einen Ring an ihrem Finger drehte. War sie verlobt? Verheiratet?

Es überraschte Jökull, dass es ihn überhaupt interessierte.

»Tagsüber, also ab zehn ungefähr, bin ich im Angelladen – außer am Sonntag und Montag natürlich. Davor und danach stehe ich euch gern zur Verfügung.« Das Lamm auf Stellas Schoß saugte am Nuckel, das war zumindest ein kleiner Erfolg nach diesem Unglück.

»Und Schlaf brauchst *du* keinen?«, fragte er und merkte selbst, wie sarkastisch es klang. Omas beschwichtigende Geste ignorierte er geflissentlich und starrte Stella herausfordernd an.

»Du ja offenbar auch nicht.« Ihre Augen blitzten kampflustig.

Autsch. Das hatte gesessen. Jökull wusste nicht, was er darauf erwidern sollte. Sicher war es besser, er hielt jetzt einfach mal die Klappe.

»Na, na, das wird sich schon finden. Jökull, überleg doch mal, was Stella dir abnehmen könnte. Füttern vielleicht. Zweimal am Tag?«, sprang Oma in die Bresche.

»Ich weiß, dass es zweimal am Tag Futter gibt«, brummte er und sah, dass Stella verstohlen grinste, während Oma resigniert seufzte. Böser Junge, schien ihr Blick zu sagen. Den kannte er gut, und er wusste selbst, dass er sich unmöglich benahm. Er war nicht in der Position, Stella so abweisend zu behandeln, wie er es getan hatte. Dankbarkeit wäre angebracht – er war ihr ja auch dankbar, trotzdem fand er es unerträglich, mit anderen Menschen interagieren zu müssen. Er würde es auf ein Minimum beschränken – das war sicher auch in ihrem Sinne. Jökull atmete tief ein und wieder aus. »Ja, Hilfe beim Füttern wäre gut. Danke.«

Stella hob eine Braue, aber das triumphierende Funkeln in ihren Augen zeigte ihm, dass sie den kleinen Sieg feierte. Und der sei ihr gegönnt, dachte er. Er trat unbehaglich von einem Fuß auf den anderen. Zu viele Unterhaltungen. Zu viele Emotionen. Zu viel Stella.

Er brauchte frische Luft und musste ohnehin wieder zu den Schafen zurück, ehe noch mehr schiefging. Wortlos verließ er das Wohnzimmer, schlüpfte in seine Stiefel und wappnete sich für das bevorstehende Begräbnis – oder was auch immer ihn stattdessen im Stall erwartete und seine Aufmerksamkeit erforderte.

5

Stella war noch immer von den Ereignissen des Tages aufgewühlt, während sie den Nissan vor dem Haus parkte. Als sie ausstieg, kam Opa um die Ecke.

»Schön, dass du wieder da bist«, grüßte er freundlich.

Stella gab ihm einen Kuss auf die Wange und lächelte. Es tat so gut, hier zu sein und sich willkommen zu fühlen.

Marvin hätte sie wegen ihrer Verspätung mit einem »Wo kommst du denn jetzt erst her?«, begrüßt, denn den Laden in Akureyri hatte sie natürlich schon lange geschlossen. Mittlerweile dürfte es recht spät geworden sein, sie hatte noch gar nicht auf die Uhr geschaut. Zum Glück spielte Zeit hier nicht so eine große Rolle. Das war es, was das Leben in Island so viel entspannter und schöner machte. Hier konnte Stella einfach sein – zumindest fühlte sie sich so – und war nicht getrieben von den Erwartungen anderer. Es lag ihren Lieben am Herzen, dass es ihr gut ging, dass sie sich wohlfühlte. Das eine schloss das andere nicht aus. Es war wie der Umgang mit den Schafen: Man sorgte sich um die Tiere, aber wenn sie bereit dafür waren, ließ man ihnen die Freiheit und brachte sie für den Sommer ins Hochland, wo sie sich ohne Grenzen bewegen konnten.

»Ich war kurz bei Jökull und Dudda, hab ihm im Stall geholfen«, erklärte Stella, weil sie ihn gern wissen lassen wollte, warum sie sich verspätet hatte, nicht weil sie es musste. Das war etwas völlig anderes, wie sie jetzt erst begriff.

Opa hielt inne und nickte wissend. »Ist ganz schön viel für ihn.« Mehr sagte er nicht, doch schwang eine Menge Unausgesprochenes in seinen Worten mit. Mitgefühl. Anerkennung. Lob womöglich sogar? Wie kam es, dass Opa den Nachbarsenkel offenbar auf seine Weise in sein Herz geschlossen hatte? War das nicht verrückt? Sie hatte Jökull ja kennengelernt, und nichts an ihm fand sie liebenswürdig. Im Gegenteil, er war grob, kalt und gemein. Meistens jedenfalls.

»Ich werde unseren Nachbarn beim Füttern zur Hand gehen, vor der Arbeit im Laden und dann später wieder. Es grenzt an Wahnsinn, dass er das alles allein stemmen will. Was ist er überhaupt für ein Typ?«, erkundigte Stella sich und hoffte, dass es beiläufig klang. Während sie die Klamotten, die sie von Magnea geliehen hatte, aus dem Kofferraum holte, schaute sie nicht auf, denn ihre Wangen fühlten sich heiß an. Was sollte das nun schon wieder?

»Komm, ich trage das für dich«, erklärte Opa und nahm Stella alles aus der Hand.

Sie wollte protestieren, ließ es aber sein, weil sie kapierte, dass es ihn glücklich machte, ihr zu helfen. Eine kleine Geste, die ihnen beiden viel bedeutete. Es stand nicht zur Debatte, dass Stella die Tüten selbst tragen konnte. Es für sie zu erledigen, war Opas Art zu sagen: Ich habe dich lieb. Und es war schön, es fühlte sich warm und ehrlich an. Ein angenehmer Schauer rieselte durch ihre Brust, während sie mit ihm zum Haus ging.

Dass Opa dabei nicht auf ihre Frage bezüglich Jökull einging, irritierte Stella ein wenig. Es kam ihr so vor, als ob er absichtlich schwieg. Aber warum?

»Ich muss kurz duschen«, erklärte sie, während sie die Schuhe auszog. »Dann mache ich uns was zu futtern, oder hast du schon gegessen?«

»Dudda hat vorhin was rüberbringen lassen. Ich schiebe den Plokkfiskur in den Ofen, Stella. Du musst mich nicht versorgen, als wäre ich ein hilfloser Alter.«

Sie stutzte für eine Sekunde. »Das tue ich doch gar nicht.«

Opas Mundwinkel bogen sich kaum merklich nach oben. »Es ist schon in Ordnung, meine Liebe. Ich schätze es sehr, dass du hier bist, aber achte mal darauf, dass du dich selbst dabei nicht vergisst.«

Damit ließ er sie stehen und brachte Magneas Klamotten nach oben. Stella guckte ihm mit offenem Mund hinterher. Was meinst du damit?, wollte sie ihm hinterherrufen, wusste aber auch so, dass er ihr nicht antworten würde, deshalb ließ sie es sein. Opa war kein Mann großer Worte, außer es ging um Fisch. Plötzlich musste sie grinsen. Dann folgte sie ihm nach oben.

Stella kam nicht dazu, ihn noch einmal anzusprechen, denn er verschwand eilig in seinem eigenen Schlafzimmer, also ob er einer Diskussion aus dem Weg gehen wollte.

Na gut, schoss es ihr durch den Kopf. Dann eben später.

Stella nahm ihren Verlobungsring ab und legte ihn auf den Nachttisch. Sie freute sich auf eine lange und heiße Dusche, dafür legte sie ihren Schmuck immer ab. Trotzdem fühlte sich etwas heute anders an, sie konnte nur nicht genau benennen, was es war. Sicher spielten ihre Nerven ein bisschen verrückt, was kein Wunder wäre. Was für ein Tag!

Stella hängte die Stallklamotten über einen Stuhl, sie würde sie nachher nach unten bringen. Eigentlich hätte sie sie gleich dort ausziehen sollen. Obwohl sie nichts gegen den Geruch von Tieren hatte, so gehörte er nicht ins Schlafzimmer. Das war schon immer so gewesen, und sie würde jetzt nicht damit anfangen, es zu ändern. Vor allem nicht, nachdem sie in den letzten Tagen so fleißig damit beschäftigt gewesen war, das Haus wieder auf Vordermann zu bringen. Die Fenster zu putzen, hatte sie noch nicht geschafft, aber alles zu seiner Zeit. Sie verschwendete einen flüchtigen Gedanken an das kürzlich geführte Telefonat mit ihrem Chef und fragte sich, was wohl darauf folgen würde. Seitdem war ihr Handy stumm geblieben – abgesehen von ein paar Anrufen von Klienten. Stella würde sich morgen bei ihnen melden, oder auch nicht. Vielleicht wartete ja schon ihre Kündigung im E-Mail-Postfach darauf, gelesen zu werden.

Noch vor wenigen Tagen hätte sie diese Möglichkeit zutiefst erschüttert, gerade spürte sie lediglich etwas Unbehagen. Und Schuldgefühle höchstens deshalb, weil sie sich vielleicht Simon gegenüber zu direkt ausgedrückt hatte. Aber es war nicht mehr als das, ein leises Zittern unter der

Oberfläche, das sie nicht annähernd so aus der Fassung brachte, wie sie erwartet hätte.

Vielleicht war es auch die Ruhe vor dem Sturm. Es war durchaus möglich, dass ihr Verstand alles ausblendete, um nicht auszuflippen. Denn eigentlich müsste sie die Idee, ihren Job zu verlieren, panisch werden lassen. Zu viel hing daran. Alles, was sie in den vergangenen Jahren geleistet hatte, wäre hinfällig. Die ganze Plackerei umsonst.

Ihr Blick blieb erneut an dem funkelnden Diamanten hängen, der ihren Verlobungsring schmückte. Was Marvin wohl dazu sagen wird?, dachte sie und wusste, dass er nicht auf ihrer Seite stehen würde. Er wird enttäuscht von mir sein.

Stella seufzte und tapste ins Badezimmer. Dort drehte sie das Wasser in der Dusche auf und stellte sich unter den warmen Strahl. Sie schloss die Augen und versuchte alle Ereignisse des Tages abzuwaschen, aber so leicht war das nicht. Dafür war zu viel passiert. Sie dachte an Elding, die gute Aue, und ihre zwei Lämmer. Vor Stellas innerem Auge tauchte plötzlich Jökulls Gesicht auf, mit seinem finsteren Blick, in dem auch so viel Schmerz verborgen war, dass man ihn nur erkannte, wenn man genau hinsah. Sie hatte ihn gesehen, und es hatte etwas in ihr berührt, was sie sich nicht erklären konnte. Jedenfalls nicht mit rationalem Verstand.

Sie wollte jetzt nicht an ihn denken. Mit einer ruppigen Bewegung schnappte sie sich das Duschgel und seifte sich ein.

Etwas später kehrte Stella mit noch feuchtem Haar nach unten zurück und ging in die Küche, aus der es fantastisch duftete. Dudda war wirklich eine großartige Köchin.

Opa saß mit der Zeitung am Tisch, Teller, Gläser und Besteck hatte er schon bereitgestellt.

»Hast du lange auf mich gewartet?«, fragte sie, und er schaute auf.

Sein Stirnrunzeln verriet, dass Opa die Frage nicht verstand. Er hatte nicht gewartet, sondern die Zeitung gelesen, während das Essen erwärmt wurde und sie geduscht hatte, begriff sie. Stella lachte, dann guckte sie in den Backofen. Der Käse war zerlaufen und leicht gebräunt. An manche Dinge musste sie sich wohl erst wieder gewöhnen. Komisch, dass sie während ihrer Zeit in London verlernt zu haben schien, dass sie sich nicht permanent erklären musste. Aber genau das war der Fall, sie hatte das Bedürfnis, sich ständig und überall zu rechtfertigen. Doch hier schien genau das niemand von ihr zu erwarten. Das war schön.

»Sieht fertig aus«, erklärte Stella, holte Topflappen aus der Schublade und stellte einen Untersetzer auf den Tisch, während Opa die Zeitung zusammenfaltete und weglegte.

»Gibt's was Wichtiges?«, fragte sie und zog den Auflauf vom Rost.

Er winkte ab. »Ach, die ewige Diskussion über die Fangquoten kocht gerade mal wieder hoch.«

Das Thema interessierte Stella nicht sonderlich. Sie wusste aber, dass es Opa wichtig war. Deshalb stellte sie ein paar Fragen und ließ ihn erzählen, während sie den Fischauflauf mit Kartoffeln genossen. Nachdem sie beide satt waren und ihre Teller von sich geschoben hatten, wechselte Opa das Thema. »Es ist ganz gut, wenn du Jökull ein bisschen unterstützt, dann musst du meinen Haushalt nicht weiter auseinandernehmen.«

Hatte sie das richtig gehört? Sie ließ sich seine Worte noch einmal durch den Kopf gehen, dann begriff Stella, dass es seine etwas schrullige Art war, Danke zu sagen. Gleichzeitig war es mehr als das. Er hatte vorhin schon betont, dass sie sich nicht überarbeiten sollte. Das brachte sie zum Schmunzeln. Er hatte keine Ahnung, wie ihr Leben in London sonst ausschaute. Im Vergleich dazu war das hier der reinste Spaziergang. Eine Wellness-Behandlung. Pure Erholung, obwohl sie nicht auf der faulen Haut lag. »Ich werde mein Bestes geben«, antwortete sie.

Warum tust du es dir dann überhaupt an, wenn dich das Leben in der Großstadt so auslaugt, flüsterte das Stimmchen in ihrem Hinterkopf.

Stella stand auf und räumte den Tisch ab. Wie konnte es sein, dass alles, was sie jahrelang als normal und richtig empfunden hatte, sich im Rückspiegel betrachtet, so ... falsch anfühlte. Wobei das nicht genau den Punkt traf. Sinnlos wäre eher das Wort, mit dem sie es beschreiben würde, wenn sie es jemandem erklären müsste. War sie einem falschen Kindheitstraum hinterhergelaufen? Dass das Leben in London nicht zwingend von Glamour und Hochglanz umstrahlt war, sondern ihr Job viel mehr von ihr forderte und alles andere als märchenhaft war, hatte sie längst gemerkt. Aber warum sie sich gerade so seltsam fühlte, konnte sie nicht genau sagen.

Nichts an meiner Arbeit ist sinnlos, hielt sie stumm dagegen und rieb sich mit beiden Händen über das Gesicht. Vielleicht wurde sie ja allmählich verrückt. Sie musste in jedem Fall mit diesen Selbstgesprächen aufhören. Stella tat es als kurzfristige innerliche Unruhe ab, die nach dem Gespräch mit ihrem Chef völlig normal sein musste. Oder?

Zufrieden und auch ein wenig erleichtert, dass sie eine Antwort auf ihre Stimmung gefunden hatte, räumte sie die Teller in die Spülmaschine und weichte die Auflaufform ein.

Opa stand auf. »Ich gehe noch mal rüber, sehe, ob was zu tun ist. Bin gegen Mitternacht zurück, damit der Junge in der Zwischenzeit ein paar Stunden Schlaf bekommt. Für die zweite Schicht bin ich zu alt.«

Stella nagte an der Innenseite ihrer Wange, dann traf sie eine Entscheidung. »Ich begleite dich. Dann kannst du mir heute Abend alles Nötige erklären, meine Erinnerungen auffrischen, wenn du so willst.«

Opa guckte kurz überrascht, dann breitete sich ein Lächeln auf seinem Gesicht aus, das sich auch im Strahlen seiner Augen widerspiegelte. »Wirklich?«

Ein Glück, dass er nicht fragte, wieso sie es sich nicht lieber von Jökull erklären lassen wollte.

Sie nickte. »Natürlich! Wie hast du es früher immer so treffend gesagt? Schlafen kann ich im Winter.«

Er musste ihr nicht sagen, wie sehr er sich freute, sie merkte es an seiner gesamten Körperhaltung. Es kam Stella so vor, dass er sich aufrechter hielt, seit sie hier war, als wäre die Last auf seinem Kreuz nicht mehr so schwer zu tragen. Allein deswegen hatte sich die Reise nach Island schon als etwas Wunderbares erwiesen, für das sie dankbar war.

. . .

Sie nahmen den Nissan, nicht weil das Wetter so schlecht war, sondern weil es schneller ging und nachher, falls es doch später wurde, für den Rückweg angenehmer war. Während der Geländewagen die letzten Meter über den Kies rollte, überfiel Stella ein mulmiges Gefühl. Sie hatte nicht bedacht, dass sie Jökull womöglich gleich wieder über den Weg laufen würde. Dämlich von ihr, aber sie hatte alles, was mit ihm zusammenhing, verdrängt.

Sie hatte keine Angst vor ihm, aber fürchtete sich doch vor seinem durchdringenden Blick. Warum, das konnte sie nicht ganz greifen, aber in seiner Gegenwart fühlte sie sich verletzlich. Unsicher. Der Gedanke, dass sie mit Opa nur hier war, um Jökull ins Bett zu schicken, half ihr, sich nicht komplett zu verspannen.

Stella streckte sich, als sie aus dem Auto ausstieg, und nahm sich eine Sekunde, um ihren Blick über den Fjord gleiten zu lassen. Die Abendsonne spiegelte sich in der dunklen See. Auf den Bergkuppen lag noch viel Schnee, der nun in einem kitschigen Rosa erstrahlte, so wie der ganze Horizont. Möwen schaukelten im seichten Uferbereich auf dem Wasser und schienen sie zu beobachten. Die Schönheit des Augenblicks stimmte Stella glücklich und gleichzeitig melancholisch. Ein merkwürdiges Emotionschaos machte sich in ihrem Inneren breit. Es trieb ihr sogar Tränen in die Augen, obwohl sie alles andere als eine Heulsuse war. Die unendliche Weite war befreiend und so einzigartig, wie sie es nirgendwo auf der Welt erlebt hatte. Ich kann hier nicht wieder weg, schoss es ihr durch den Kopf. Ich will bleiben.

Den Gedanken verdrängte sie so schnell, wie er

gekommen war, denn er war so schockierend und neu, dass sie innerlich erzitterte.

»Kommst du?« Opas Stimme holte sie ins Hier und Jetzt zurück.

»N-natürlich«, stammelte Stella. Sie fühlte sich überwältigt. Es musste von den Ereignissen des Tages herrühren. Etwas anderes konnte und durfte es nicht sein.

»Bin unterwegs.« Zum Glück klang ihre Stimme wieder so fest, wie sie es von sich gewöhnt war. Doch ein leiser Zweifel blieb. Was, wenn ihre Stimmung nicht nur den heutigen Erlebnissen geschuldet war? Die Antwort darauf konnte und wollte Stella sich jetzt nicht geben. Sie schob alles, was damit zusammenhing, in die hinterste Ecke ihres Verstandes und fokussierte sich auf das, was vor ihr lag. Ihre Hilfe wurde gebraucht, und dafür brauchte sie einen klaren Kopf und keine zittrigen Knie.

Jökull stand mit blutigen Handschuhen in der Stallgasse und starrte seine Besucher finster an. Opa begrüßte ihn auf eine knappe, aber freundliche Art, die zu den beiden passte. Endlich begriff Stella, warum sie anscheinend so gut miteinander zurechtkamen. Weder Opa noch Jökull waren Männer, die ihr Herz auf der Zunge trugen. Über Gefühle zu reden, das war in ihren Augen unmännlich. Hatten Männer überhaupt welche?, dachte Stella amüsiert und behielt ihren kleinen Witz lieber für sich, weil sie wusste, dass keiner der beiden darüber lachen würde. In der nächsten Sekunde verging ihr das Scherzen sowieso, denn der Blick, den Jökull ihr zuwarf, hätte frostiger nicht sein können.

Was sollte das denn? Ich dachte, über diesen Punkt

wären wir nach der Lämmergeburt hinweg, schoss es ihr durch den Kopf.

Da hatte sie sich wohl getäuscht.

Stella presste ihre Lippen unbewusst zusammen, spürte aber, wie sich alles in ihr zusammenkrampfte. Hoffentlich verschwindet der Blödmann gleich aus dem Stall, dachte sie und machte sich ein Stückchen größer. Sie würde sich vor ihm keine Blöße geben.

Opa schien davon nichts zu bemerken, er klopfte Jökull mit einer geradezu großväterlichen Geste auf die Schulter. »Leg dich hin, bis Mitternacht sind wir jetzt im Dienst. Ich erkläre Stella alles, dann musst du das nicht machen.«

Dann musst du das nicht machen?

Was sollte das denn schon wieder?

Widerstand regte sich in ihr. Hatten Opa und Jökull etwas abgesprochen?

Nein, das konnte nicht sein, wann auch? Es sei denn, sie hatten telefoniert, was Stella ausschloss. Die zweite Möglichkeit gefiel ihr noch weniger, denn sie würde bedeuten, dass Opa auch ohne darüber zu sprechen wusste, dass Jökull keine Lust auf Stellas Anwesenheit hatte, aber trotzdem auf ihre Hilfe angewiesen war. Egal was es war, sagte Stella sich, es betrifft im Grunde nicht mich. Wenn Jökull ein Problem mit ihr hatte, dann war das sein Thema und nicht ihres. Warum es sie dennoch irritierte, konnte sie nicht sagen. Stella hatte sich eigentlich schon vor langer Zeit davon befreit, sich von anderen herunterziehen zu lassen. Warum es gerade dieser Mann immer wieder mit Leichtigkeit schaffte, an ihrem Selbstbewusstsein zu rütteln, war ihr ein Rätsel.

»Du bist schon wieder da?« Oma guckte aus der Küche und wischte sich die Hände an der Schürze ab. »Stimmt etwas nicht?«

»Doch, alles okay. Gunni ist rübergekommen, er übernimmt die Bereitschaft bis Mitternacht.«

»Ja, ich habe das Auto gesehen. Stella ist auch dabei, nicht?«

Jökull hob eine Augenbraue. Wieso fragte sie, wenn sie es doch schon wusste. »Ja.«

»Sie ist so ein liebes Mädchen«, fuhr Oma fort.

»Sicher«, gab er einsilbig zurück. Lieb wäre jetzt nicht das Wort, mit dem er Stella beschreiben würde.

Attraktiv vielleicht. Ja, das in jedem Fall. Und ein bisschen nervig, wobei er gar nicht genau wusste, woran er das festmachen wollte. Klar war jedenfalls, in ihrer Gegenwart fühlte er sich befangen, und das ließ seine Alarmglocken schrillen. Jökull hatte sich auf dem Hof in den letzten Monaten ein Leben eingerichtet, eine Routine, die einen gewissen Frieden ermöglichte, von dem er nicht mehr geglaubt hatte, ihn verspüren zu können. Jökull wusste mit Bestimmtheit, dass sich, sollte er sich häufiger in Stellas Gegenwart aufhalten, dieses mühsam wiedererlangte Gleichgewicht schneller in Rauch auflösen würde, als er bis drei zählen konnte. Es war nur eine Ahnung, trotzdem riet ihm sein Verstand, sich von ihr fernzuhalten. Stella war eine Person, die in jedem und allem etwas Gutes suchte. Da konnte sie bei ihm lange suchen. Er wollte nicht durchleuchtet werden, sondern seine Ruhe.

»Ich haue mich für ein paar Stunden aufs Ohr«,

brummte Jökull, während er seinen Wollpulli an der Garderobe auf einen Bügel hängte. »Du brauchst nicht wach bleiben, ich stelle mir einen Wecker.«

»Ist schon in Ordnung, ich schaue sowieso noch mal nach den Kleinen, die wollen ja auch was trinken.«

Sie hatten im Wohnzimmer eine Art Lager für die Lämmchen errichtet, es mit alten Decken und Zeitungen ausgelegt. Für die beiden wäre es das Beste, wenn man sie einer anderen Aue als »Adoptiv-Lämmer« anvertrauen würde. Aber so einfach war das nicht. Schafe hatten einen außerordentlich guten Geruchssinn, sie erkannten ihre Nachkommen sofort. Allerdings gab es einen Trick, den hatte Jökull immer im Hinterkopf, wenn neue Lämmchen geboren wurden. Vielleicht würde es bald klappen, aber zuerst musste er etwas schlafen, und bis dahin waren die Kleinen im Haus gut versorgt.

»Das kann ich übernehmen, dafür haben wir doch die Liste in der Küche hängen. Du solltest dich mal ausruhen«, riet er Oma nachdrücklich. Er wollte nicht, dass sie sich zu viel zumutete. Sie war nicht mehr die Jüngste, das wusste sie selbst.

»Das lass mal meine Sorge sein, und jetzt husch, sieh zu, dass *du* ins Bett kommst.«

Jökull merkte, wie sich seine Mundwinkel kräuselten. »Du tust so, als ob ich fünf wäre. Natürlich gehe ich gleich schlafen, ich wäre ja blöd, wenn ich diese Gelegenheit nicht nutzen würde.«

Oma tätschelte seine Wange. »Wenn du dich wie ein kleiner Junge benimmst, muss ich so mit dir reden. Du bist nicht allein auf der Welt, es gibt viele Menschen, die dir helfen wollen. Lass es doch einfach zu und sträube dich nicht immerzu.«

Seine halbwegs gute Laune verpuffte. Hatte Oma noch immer nicht begriffen, dass er keine anderen Menschen brauchte? Dass er keine Fremden um sich haben wollte, um ja niemanden in den Abgrund zu stürzen? Nicht noch einmal. Offenbar war es ihr nicht klar. Und ihm fehlte gerade jegliche Kraft, sich damit auseinanderzusetzen. Nicht mehr heute. Eigentlich nie mehr.

Und das alles mal außer Acht gelassen – waren Gunni und Stella nicht draußen im Stall? Er ließ sich doch helfen. Oder vielmehr den Schafen. Weil Jökull keine Energie hatte, das mit Oma auszudiskutieren, hielt er die Klappe. Auch, weil er wusste, dass er gegen ihre Argumente sowieso nichts ausrichten könnte – sie hatte ihre Ansichten, und dabei blieb sie. In dem Punkt waren sie sich ähnlich.

»Gute Nacht«, war alles, was er mühsam hervorpresste. Daraufhin schleppte er sich erschöpft nach oben und schloss die Zimmertür leise von innen.

Oma konnte nichts dafür, dass er schlecht gelaunt war. Sie sollte nicht mitbekommen, was in ihm vor sich ging.

Jökull zog sich bis auf die Unterhose aus und schlug die Bettdecke zurück. Er war so müde, dass er garantiert einschlief, noch ehe sein Kopf auf dem Kissen lag.

Mit einem Seufzen ließ er sich auf die Matratze fallen. Er gähnte lautstark und drehte sich auf die linke Seite.

Nichts passierte.

Die Müdigkeit hüllte ihn nicht in ein Netz aus traumlosem Schlaf, wie er es gehofft hatte. Er war zwar schlapp und ausgelaugt, aber hellwach.

Er konnte nicht schlafen. Wie nervig!

Jökull wälzte sich hin und her und fand keine Ruhe. Es war so laut in seinem Kopf. Verwirrende Gedanken ließen ihn nicht los. Als auch noch Stellas Gesicht vor seinem inneren Auge aufblitzte, war es zu viel für ihn. Ruckartig setzte Jökull sich auf und stellte die Füße auf den Boden. Er stützte sich mit den Ellenbogen auf den Oberschenkeln ab und vergrub das Gesicht zwischen den Händen. Was war nur mit ihm los?

Jetzt hatte er ein paar Stunden, in denen er sich keine Gedanken um die Schafe und den Hof machen musste, und dann gelang es ihm nicht einzuschlafen?

Jökull fluchte und stand auf. Er schaute aus dem Fenster. Alles war ruhig. Gunni und Stella waren vermutlich im Stall, Spóri lag vor der Tür und schlief selig. Hund müsste man sein, dachte er genervt und zog das Rollo herunter, um den Raum zu verdunkeln. Normalerweise war es ihm scheißegal, ob es hell oder finster war, vor allem während der Lammsaison. Diese Aktion war ein Akt der Verzweiflung, weil er den Schlaf brauchte, aber verdammt noch mal nicht wusste, wie er seine blöden Gedanken zum Schweigen bringen konnte.

6

Nachdem Jökull seit drei Tagen immer wieder mit Stella im Stall zusammengearbeitet hatte, musste er sich eingestehen, dass erste Eindrücke manchmal falsch waren. Stella schien ganz in Ordnung zu sein. Jedenfalls war sie keine schreckliche Nervensäge, wie er zuerst vermutet hatte. Und seit Eldings Tod war es, glücklicherweise, zu keiner Notsituation mehr gekommen, die sie nicht hatten lösen können. Heute war es stürmisch draußen. Nachdem das Wetter in den letzten Tagen sonnig und geradezu frühlingshaft gewesen war, zeigte Island nun, warum es seinen Namen trug. Der Wind blies so heftig, dass es sogar im Stall zugig war.

Stella war gerade dabei, das Heu in den Stallgassen zu verteilen, und Jökull untersuchte eine frischgebackene Mutter und ihre zwei Lämmer.

Er war froh, dass Stella ihm bei den kurzen Gelegenheiten, in denen sie sich begegneten, nicht permanent das Ohr abkaute. Das war eine seiner Sorgen gewesen. Aber zum Glück war sie keine von denen, die ständig etwas sagen mussten, um sich selbst zuzuhören.

Sie war auch nicht wortkarg, aber das, was sie erzählte, war kein nervtötender Unsinn. Sie hatte wirklich etwas zu sagen, und das gefiel ihm. Nicht, dass er sie gut finden würde, aber wenigstens war es erträglich, sich hin und wieder zu begegnen.

»Jökull?«, hörte er Stella fragen und hob seinen Kopf. Er merkte ihrer Stimme an, dass sie besorgt war. Sofort sträubten sich seine Nackenhaare.

»Was ist los?«, erwiderte er.

»Kommst du mal her, bitte?«

Weil mit der Aue vor ihm alles okay war, richtete er sich auf, schwang sich über das Holz und war mit wenigen Schritten bei Stella. Sie zeigte auf die Aue, die sich sichtlich mit der Geburt abmühte. Er hatte Fríða erst vor einigen Minuten untersucht, da war alles okay gewesen. Auch jetzt schien sie ihm in Ordnung zu sein. »Was meinst du denn?«

»Ich weiß nicht genau. Es ist nur so ein Gefühl. Sie ist so ruhig. Müsste sie nicht schon weiter sein?« Stella wirkte auf einmal unsicher, schüchtern beinahe. Jökull kapierte, dass sie sich vor seiner Antwort fürchtete. War er wirklich so ein grober Kerl, dass sie sich nicht traute, ihre Meinung zu vertreten? Möglich war es. Er nahm sich vor, in Zukunft etwas netter zu ihr zu sein, dabei hatte er keine Ahnung, was das überhaupt bedeutete: nett. Jetzt ging es aber erst mal um das Schaf.

Er wollte ihre Einwände nicht einfach abtun, bisher hatte Stella keinen Mist erzählt. Dass sie Ahnung hatte, hatte er schnell gemerkt. Es stimmte, was sie ihm neulich erzählt hatte. Dass sie als Jugendliche bei Bauern ausgeholfen hatte, ließ sie routiniert und mit kühlem Kopf handeln. Ganz offenkundig gab sie sich große Mühe – und es schien auch so, als ob sie die Arbeit im Stall nicht als unangenehm empfand. Untypisch für eine Frau. Jedenfalls kannte er keine, die sich so verhielt. Nicht, dass er sich gerade für weibliche Wesen interessierte. Das Gegenteil war der Fall, alles, wonach er sich sehnte, hatte er hier auf dem Hof gefunden. Wirklich alles?, rief das Stimmchen in seinem Kopf, das er sofort zum Schweigen brachte. »Ich schaue noch einmal nach«, antwortete er Stella endlich, die ein wenig unruhig wirkte. »Sicher ist sicher, nicht wahr?«

Jökull sprang über den gezimmerten Verschlag und untersuchte die Aue. »Das Kleine liegt richtig, daran hat sich nichts geändert. Trotzdem ist jetzt etwas anders, gib mir mal bitte frische Handschuhe.«

Stella zögerte nicht und tat wie ihr geheißen. Kurz darauf war Jökull dabei, das Mutterschaf erneut gründlich zu untersuchen. »Eigentlich sollte ich sie machen lassen und abwarten. Aber ich glaube, dass man einem Gefühl immer nachgehen sollte. Wenn du glaubst, dass etwas nicht okay ist, dann sollten wir ihr vielleicht doch helfen bei der Geburt. Ich gehe hier lieber kein Risiko ein«, brummte er, dabei wusste er nicht, ob er seine Worte an Stella richtete oder an sich selbst.

Jökull hob seinen Kopf nicht, aber er bemerkte natürlich trotzdem, wie Stella zu ihm in die Box kletterte. Sie trug Handschuhe wie er und ging neben dem Schaf in die Hocke. »Fríða heißt sie«, war alles, was er noch sagte.

Stella wusste, was zu tun war. Als wären sie ein Team und keine Fremden. Während Jökull nach dem ungeborenen Lamm tastete, kümmerte sich Stella um Fríða, wie bei Elding vor ein paar Tagen. Hoffentlich nahm es dieses Mal ein besseres Ende. Den Gedanken hatten sie wohl beide, aber niemand sprach ihn aus.

Es musste für Fríða anders verlaufen. Nichts deutete bei ihr darauf hin, dass es Komplikationen gab. Sie verhielt sich ruhig, aber nicht apathisch. Bestimmt war alles in Ordnung. Aber dennoch hing diese bedrückende Sorge in der Luft, die Jökull nervös werden ließ. Während Stella beruhigend auf Fríða einredete, mit leisen, melodischen Worten, die er nicht verstand, machte er seinen Job. Es dauerte nur ein paar Minuten, dann war das Lamm geboren. Das Kleine lag vor ihm im Stroh – aber es lebte nicht. Er konnte keinen Herzschlag fühlen.

»So eine Scheiße«, stieß er tonlos hervor, während sich alles in seinem Inneren verkrampfte. »Was ist da nun wieder passiert.«

Stella kniete sich neben das tote Lämmchen. »Ist da noch ein Zweites?«

»Nein. Sie hatte nur eins.« Es dauerte nur ein paar Sekunden, bis Jökull sich so weit gefasst hatte, dass er wieder denken konnte. Sein Verstand übernahm die Kontrolle über seine Emotionen. Ja, es war schrecklich, wenn ein Lamm tot geboren wurde. Aber jetzt mussten sie schnell sein, denn er hatte die Verantwortung für alle Tiere hier, und bei Oma warteten zwei Lämmchen, die eine Mutter brauchten. So traurig die Totgeburt war, so bedeutete sie doch für die anderen beiden, dass sie eine Ersatzmutter bekommen konnten – wenn alles gut ging und sie sich beeilten.

»So schlimm es für dieses Lamm sein mag, es ist ein

Glück für Botna und Pálina.« So hatte Oma sie zusammen mit Stella getauft. »Los, jede Sekunde zählt.« Jökull sprang behände über das Holz, streifte die Handschuhe ab und half Stella darüber.

Er ignorierte das seltsame Kribbeln, das seinen Unterarm überlief, und rannte mit ihr zum Haus hinüber.

Oma saß im Wohnzimmer und gab Botna gerade ein Fläschchen. »Was ist?«

»Wir nehmen sie mit, wir haben ein Ammenschaf für die beiden.« Er brauchte Oma nicht erklären, was das bedeutete. Stella trat hinter ihm ins Wohnzimmer, sagte aber nichts.

Oma nickte wissend, dann reichte sie Jökull das eine Lämmchen, während Stella das zweite in den Arm nahm.

»Du weißt, was zu tun ist?«, wollte er auf dem Rückweg, den sie im Laufschritt hinter sich brachten, von Stella wissen.

»Erkläre es mir zur Sicherheit noch mal«, erwiderte Stella atemlos.

»Die beiden müssen den Duft der Mutter und des toten Lammes annehmen. Dafür müssen wir sie mit der Nachgeburt einreiben. So erkennt Fríða die beiden hoffentlich als ihre eigenen an. Wir müssen schnell sein.« Er drückte Stella Botna zu Pálina in den Arm.

»In Ordnung, ich werde mein Bestes geben.« Er sah Stella an, dass sie großen Respekt vor dieser Aufgabe hatte, und eine Welle der Zuneigung schwappte über ihm zusammen. Das kam so unerwartet, dass er für eine Sekunde erstarrte. Zum Glück fing er sich schnell wieder.

»Das wird schon«, versuchte er Stella zu beruhigen,

vielleicht auch sich selbst. Sein Herz klopfte schnell, sie hatten nur diese Chance für Botna und Pálina.

Jökull hüpfte in die Box, holte die Nachgeburt und das tote Lamm heraus.

Die nächsten Minuten verliefen schweigend, jeder von ihnen hoffte für sich allein. Dass es Stella zu Herzen ging, musste sie nicht aussprechen, er sah es an ihren versteinerten Zügen. Immer wieder sah er verstohlen zu ihr – um sicherzugehen, dass sie alles richtig machte, natürlich nur. Der Moment, in dem die zwei Lämmchen an Fríða herangetragen wurden, war der spannendste. Jökull hielt den Atem an, sein Puls raste. Würde die Aue die beiden Kleinen als ihre eigenen anerkennen, oder durchschaute sie das Spiel?

Fríða schnupperte, dann leckte sie erst Botna und dann Pálina ab. Die Lämmer suchten nach den Zitzen der Adoptivmama, was ein gutes Zeichen war. Nach einigen Sekunden, die sich wie eine Ewigkeit anfühlten, ließ die Aue sie gewähren.

Die Erleichterung, die Jökull durchflutete, war so groß, dass er sich für einen Moment am Holzbalken festklammern musste, um nicht den Halt zu verlieren. Er sagte nichts, denn er wusste nicht, was. Sein Kopf war leer, während er von einer emotionalen Welle ergriffen wurde, die ihn überforderte.

Jökull spürte Stellas Präsenz neben sich. Er atmete ihren zarten Duft nach Sommerblüten ein, der sie immer zu umgeben schien, egal wie lange sie im Stall gearbeitet hatte.

»Wir haben es geschafft«, sie jubelte und umarmte ihn stürmisch.

Sie drückte ihn so fest, beinahe verzweifelt, dass Jökull zunächst nicht wusste, was er tun sollte. Er hatte nicht damit gerechnet, dass sie ihn umarmen würde. Er war mehr als überrascht. Sein Körper reagierte deutlich schneller als sein Verstand und in äußerst unangemessener Weise. Ein Schauder jagte an seiner Wirbelsäule entlang und sandte lustvolle Impulse in seinen Unterleib.

Sollte er seine Arme um sie legen? Sie an sich drücken? Und dann was?

Jökull stand – das merkte er selbst – wie eine Salzsäule vor ihr und wusste nicht, wohin mit sich und diesen seltsamen Gefühlen. Er fragte sich, was normale Menschen in so einer Situation tun würden, was ihn zu dem Ergebnis brachte, dass er die Umarmung erwidern sollte.

Doch dazu kam es nicht mehr. Der innige Moment war zu schnell vorbei. Stella trat einen Schritt zurück und blickte noch immer freudestrahlend zu ihm auf. Entweder hatte sie sein Zögern nicht wahrgenommen, oder es machte ihr nichts aus.

Obwohl sie nicht klein war, musste sie ihren Kopf ein wenig in den Nacken legen. Ihre Lippen waren leicht geöffnet, die Wangen von den vorausgegangenen Ereignissen gerötet. Ihre blaugrauen Augen funkelten so lebendig. So wunderschön. Jökull konnte sich nicht rühren. Alles, was er mit Sicherheit sagen konnte, war, dass er sie in diesem Moment begehrte wie keine Frau zuvor.

Stella schien zu merken, dass etwas in ihm vor sich ging. Ihr Ausdruck veränderte sich ein wenig. Aber er spürte keine Ablehnung. Keinen Ärger. Er nahm Neugier wahr und ... Zuneigung.

Jökull sah, wie sie sich die Lippen mit der Zunge

befeuchtete und zittrig ausatmete, als würde es ihr ähnlich ergehen wie ihm. Er konnte seinen Blick nicht von ihrem Mund lösen. Die Luft zwischen ihnen knisterte mit einem Mal vor sexueller Anspannung.

Das hier war Wahnsinn.

Es war falsch.

Unangebracht.

Und so verlockend.

Er konnte sich nicht rühren, wagte es nicht, denn er hatte Angst davor, was passieren würde.

Es wäre nur ein Schritt. Nicht einmal das. Sie stand so dicht vor ihm, dass er die Hitze, die von Stella ausging, spüren konnte. Ihre Lebendigkeit. Ihre Weiblichkeit. Ihr ganzes Wesen, das ihn auf eine merkwürdige Weise faszinierte und anzog.

Doch etwas ließ ihn zögern. Was es genau war, konnte er nicht sagen, aber er wusste, dass das hier keine gute Idee war. Ganz und gar nicht. Trotzdem war er bereit, es zu riskieren, wenn Stella ihm nur mit einem Wimpernschlag zu verstehen gab, dass sie es auch wollte. Dass sie ihn wollte, so wie er sie.

Sag etwas, flehte er stumm. Die eindeutig sexuelle Reaktion auf ihre Nähe verwirrte Jökull so sehr, dass er sich nicht rühren konnte. Nicht rühren wollte.

Er hatte seit Monaten nicht einmal mehr ansatzweise Lust verspürt, vielleicht war das Verlangen deshalb so mächtig. So roh. Vollständig und jede Faser seines Seins erfassend. Jökulls Herz hämmerte hart gegen seine Rippen, obwohl nichts zwischen ihnen passiert war. Sie berührten sich nicht einmal.

Scheiß drauf, dachte er und hob seine Hand, um sie

in ihren Nacken wandern zu lassen. Er wollte sie küssen. Und wie. Er würde seine Lippen auf ihre pressen und von ihr kosten. Herausfinden, ob sie so herrlich schmeckte, wie sie duftete. Es war Wahnsinn, und gleichzeitig kam es ihm so vor, als ob es das erste Richtige seit langer Zeit war. Er wollte es. Er wollte sie. Lust pulsierte wie flüssige Lava durch seinen Körper, als ein schrilles Klingeln die sexuell aufgeladene Stille zwischen ihnen durchbrach.

Der Bann war gebrochen, und er wusste nicht, ob er sich freuen oder fluchen sollte.

Stella blinzelte so verwirrt, wie er sich fühlte, und trat einen Schritt zurück. Jökull ließ die Hand sinken und lehnte sich mit dem Rücken gegen den Holzbalken, um seine Fassung wiederzuerlangen. Sein Brustkorb hob und senkte sich schnell, er hatte vergessen zu atmen.

Verdammt. Was war das gewesen? Er musste verrückt geworden sein.

Stella zog ein Handy aus der Seitentasche ihrer Arbeitshose und schaute aufs Display. Jökull las aus der Mimik ihrer zusammengezogenen Brauen, dass sie mit dem Anrufer nicht sprechen wollte. Sie schob das Telefon zurück in die Hose und schaute dann zu ihm auf.

Fragend. Durcheinander.

Genauso, wie er sich selbst fühlte.

Jökull konnte nicht sprechen. Sein Atem kam noch immer schnell, als wäre er gerade im Sprint über den Hof gerannt. Er war schockiert von der Lust, die ihn übermannt hatte. Welche Instinkte hatten seinen Verstand außer Kraft gesetzt? Anders konnte er es nicht nennen. Das Blut rauschte heiß durch seine Adern. Wie war das nur möglich? Er konnte sie nicht begehren. Er wollte es auch nicht. Das war ihm noch nie passiert.

Zorn flammte in seinem Bauch auf. Auf die Welt. Auf das Leben. Auf sich selbst.

»Ich muss weitermachen«, knurrte Jökull. Er warf einen Blick auf die beiden Lämmer, die weiterhin selig tranken. Wenigstens etwas hatte er hinbekommen.

Er wusste nicht, wohin mit sich und der rohen Energie, die seinen Kreislauf noch immer verrücktspielen ließ. Während er überlegte, womit er sich abreagieren konnte, nahm er wahr, dass Stella regungslos dastand und ihn anstarrte. Jökull konnte sie nicht ansehen und schon gar nicht mit ihr sprechen. Er wusste nicht, was er sagen sollte. Er konnte ja nicht einmal begreifen, was da eben zwischen ihnen passiert war.

Blind vor Verwirrung – und sexueller Anspannung – schaute er sich im Stall um. Irgendwas musste es doch geben, worum er sich kümmern konnte, damit er nicht weiter nutzlos herumstand.

Verdammt. Der Aufruhr in seinem Inneren legte sich nicht, aber Jökull begriff, dass er etwas zu Stella sagen musste. Nur was?

Langsam wandte er sich um und öffnete seine Lippen. »Ich ...«

Weiter kam er nicht, ein Autohupen ließ sie beide erschrocken zusammenfahren. Spóri kläffte wie verrückt auf dem Hof.

Besuch? Er erwartete niemanden. Jökull war dennoch dankbar für die Ablenkung und atmete erleichtert aus. Wortlos verließ er den Stall und war überrascht, einen silbernen Land Rover zu sehen, der auf dem geschotterten

Hof stand. Ein dunkelhaariger Mann in Daunenjacke und Mütze saß hinter dem Steuer. Er schaute auf sein Handy, der Motor lief. Hinter sich hörte Jökull Stella näherkommen, dann bimmelte ihr Telefon erneut.

Eine dumpfe Vorahnung beschlich Jökull, aber er kam nicht dazu, eins und eins zusammenzuzählen. Der Mann ließ das Fenster der Fahrerseite herunterfahren und hob seine Hand. Das Telefonklingeln hörte abrupt auf. Jökull musste kein Genie sein, um zu erkennen, dass Anrufer und Fahrer ein und dieselbe Person waren.

»Marvin?«, flüsterte Stella entsetzt – anders konnte Jökull ihre Reaktion nicht beschreiben. Ungläubig noch dazu, als hätte sie nicht erwartet, ihm hier zu begegnen.

Jökulls Blick wanderte zu Stellas Händen. Der Ring fehlte. Den hatte sie seit Tagen nicht mehr getragen. War das der Mann, dem sie ihn zu verdanken hatte? Er musste es sein.

Marvin hieß er also. Kein Isländer, schlussfolgerte Jökull. Der Kleidung nach zu urteilen war er etwas »Besseres«. Er erinnerte sich gut an Stellas Look, als sie hier am ersten Tag aufgekreuzt war – diese Version von ihr würde gut mit Marvin zusammenpassen. Seitdem hatte sie eine radikale Verwandlung durchgemacht – nicht nur äußerlich. Diese Änderung im Erscheinungsbild schien dieser Marvin gerade selbst wahrzunehmen. Auf seinem Gesicht lag keine Wiedersehensfreude, sondern Skepsis und ... Ärger. Jökull wollte nicht neugierig sein, aber seltsamerweise interessierte es ihn brennend, was der Typ hier zu suchen hatte.

»Kann ich dir helfen?«, fragte Jökull den Dunkelhaarigen auf Isländisch.

Der Besucher verstand ihn natürlich nicht. »Ich spreche nur Englisch«, erklärte er in seiner Muttersprache.

Upper Class, erkannte Jökull an der Ausdrucksweise und seinem ganzen Wesen – dafür brauchte er nur wenige Sekunden. Er hatte zu viele von diesen Typen kennengelernt. Am Ende waren sie alle gleich. Nicht seine Kragenweite. Nicht mehr.

»Entschuldige bitte, Jökull, er will sicher zu mir«, erklärte Stella auf Isländisch, sie stand neben Jökull und schaute zu ihm auf.

Ihren Gesichtsausdruck konnte er nicht sofort deuten, er glaubte, etwas Reue darin zu erkennen. Aber weshalb? Es war doch nichts passiert.

Lügner, schoss es ihm durch den Kopf.

Die Erkenntnis, dass er sich im Stall nicht geirrt hatte, dass es ihr also ähnlich ergangen war wie ihm, schockierte ihn nicht so sehr, wie es sollte. Das Gegenteil war der Fall. Jökull fühlte sich besser damit. In sich bestätigt. Elektrisiert.

Was total albern war.

Es war Wahnsinn. Unvernünftig in jedem Fall. Stella zu begehren, war eine dumme Idee. Er musste sie sich schnell aus dem Kopf schlagen.

Was er jetzt brauchte, war Abstand. Außerdem wollte er sich nicht zwischen Stella und ihren Verlobten drängen. So einer war er nicht. Als hätte er selbst nicht genug in seinem eigenen Leben zu regeln.

Auch daran wollte er jetzt nicht denken.

Er hasste es, wenn sich sein Kopf einschaltete, das Drama hielt er nicht aus. Dagegen gab es ein Heilmittel und das hieß: Arbeit. Er werkelte bis zur Besinnungslosigkeit auf dem Hof, das tat er immer, wenn seine Erinnerungen hochkochten. Heute war es irgendwie anders, was nichts an der Tatsache änderte, dass er hier nichts mehr verloren hatte. Er musste die beiden allein lassen. Warum zögerte er dann?

»Dann verschwinde ich mal, und du kannst dich um …«, weiter kam er nicht.

»Marvin«, half sie ihm aus.

»Genau, du kannst dich um Marvin kümmern.« Jökull schaute forschend in Stellas Gesicht und wartete ab, weil er sich ein Zeichen von ihr wünschte, dass er sie mit dem Typ allein lassen konnte. Vermutlich ging seine Fantasie mit ihm durch. Sein Verhalten war total übertrieben. Er war nicht ihr Beschützer. Sie waren ja nicht einmal befreundet.

Spóri konnte den Besucher jedenfalls nicht leiden. Er bellte zwar nicht mehr so laut, aber er saß jetzt lauernd vor der Fahrertüre, als wolle er dem Typ klarmachen: Steig bloß nicht aus!

Dem Urteil seines Hundes konnte man vertrauen.

So ähnlich fühlte sich auch Jökull, obwohl er es niemals zugeben würde. Dieser Marvin war ihm absolut unsympathisch. Wie war eine Frau wie Stella nur an so einen Kerl geraten?

Das ging ihn nichts an, erinnerte sich Jökull gerade noch rechtzeitig, ehe er womöglich etwas sagte, was er später bereute.

Mit einer abrupten Bewegung drehte er sich um, pfiff den Border Collie zurück und marschierte ohne Ziel davon. Jökull war durch den Wind, anders war es nicht zu bezeichnen. Und auch ein wenig schockiert über sich und seine Reaktionen auf die Ereignisse des Tages. Es fühlte sich ganz danach an, als ob er die Kontrolle über seine Emotionen verlieren könnte, wenn er nicht aufpasste. Das durfte nicht passieren. Außerdem wollte er nicht dabei zusehen, wie Marvin und Stella ihr Wiedersehen begingen. Auf gar keinen Fall.

～

STELLAS KNIE WAREN WACKELIG, ihr Puls lag weit über der gesunden Grenze. »Was machst du hier?«, fragte sie Marvin und merkte selbst, dass es nicht nach Wiedersehensfreude klang, sondern skeptisch.

»Das nenne ich mal eine freundliche Begrüßung«, erwiderte ihr Verlobter sarkastisch.

Er hatte recht. Hitze kroch über Stellas Hals in ihre Wangen.

»Willst du nicht aussteigen?«, sie räusperte sich, um ihre Verlegenheit zu überspielen.

Marvin schaute sich um. »Ist der Hund weg?«

»Du brauchst keine Angst vor Spóri haben, er ist ein ganz Lieber.«

»Hast du nicht gesehen, wie er mich angeknurrt hat?« Marvin stieg schlussendlich doch aus dem Auto und trat auf sie zu.

Stella rührte sich nicht vom Fleck. Sie wusste selbst nicht, warum sie sich so beklommen fühlte.

Okay, das war eine Lüge. Aber Marvin konnte ja nicht wissen, was eben im Stall beinahe passiert wäre. Oder hatte sie sich das doch alles nur eingebildet?

Die sexuellen Schwingungen zwischen Jökull und ihr? Das Verlangen? Die Lust?

O Gott. Schon bei der Erinnerung an seinen lodernden Blick wurde ihr ganz anders.

Sie musste damit aufhören, sofort.

Stella fühlte sich Marvin gegenüber schuldig. Sie war keine Frau, die fremdging und die Gefühle anderer nicht respektierte. Und doch hätte sie noch vor wenigen Minuten beinahe eine Grenze überschritten. Nie hätte sie für möglich gehalten, dass das passieren könnte. Vor allem nicht mit *ihm*.

Eine Sache hatte Stella jedoch begriffen: Jökull war kein Eisblock. Unter seiner vermeintlich kalten Oberfläche loderte ein Feuer, das sie, auch ohne, dass er sie berührt hatte, von innen versengte. Auch jetzt noch.

Wenn Marvin sie ansah, hatte sie sich niemals so gefühlt. Kein einziges Mal.

Hör auf, rief sie sich zur Vernunft. Er ist dein Verlobter. Du liebst ihn.

Marvin stand vor Stella, kurz glaubte sie, dass er sie umarmen würde. Aber er rührte sich nicht, sondern schaute sie von oben bis unten an. Abschätzend. Als wollte er sagen: Was hast du eigentlich an? Was machst du hier auf diesem Bauernhof?

Es gab tatsächlich eine Menge zu erklären, das stand außer Frage. »Wie hast du mich gefunden?«, fiel ihr als erstes ein.

»Über die Partnerschafts-App, wie sonst?«, erwiderte er und wirkte allmählich etwas genervt.

Diese blöde App hatte sie ganz vergessen. Stella hatte sie seinerzeit auch gar nicht installieren wollen. Sie hatte sofort ein Gefühl von übermäßiger Kontrolle gespürt, aber

Marvin hatte darauf bestanden. Zur Sicherheit, hatte er damals gesagt.

»Ach so«, war alles, was sie darauf erwiderte.

»Freust du dich nicht, mich zu sehen?« Marvin nahm ihre Hände in seine. Zögerlich. Weil sie dreckig sein könnten. Das musste er nicht aussprechen, mit jeder Faser seines Seins strahlte er eine gewisse Abscheu aus. Beinahe hätte sie gelacht.

Du kannst auch wieder gehen, wenn du mich zu stinkig findest, wollte sie schimpfen, aber sie schwieg, als sie in sein Gesicht blickte.

Marvins Züge waren hart. Aus seinen Augen strahlte keine Liebe, es waren viele Fragezeichen darin zu erkennen. »Warum bist du hergekommen?«, wollte sie von ihm wissen. Wo du offensichtlich doch gar nicht hier sein willst, ergänzte sie stumm. Vielleicht war es der Versuch, sie wieder zur Vernunft zu bringen. *Seiner* Vernunft?

»Weil ich mich um dich sorge. Was ist denn nur los mit dir?«, fragte er etwas sanfter. »Ich bin den ganzen Tag unterwegs und kaputt. Erst der Flug von London, dann die fünfstündige Fahrt. Es ist saukalt hier draußen. Willst du mich nicht reinbitten?«

Verdammt, er hat recht. Wo waren nur ihre Manieren geblieben? »Natürlich, komm, wir fahren rüber zu Opa, also, falls du keine Angst um die Sauberkeit deiner Autositze hast.«

Es hatte ein Witz sein sollen, aber Marvin schien wirklich kurz überlegen zu müssen. Schließlich nickte er. »Klar, steig ein, ist eh nur ein Mietwagen.«

Wie nett, dachte sie sarkastisch, und Trotz regte sich in ihr. Da war es wieder, dieses Gefühl, das Wissen, dass

Marvin sie nicht vollständig akzeptierte, nicht mit allem, was zu ihr gehörte. Sie war Isländerin, hier lagen ihre Wurzeln, in der Natur. Auf einem Hof. Wenn er sie nicht lieben konnte, wenn sie mal keine High Heels trug, war es dann überhaupt Liebe?

Sie wollte sich die Antwort darauf jetzt nicht geben, sondern kletterte stumm auf den Beifahrersitz. Nicht, ohne sich vorher noch einmal die Hosenbeine abzuklopfen, natürlich. Wie lächerlich.

Stella erklärte Marvin betont fröhlich, wie er fahren musste. Ihm schien nicht aufzufallen, wie aufgesetzt ihr lockerer Ton klang, woraufhin sie erleichtert ausatmete. Kurz darauf erreichten sie Opas Haus. »Ganz schön abgelegen«, meinte Marvin und parkte den Wagen.

»Ich mag es«, war alles, was sie erwiderte. Ihr fehlte gerade die nötige Energie und auch die Lust, ihm die Schönheit Islands zu erklären. Wenn er es nicht selbst erkannte, die Ruhe, die Weite, die Kraft der rauen Natur, dann war das sein Problem. »Ich ziehe mich um, dann reden wir«, meinte sie stattdessen und ging voraus.

7

Nach einer langen und ausgiebigen Dusche – Stella hatte sich mehr Zeit genommen als nötig – kleidete sie sich an. Kurz überlegte sie, ob sie eine Bluse zu einer schwarzen Hose tragen sollte, entschied sich dann aber dagegen und schlüpfte in ein Longsleeve und eine Jeans. Darüber zog sie eine Wollstrickjacke mit dem typischen isländischen Muster. Ihre Haare waren noch feucht, auf Make-up verzichtete sie. Sie trug lediglich ein wenig Wimperntusche und Rouge auf.

Opa war heute Abend unterwegs, irgendein Treffen in Akureyri. Er hatte es ihr beim Frühstück erklärt, aber sie hatte nur etwas zum Thema Quoten und Lokalpolitik verstanden und dann abgeschaltet. Gerade war sie froh darüber, dass er nicht da war. So konnte sie in Ruhe mit Marvin reden – oder streiten. Etwas in ihr war davon überzeugt, dass es ein unangenehmes Gespräch werden könnte – und sie wollte nicht, dass Opa mitbekam, wie ätzend Marvin manchmal sein konnte.

In Diskussionen gab Marvin ihr oft das Gefühl, ihm geistig unterlegen zu sein.

Wieso denkst du an Streit, fragte sie sich, dann rieb sie sich über die Stirn. Warum sonst sollte er herkommen? Freiwillig reiste er nie nach Island. Sie hatte es außerdem an seinem Gesicht gesehen, an seinen Augen. Er war aus Pflichtgefühl gekommen, oder aus Kontrollsucht vielleicht. Sie war nicht ganz sicher.

Stella wappnete sich innerlich für das, was gleich kommen mochte, und ging mit flauem Gefühl im Magen hinunter. Marvin saß im Wohnzimmer und tippte hektisch auf seinem Handybildschirm herum. Ja, die Arbeit wartet nicht, dachte sie und fragte sich, ob sie noch vor kurzem genauso drauf gewesen war wie er.

Sie konnte es sich beinahe nicht vorstellen, aber es musste so gewesen sein.

Seit dem heftigen und unerfreulichen Telefonat mit Simon vor einigen Tagen war alles anders geworden. Tatsächlich war Stella die Kündigung ins Postfach geflattert, einhergehend mit dem Verbot, mit Bestandsklienten zu sprechen oder überhaupt in irgendeiner Form im Namen der Kanzlei zu kommunizieren. Ihre geschäftliche E-Mail-Adresse war daraufhin gesperrt worden. Zuerst war sie geschockt gewesen und dann erleichtert. So konnte sie zumindest ihre Familie unterstützen, ohne ständig unter dem Druck zu stehen, für die Kanzlei abliefern zu müssen.

Marvin musste deshalb hier sein. Bestimmt, weil er sie mit zurück nach England nehmen wollte. Vielleicht wollte er sie auch nur trösten.

»Möchtest du was trinken?«, erkundigte sie sich. »Oder Abendessen?«

Marvin hob eine Hand. »Moment, ich schreibe nur kurz diese E-Mail fertig.«

Sie seufzte und betrachtete ihren Verlobten einen Augenblick schweigend. *Das* hatte sie mal attraktiv gefunden? Damit meinte sie nicht sein Erscheinungsbild. Marvin war gut aussehend, schlank und hatte symmetrische Gesichtszüge. Womit sie gerade nicht klarkam, war seine Art. Dass er nicht einmal für eine Minute wirklich hier sein konnte. Er war mit seinem Kopf nur bei der Arbeit. Das konnte doch kein Leben sein. Jedenfalls keins, das sie länger führen wollte.

Vielleicht war sie verrückt geworden und wachte in ein paar Tagen auf und stellte dann entsetzt fest, dass sie einen kurzen Blackout gehabt hatte. Aber das glaubte sie nicht. Sie fühlte sich zum ersten Mal seit langer Zeit so, als käme sie dem nahe, was wirklich einen Sinn in ihrem Leben ergab.

Stella ging in die Küche und kochte Tee, auch einen für Marvin, obwohl sie wusste, dass er über den Teebeutel die Nase rümpfen würde. Mit zwei dampfenden Tassen kehrte sie ins Wohnzimmer zurück, stellte sie ab und setzte sich ihm gegenüber.

Es dauerte ein paar Minuten, anscheinend war es mehr als nur eine Mail, die er zu beantworten hatte, dann schaute er zu ihr auf. Die Skepsis in seinem Tonfall versuchte er erst gar nicht zu verbergen. »Sind das deine Klamotten?«

Kurz war Stella irritiert, dann zuckte sie gleichgültig die Schultern. »Spielt das eine Rolle?«

»Natürlich nicht, aber so kenne ich dich gar nicht.«

Warum wohl, wollte sie ihm an den Kopf werfen. Stattdessen sagte sie: »Hier ist praktische Kleidung angesagt, stört es dich?«

Sie spürte sein kurzes Zögern, dann schien er sich zu besinnen. »Nein. Aber, Stella, was ist los mit dir? Du meldest dich nicht, kümmerst dich um gar nichts mehr, was dir wichtig ist. So kenne ich dich gar nicht.«

Ja, und das war schade. Sehr schade. Denn gerade kümmerte sie sich um das, was wirklich zählte – aber das konnte ein Mann wie Marvin nicht begreifen. »Weshalb bist du nach Island gekommen?« Sie wollte es hören. Aus seinem Mund. Auch, wenn sie es bereits ahnte.

»Ich wollte dich sehen, Sweetheart.«

Sie glaubte ihm nicht. »Das ist schön. Darüber freue ich mich.«

»Auch, wenn es hier verdammt kalt ist. Dir ist schon klar, dass wir in London weit über zwanzig Grad haben? Und du hockst in Island und verpasst den Sommer!«

Beinahe hätte sie die Augen verdreht, ließ es aber sein. Wenn er sonst keine Probleme hatte, war ja alles gut. »Ich friere nicht«, erwiderte sie, auch wenn sie merkte, dass sie sich ein wenig kindisch verhielt. Sie sollte offen aussprechen, was in ihr vor sich ging, aber sie traute sich nicht.

Für einen Moment sagte niemand etwas, doch Stella spürte, dass gleich etwas kommen würde. Daher richtete sie sich gerade auf und nahm ihre Tasse in beide Hände.

»Wo ist dein Ring, Sweetheart?«, seine Stimme klang sanft, aber der Vorwurf darin war nicht zu überhören. Tatsächlich fühlte sie sich ertappt.

»Ich trage ihn nicht, wenn ich im Stall arbeite«, erklärte sie und merkte, dass ihr Herz schneller schlug. War das wirklich der einzige Grund? Sie verbot sich die Antwort darauf, dafür hatte sie jetzt keine Zeit. Ihr Leben war gerade schon kompliziert genug.

»Aber jetzt bist du nicht mehr bei den Schafen«, wandte Marvin ein. Sein Blick war lauernd. War er eifersüchtig?

»Da hast du recht.« Sie hatte den Ring seit Tagen nicht mehr getragen, warum konnte sie selbst nicht genau sagen. Sie wollte sich nicht damit befassen. Nicht jetzt. In Marvins Gegenwart fühlte sich jeder Gedanke über den Alltag hier und die Menschen, die sie damit verband, wie eine einzige Rechtfertigung an. Es war ihr zu viel. Sie wollte aufstehen und davonlaufen, aber das würde ihre Probleme auch nicht lösen. Deshalb blieb sie an Ort und Stelle und konzentrierte sich auf das eigentliche Thema: ihren Verlobungsring. »Ich weiß nicht, warum ich ihn nach dem Duschen nicht angezogen habe.«

»Soll ich ihn holen? Ich möchte, dass du ihn trägst. Wo liegt er denn?«

Es schien Marvin viel zu bedeuten, also stand sie auf und bedeutete ihm mit einer Geste, dass er sich entspannen konnte. »Schon gut, bin gleich wieder da. Ich gehe selbst, du kennst dich hier ja nicht aus.«

Stella lief nach oben und blieb vor ihrem Nachttisch stehen. Sie nahm den Ring in die Finger und hielt einen Moment inne. Etwas in ihr sträubte sich dagegen, ihn überzustreifen, aber sie ignorierte dieses Gefühl. Was war nur mit ihr los? Bis vor Kurzem hatte sie das edle Schmuckstück geliebt und sehr gerne getragen. Stella biss sich auf die Unterlippe und kehrte zu Marvin zurück. Er nippte vom Tee und verzog das Gesicht, als sie das Wohnzimmer betrat. »Was zur Hölle ist das?«, schimpfte er angewidert.

»Früchtetee«, erklärte Stella und verkniff sich ein Schmunzeln.

Marvin stellt die Tasse ab. »Okay, lass uns über Wichtigeres reden als diese Brühe. Ich habe mit Simon gesprochen. Er ist genauso entsetzt wie ich, dass du ... na ja, darüber, wie du dich benimmst. Aber er ist bereit, dir noch eine Chance zu geben, wenn ...«

Stellas Mund klappte auf, während ihr Gehirn Marvins Worte verarbeitete. Ehe sie vollständig bei ihr angekommen waren, merkte sie, wie sich ihr Magen verkrampfte. Die Überraschung über Marvins Frechheit wandelte sich schnell in Empörung.

Was bildete er sich eigentlich ein? »Du hast mit Simon geredet, ohne mich vorher zu fragen?«

»Er war verzweifelt, hat mich angerufen und gefragt, ob du einen Nervenzusammenbruch hast oder so was. Du bist nicht du selbst, merkst du das denn gar nicht? Dein Verhalten ist absolut irrational, du setzt deine ganze Karriere aufs Spiel, und wofür?«

Es kostete sie größte Mühe, ihre Beherrschung nicht zu verlieren. »Nervenzusammenbruch«, wiederholte sie gefährlich leise. »Spinnt ihr?«

»Stella«, Marvin schob seine Hand über den Tisch und legte sie mit der Handfläche nach oben auf die Platte. Eine Aufforderung, dass sie ihre Finger in seine legen sollte. Stella zögerte, sie wollte seiner Geste nicht nachkommen, tat es aber doch – warum wusste sie selbst nicht genau. Aus Gewohnheit? Um den brüchigen Frieden zu bewahren? Die Berührung fühlte sich vertraut an, seine Haut war warm und weich. »Du musst doch zugeben, dass du dich sonderbar benimmst. Du liebst deine Arbeit, Stella!«

Wie schön, dass er anscheinend alles über sie wusste. Vor kurzem hätte sie ihm tatsächlich zugestimmt, aber seitdem war eine Menge passiert. Sie hatte die Augen geöffnet und konnte endlich erkennen, dass das Leben, das sie in London geführt hatte, nicht das war, was sie langfristig glücklich machen würde. Vielleicht sah sie das in ein paar Wochen anders, aber im Moment konnte sie sich einfach nicht vorstellen, wieder in dieses Hamsterrad einzusteigen. Außerdem war es dafür ohnehin zu spät, ihr war bereits gekündigt worden. »Und Simon schickt dich? Als Vermittler, oder wie?«, hakte sie nach und fürchtete sich gleichzeitig vor der Antwort. Dass Marvin nur angereist sein könnte, weil er von Simon aufgestachelt worden war, und nicht, weil er sich Sorgen um sie machte, störte sie mehr, als sie zugeben wollte.

Stella erkannte an seinem verschlossenen Blick, dass sie den Nagel auf den Kopf getroffen hatte. Marvin war also tatsächlich hier, um ihren Job zu retten – und damit Stellas Stellung in der Gesellschaft, die ihm vielleicht wichtiger war als ihr selbst. »Natürlich nicht. Ich bin hier, weil ich mir Sorgen um dich mache. Um uns«, erklärte er seelenruhig, aber sie nahm ihm seine fürsorglichen Worte nicht ab.

Das sollte er auch, dachte sie. Sich Sorgen um mich machen. Aber nicht auf die falsche Weise. Vielleicht war es dafür aber auch zu spät. Die Erkenntnis war schmerzhaft, aber wahr.

Stella hatte ihn nicht vermisst, nachdem sie sich in London im Streit verabschiedet hatten. Seitdem hatten sie nur wenig miteinander kommuniziert. Und heute stand er unangemeldet auf dem Hof, um ... was? Um ihr Vorwürfe zu machen? Das konnte sie nicht brauchen, und das hatte sie auch nicht verdient.

»Ich liebe dich, Stella. Komm her.« Marvin stand auf und zog sie mit auf die Beine, dann umrundete er den Tisch und umarmte sie fest. Stella schloss die Augen und ließ es geschehen. Sie atmete seinen vertrauten Geruch, sein teureres Parfum ein und versuchte, sich zu entspannen. Ich liebe ihn doch, erinnerte sie sich selbst. Wir wollen heiraten.

Etwas von ihrem Widerstand schmolz dahin. »Ich benötige mehr Zeit in Island«, murmelte sie. »Wenn Simon das nicht versteht, kann ich es nicht ändern. Meine Familie braucht mich.«

Sie merkte, dass Marvin etwas sagen wollte, doch dann entschied er sich wohl anders und hielt die Klappe. Als ob er spürte, wie ernst es ihr damit war.

»Okay. Gut. Vertagen wir die Diskussion, ich bin ganz schön fertig nach den Reisestrapazen. Lass uns schlafen gehen. Es ist spät. Ich bin lange unterwegs gewesen, und morgen früh reden wir dann noch mal darüber, ja?«

Damit war das Gespräch erst einmal beendet. Er hatte ihr zwar nicht direkt zugestimmt, aber er wollte offenkundig auch nicht streiten. Wenigstens etwas. Stella wollte ihm erklären, dass sie ab fünf Uhr im Stall gefragt sein würde. Sie hatte Jökull heute schon früher hängen lassen, als sie verabredet hatten. Aber das war für Jökull vermutlich kein Problem. Davon war sie überzeugt. Wie Marvin auf diese Neuigkeit reagieren würde, war ihr jedoch nicht ganz klar. Oder vielleicht wollte sie auch nicht daran denken, weil sie wusste, dass er sie dafür kritisieren würde.

Stella war auf einmal sehr müde. Erschöpft. Emotional

verwirrt. Es war ganz sicher besser, das Gespräch mit Marvin auf morgen zu vertagen. Wenn sie Glück hatte, schlief er, bis sie aus dem Stall zurückkam. Dann konnten sie beim Frühstück darüber reden, wie es weiterging. Sie hoffte noch immer auf seine Einsicht. Er sollte doch verstehen, dass sie so lange hier bleiben musste, bis Jói eine Aushilfe gefunden hatte und die Lämmer geboren waren. Obwohl sie wusste, dass es nicht ihre Aufgabe war, auf dem Hof drüben auszuhelfen, so wollte sie sie zu ihrer machen. Jökull und Dudda schafften es nicht alleine, und Opa Gunni war eben auch nicht mehr der Jüngste. Stella war leider sehr sicher, dass Marvin nichts davon akzeptieren oder überhaupt nachvollziehen konnte. Aber gut, man würde sehen, jetzt war das Thema erst mal vertagt.

»In Ordnung, ich bin auch müde«, war alles, was sie dazu sagte, obwohl ihr so vieles durch den Kopf ging. Stella räumte die Tassen ab, und dann gingen sie nach oben. Getrennt voneinander machten sie sich bettfertig. Marvin mochte es nicht, wenn er vor ihr Zahnhygiene durchführte. Und ihr beim Pinkeln zuzusehen, kam für ihn noch weniger infrage. Es war okay für sie, gerade sogar willkommen, dass sie etwas mehr Raum für sich und ihre Gedanken hatte.

MARVIN LAG BEREITS IM BETT – mit dem Handy natürlich – als Stella aus dem Bad ins Schlafzimmer kam. Sie verteilte Handcreme zwischen ihren Fingern, massierte sie ein und blieb vor dem Bett stehen.

»Ganz schön winzig«, murrte er und schaute nicht einmal zu ihr hoch.

Sie zuckte die Schultern. Fast hätte sie gesagt: für die paar Nächte, die du da bist, wird es schon gehen. »Wann wirst du denn in London zurückerwartet?«, fragte sie stattdessen.

Nun guckte sie Marvin doch an. Ein merkwürdiger Ausdruck huschte über sein Gesicht. »Wieso? Willst du mich etwa loswerden?«

Sie lachte, es klang ein wenig zu hoch. Zu künstlich. »Bestimmt nicht. Aber ich weiß doch, wie viel du zu tun hast. Es war sicher schwierig für dich, dich überhaupt loszueisen.«

Er hob die Decke an und klopfte auf den Platz neben sich. »Komm her, Sweetheart. Ich habe dich vermisst.«

Ein lüsternes Funkeln blitzte in seinen Augen auf. Ja, natürlich, er hatte den Sex mit ihr vermisst – beim Rest war sie sich nicht so sicher. Stella war nicht in Stimmung.

Sie gab ihm einen kurzen Kuss auf die Lippen, dann drehte sie ihm den Rücken zu und legte sich hin. Marvin umarmte sie von hinten und schmiegte sich an sie. Stella spürte seine Erektion an ihrem Po. Sie hielt den Atem an, während seine Finger über die Wölbung ihrer Hüften glitten. Zärtlich und sanft. Trotzdem stellte sich nicht die von ihm erwünschte Reaktion bei ihr ein. Sie wollte keinen Sex mit ihm. Sie wollte ihre Ruhe.

Für den Bruchteil einer Sekunde dachte sie an Jökull und die Lust, die sie in seiner Nähe empfunden hatte, obwohl er sie nicht einmal berührt hatte.

Schuldgefühle machten sich in ihr breit. Stella schob die Erinnerung an den seltsamen Moment im Stall beiseite und drehte sich zu Marvin um. Sie rückte ein Stück näher und begann, ihn zu küssen. Wenn sie sich nur genug Mühe gab, würde es sicher gehen. Sie war emotional verwirrt, das stimmte. Garantiert würde sich alles wieder einspielen, wenn sie die Nähe zu ihrem Verlobten zuließ.

Marvin stöhnte auf und schob seine Zunge zwischen ihre Lippen, während seine Hände begannen, ihre Brüste zu kneten.

Scheiße, ich kann das nicht, schoss es ihr durch den Kopf.

Wie von der Tarantel gestochen sprang Stella aus dem Bett und stolperte ein paar Schritte rückwärts. »Sorry, ich habe was vergessen …« Sie rannte davon und schlug die Badezimmertür hinter sich zu. Dort lehnte sie sich von innen gegen das Holz und schloss die Augen.

Stella wollte nicht von Marvin berührt werden. Sie wollte ihn nicht küssen und schon gar keinen Sex mit ihm haben. Während sie einen derben isländischen Fluch ausstieß, fragte sie sich, was sie tun sollte. Sie konnte ja wohl schlecht die Nacht im Badezimmer auf dem grünen Flokati verbringen, der vor der Badewanne lag.

Glücklicherweise hörte Stella gerade, dass Opa nach Hause kam. Er rief von unten, dass er da war. Stella atmete erleichtert aus und trat in den Flur hinaus. »Hallo, Opa«, begrüßte sie ihn und eilte nach unten. Sie erklärte ihm, dass Marvin da war und hier übernachten würde.

Opa war überrascht und wirkte nicht erfreut, aber er fing sich gleich wieder. Sie wollte ihm sagen, dass er sich keine Sorgen machen musste, sie würde nicht mit Marvin abreisen. Aber sie ließ es sein, denn die Erkenntnis, dass sie sich wünschte, ihr Verlobter würde sich in Luft auflösen, erschütterte sie.

»Gute Nacht, Opa«, Stella umarmte den alten Mann

herzlich. Dann ging sie wieder nach oben und wusste noch immer nicht, was sie zu Marvin sagen sollte.

»Da bin ich wieder«, verkündete sie nervös, nachdem sie das Zimmer betreten und die Tür hinter sich geschlossen hatte.

Er legte sein Handy weg. »Was war los?«

»Hab nur meine Pille vergessen«, log sie, die hatte sie vorhin schon genommen. Eigentlich wollte sie nicht mit Hormonen verhüten, aber Marvin mochte keine Kondome. Damit würde er weniger fühlen, hatte er damals gesagt und sie überredet, sich das Präparat verschreiben zu lassen. »Für uns wird es dadurch viel entspannter«, hatte er noch gesäuselt und sie leidenschaftlich geküsst. Damals hatte sie ihm geglaubt, heute merkte sie, dass sich ein immer größerer Widerstand in ihr dagegen aufbaute, dass alles nur nach seiner Nase gehen sollte. Sie wünschte sich mehr von einer Partnerschaft, als sie mit ihm erlebte.

»Verstehe, dann komm her, Sweetheart, hatten wir nicht etwas vor?« Er grinste wollüstig.

Stella schlüpfte mit einem leisen Seufzen unter die Decke. »Die Wände hier sind dünn wie Pappe, und mein Opa ist eben nach Hause gekommen. Das können wir nicht machen.«

Vermutlich würde Marvin kapieren, dass es eine lahme Ausrede war, aber das war ihr gerade egal.

Marvin stützte sich auf den Unterarm und rollte sich auf sie. »Ich verspreche dir, dass ich ganz leise sein werde.«

Fehlte nur, dass er ein »Indianerehrenwort« hinzufügte. Was dachte er sich eigentlich, dass man ihre Lust wie eine Lampe anknipsen konnte? Stella schob ihn sehr bestimmt von sich. »Ich denke nicht, dass das eine gute Idee ist. Tut mir leid.«

Marvin grunzte, ein abfälliger Laut, der seinen Unwillen deutlich ausdrückte. »Verstehe.«

Stella war überzeugt, dass er genau das nicht tat, aber es war ihr egal. »Gute Nacht, schlaf gut«, versuchte sie so sanft wie möglich von sich zu geben und richtete sich nahe der Bettkante ein, um ihn nicht berühren zu müssen.

STELLA FÜHLTE SICH WIE GERÄDERT. Sie hatte eine schlaflose Nacht hinter sich. Ihre Gedanken hatten sich immerzu im Kreis gedreht. Neben Marvin war sie nicht zur Ruhe gekommen, während er selig vor sich hin geschnarcht hatte. Sie brauchte den ersten Kaffee des Tages dringender denn je und war froh, als sich kurz darauf der vertraute Geruch in der Küche ausbreitete. Es war kurz nach halb fünf, zu früh eigentlich. Aber da sie sowieso wach gewesen war, hatte sie entschieden, aufzustehen und den Tag sinnvoll zu nutzen.

Weil du Jökull sehen willst, sagte ein Stimmchen in ihrem Kopf, das sie gleich zum Schweigen brachte. Sie mochte den Kerl nicht mal, rief sie sich in Erinnerung, es ging ihr nur um die Tiere und darum, zu helfen.

Nachdem Stella den Thermosbecher randvoll befüllt hatte, machte sie sich auf den Weg in den Stall. Die Luft an diesem frühen Morgen war klar und frisch, es war windstill. Die Sonne schien über dem Fjord. Ein paar Möwen flatterten kreischend umher. Sie liebte diese Geräusche, denn man konnte sie nur am Meer hören. Ihre Lungen weiteten sich, und die Müdigkeit fiel zwar nicht ganz von ihr ab, aber neue Lebensenergie machte sich in ihr breit. So ganz konnte sie die Ereignisse des gestrigen Tages jedoch nicht abschütteln, das wäre ja auch zu schön gewesen.

Stella war zu keinem Schluss gekommen, was sie Marvin überhaupt sagen sollte. Aber eines war klar, sie mussten reden. Jetzt wollte sie nicht an ihn und das bevorstehende Gespräch denken. Dafür war später auch noch Zeit. Zuerst wollte sie sich nützlich machen.

»Guten Morgen«, grüßte sie, als sie den Stall betrat und sich umschaute.

Jökull war gerade dabei, einige lose Bretter an den Boxen festzunageln. Als er sie entdeckte, hielt er inne und richtete sich auf. »Was ist denn mit dir los, aus dem Bett gefallen? Mit dir hatte ich heute gar nicht gerechnet.«

Sie konnte seine Verwunderung gut verstehen, trotzdem war etwas komisch an ihm. Stella machte große Augen. So viele zusammenhängende Worte hatte dieser Mann bislang nie mit ihr gewechselt. Sie öffnete ihren Mund und schloss ihn dann wieder. Um ihre Überraschung zu verbergen, trank sie einen Schluck Kaffee. Natürlich verbrühte sie sich daran, weil sie nicht daran gedacht hatte, wie heiß er noch war. »Scheiße«, fluchte sie und erntete dafür einen erstaunten Blick.

»Alles okay?«, erkundigte er sich und nahm seine Arbeit wieder auf.

»Aber natürlich. Der frühe Vogel fängt den Wurm, du weißt schon. Und wie war es hier? Ruhige Nacht?«

»Tatsächlich, ja. Sieht alles so weit gut aus. Die ersten Schafe können heute oder morgen raus auf die kleine

Weide. Dann gibt es hier drin ein bisschen mehr Platz. Es ist komisch, wie schnell die Zeit dann doch vergeht. Mehr als die Hälfte der Lämmer sind bereits geboren.«

Stella furchte die Stirn. Er hatte definitiv Plauderwasser in seinem Kaffee gehabt. Sie ging jedoch nicht darauf ein, dafür war sie zu müde und verwirrt. »Was kann ich machen?«

»Fürs Füttern ist es eigentlich ein wenig zu früh, aber wenn du schon da bist, kannst du das Heu auch gleich verteilen. Ansonsten müsste die Wasserleitung dahinten überprüft werden, aber ich kann das auch selbst übernehmen. Irgendwas ist ja immer.«

Schon wieder drei vollständige Sätze. Stella schaute Jökull sprachlos an. »M-mh«, machte sie nur und nippte erneut, dieses Mal vorsichtiger, von ihrem Kaffee.

»Was ist los?«, wollte er wissen und wandte ihr sein Gesicht zu.

Für einen Wimpernschlag sagte niemand etwas. Stella verlor sich in seinen hellblauen Augen, und ein wohliges Gefühl breitete sich in ihrer Magengrube aus. Dieser Mann war die Ehrlichkeit in Person, sie hatte ihn in all den Tagen kein einziges Mal aus Eigennutz handeln sehen. Diese Eigenschaft war rar gesät, und Stella musste zugeben, dass sie das sehr an ihm schätzte – neben all seiner Schroffheit natürlich, die manchmal echt nervig sein konnte. Wie sein Gesicht wohl unter diesem zotteligen Bart ausschaute?

Es war seltsam, aber so schrullig ihr seine Erscheinung anfangs vorgekommen war, so normal empfand sie sie heute. Das hieß natürlich nicht, dass sie neuerdings auf lange Rauschebärte stand. Überhaupt nicht. Aber Stella hatte mittlerweile begriffen, dass es mehr darauf ankam, was sich unter dieser groben Oberfläche verbarg. Und sie wusste, dass sie sich immer auf Jökull verlassen konnte. Wenn es darauf ankam, würde er für sie ins Feuer springen, daran hatte sie keinen Zweifel.

Und Marvin?

Der war eben Marvin. Der sprang höchstens in einen heißen Whirlpool.

Stella blinzelte und schluckte. Ihr Mund war ganz trocken geworden.

»Ich fang dann mal an«, murmelte sie und verkrümelte sich ans andere Ende des Stalls. Von dort aus rief sie: »Willst du nicht schlafen gehen? Ich kann bis halb zehn bleiben.«

»Okay, mache ich. Bis später, Stella. Und du bist sicher, dass du klarkommst?«

Sie runzelte die Stirn und fragte sich, ob er neben seinen anderen Fähigkeiten auch noch unter die Hellseher gegangen war. Sie hatte nicht gedacht, dass ihre innerliche Zerrissenheit so offensichtlich sein würde. »Logisch komme ich klar, nun geh schlafen. Ich brauche dich hier nicht.«

Erst als Jökull den Stall verlassen hatte, fing sie wieder an zu atmen. Das war ein äußerst seltsamer Morgen. Stella setzte sich zu einer Aue, die noch nicht geboren hatte, und strich ihr über den Kopf. »Männer«, brummte sie und wusste gar nicht genau, was sie damit überhaupt meinte.

Die Zeit bis zu Jökulls Rückkehr nutzte Stella, um verschiedene Arbeiten zu erledigen. Sie fütterte die Schafe, brachte den Müll weg und fegte, wo es ging, einmal durch. Zwei Lämmchen wurden in der Zeit komplikationslos geboren, sie musste nichts tun, außer die Münder und Nasen zu befreien und darauf achten, dass die Nachgeburten kamen.

Irgendwann hörte Stella, wie Jökull den Stall wieder betrat, und drehte sich zu ihm um. Die Frage, ob er gut geschlafen hatte, blieb ihr im Halse stecken, als sie ihn anschaute.

Heiliges Kanonenrohr. Was war mit ihm passiert?

Er kniff die Augen zusammen. »Ist was?«, knurrte er feindselig.

»Äh ... was ist mit deinem Bart?« Von dem struppigen Rauschebart war nicht mehr viel übrig, aber das, was ihm davon noch im Gesicht stand, wirkte lückenhaft. Es sah irre komisch aus.

Er strich sich mit der Hand darüber. »Gar nichts.«

»Für mich sieht es so aus, als hättest du einen Unfall mit der Schermaschine gehabt.«

Ups. Vielleicht hätte sie das nicht sagen sollen. Andererseits, bisher war er ihr nicht gerade eitel vorgekommen, also dürfte ihm so ein scherzhafter Kommentar auch nichts ausmachen.

Jökull trat näher, für einen Moment glaubte sie, dass er sie küssen würde. Im nächsten schimpfte sie sich eine Idiotin. Er funkelte sie wütend an, beinahe so finster wie am ersten Tag.

»Sorry, hätte ich nichts sagen sollen?«, ruderte sie zurück und schluckte.

»Du musst meine Körperpflege nicht kommentieren, klar? Wenn dir mein Aussehen nicht behagt, dann behalt es einfach für dich. Ist mir sowieso egal, was du über mich denkst.«

Stella schnaufte laut aus. »Meine Güte, man wird doch mal einen Witz machen dürfen! Dein Aussehen ist vollkommen okay, ich war nur überrascht, dass du deinen Bart, äh, geschnitten hast.«

»Du hast neulich doch selbst ganz treffend festgestellt, dass ich keinen Humor habe. Warum machst du überhaupt Witze?« Jökull sah sie nicht an, er war sehr mit der Wasserleitung beschäftigt, die nach ihrem Dafürhalten völlig in Ordnung war. Wich er ihr aus? Warum?

»Mensch, ich habe keine Ahnung, welche Laus dir in den letzten drei Stunden über die Leber gelaufen ist, aber das muss ich mir nicht anhören. Bis heute Abend dann. Tschüss.«

Er hielt inne und wandte sich ihr zu. Kurz starrten sie einander wortlos an, niemand schien den anderen gewinnen lassen zu wollen. »Wolltest du nicht gehen?«, brummte er.

Stella nickte vehement. »Ja, und das werde ich jetzt auch tun. Mein Gott, hoffentlich hast du später bessere Laune.«

»Darauf würde ich nicht wetten«, gab er von sich. Es klang bitter.

Ich sollte nicht alles auf mich beziehen, überlegte Stella auf dem Nachhauseweg. Trotzdem wurde sie das Gefühl nicht los, dass es doch um mehr ging als nur einen misslungenen Bartschnitt.

OPA WAR SCHON AM TEICH, sie wünschte ihm einen guten Morgen und ging dann ins Haus. Von Marvin fand sie keine Spur, weder im Wohnzimmer noch in der Küche. Er schien zu schlafen. Stella zog ihre Stallklamotten aus und schlich auf Zehenspitzen nach oben. Auf der Treppe hörte sie, dass er telefonierte. Leise betrat sie das Schlafzimmer und gab ihm ein Zeichen, dass sie zurück war.

Er winkte ab und zeigte fünf, was so viel heißen sollte, dass er noch fünf Minuten brauchte.

Aus fünf wurden zwanzig, Stella wartete in der Küche. Sie hatte sich in der Zwischenzeit eine frisch gewaschene Jeans und einen Pulli angezogen. Langsam wurde die Zeit knapp, sie musste gleich los in den Angelladen.

Ihre Kehle wurde eng, als sie Marvin von oben herunterpoltern hörte. Obwohl sie sich verschiedene Argumente zurechtgelegt hatte, wusste sie nicht wirklich, was sie ihm sagen sollte. Sie hoffte auf Verständnis seinerseits, aber tief in ihrem Inneren wusste sie, dass er sich nur damit zufriedengeben würde, wenn sie klein beigab. Und das kam nicht infrage. Nicht heute. Nicht bei diesem Thema: Familie.

»Gibt's kein Frühstück?«, fragte er, als er in die Küche kam. Dabei wirkte er überrascht. Was hatte er denn gedacht, dass sie ihm Rührei briet und dabei ein Servierhäubchen aufsetzte? In London trank er höchstens einen grünen Smoothie am Morgen, da sie weder Sellerie noch Spinat dahatten, hatte Stella geglaubt, dass er ohnehin alles nur schlechtreden würde. Kohlehydrate waren jedenfalls seine Feinde – und daher auch ihre, wenn es nach ihm ginge.

»Doch, sehr gern mache ich dir was. Ich wusste nur nicht, wie lange du noch brauchst und was du möchtest. Kommst du gleich mit nach Akureyri? Ich muss in den Angelladen, dann können wir reden und unterwegs auch etwas besorgen. Ich kenne einen netten Laden, wo sie frische Säfte pressen und auch Smoothies ...«

Marvin schüttelte den Kopf und fuhr ihr grob ins Wort »Stella, ich kapiere nicht, was du hier machst.«

»Ich helfe meiner Familie.« Sie nahm sich vor, ruhig zu bleiben.

»Du lässt die Gelegenheit für eine Partnerschaft in der Kanzlei sausen, dafür? Für einen Angelladen und irgendwelche beschissenen Schafe?«

Stella machte große Augen, dann sprang sie vom Stuhl auf. Etwas zu energisch, denn er fiel mit einem lauten Krachen zu Boden. Unangenehmes Schweigen breitete sich in der Küche aus, während Stella versuchte, die Kontrolle über ihr Temperament zu behalten.

Es reichte. Ein für alle Mal.

»Ich kann das nicht mehr«, fing sie an. Ihre Stimme klang leise. Resigniert. Aber ihr Herz klopfte wild in ihrer Brust.

»Das ist gut, dann komm, lass uns packen und abhauen. Ich bin froh, dass du das auch so siehst.«

Er trat auf sie zu und wollte sie umarmen, aber Stella gab ihm mit einer Geste zu erkennen, dass er nicht näherkommen sollte. »Du verstehst mich nicht.«

»Den Eindruck habe ich auch.« Marvin kratzte sich am Kinn.

»Ich kann nicht nach London mitkommen. Ich will es auch gar nicht.« Sie verschränkte die Arme vor ihrer Brust.

»Darüber haben wir doch schon gesprochen«, erwiderte er genervt. »Du musst. Sonst ist deine Karriere futsch.«

Sie zuckte die Schultern. »Dann ist das so. Es ist mein Leben.«

Marvin wurde wütend. Dass er nicht mit dem Fuß aufstampfte, war alles. »So einfach ist das nicht, immerhin sind wir verlobt. Es betrifft mich genauso wie dich.«

Stella erkannte in diesem Moment, dass sie nicht nur ihren alten Job nicht mehr ertrug, sondern auch Marvins Art. Wie er mit ihr redete. Was er von ihr erwartete. Sie konnte es nicht länger aushalten. Keine einzige Sekunde. Es war vorbei. »Du willst doch gar nicht *mich*, Marvin. Du möchtest eine Version von mir, die ich dir nicht bieten kann, jedenfalls nicht langfristig. Meine isländische Seite gehört zu mir, so wie alles andere auch. Indem du alles schlecht machst, was mir wichtig ist, machst du auch mich klein. Siehst du das nicht?«

»So ist es nicht, Stella, und das weißt du!«

»Weißt du es auch?«

»Aber natürlich.«

»Marvin, du bist ein guter Mann. Du hast eine Frau verdient, die dir all das geben kann, was du dir wünschst. Aber ich bin nicht diese Person. Ich habe es versucht, aber ich schaffe das nicht. Es tut mir leid.« Langsam zog sie den Ring von ihren eiskalten Fingern. Ihr war schlecht, aber sie wusste, dass es richtig war, jetzt einen Schlussstrich zu ziehen. Sie konnte weder sich noch ihm länger etwas vormachen. »Ich möchte dich nicht heiraten, Marvin.«

Alle Farbe wich aus seinem Gesicht. »Das meinst du nicht so. Wenn du mehr Zeit brauchst …«

»Nein«, unterbrach sie ihn. »Keine Zeit der Welt wird etwas daran ändern, dass ich nicht mehr verleugnen kann, wer ich wirklich bin. Es tut mir wirklich leid, ich hoffe, du verstehst mich. Wenigstens ein bisschen.«

Zum ersten Mal in drei Jahren ihrer Beziehung sah sie ihn sprachlos.

Sie wollte ihn umarmen, aber hielt es für falsch. Stattdessen gab sie ihm den Ring zurück. »Nimm ihn. Er gehört mir nicht.«

»Stella ...«

»Ich will keine abgedroschenen Phrasen benutzen, das hier war nicht geplant, Marvin. Aber ich sehe jetzt endlich, dass du und ich niemals glücklich miteinander werden.«

Sie beobachtete, wie es hinter seiner Stirn ratterte. »Dann ist das dein Ernst?«, stieß er hervor.

Stella nickte.

Etwas in Marvin machte Klick, sie sah es, weil sich sein Gesichtsausdruck rasch veränderte. Wo eben noch der Schock vorherrschend gewesen war, breitete sich Ärger in ihm aus. Seine Kiefer mahlten, und seine Augen waren zu schmalen Schlitzen geworden. »Und dafür bin ich so weit gereist?«, meckerte er.

Stella schaute zu Boden und dann wieder zu ihm auf. Sie hatte keine Lust, sich weitere Vorwürfe anzuhören. Sie hatte ihm nicht gesagt, dass er herkommen sollte. »Soll ich dir beim Packen helfen? Meinetwegen musst du nicht bleiben.«

Kurz dachte sie an ihre Sachen in seiner Wohnung, dann begriff sie, dass sie nicht daran hing. Entweder er schmiss den Krempel weg, oder er hob es auf und wartete, bis sie Zeit hatte, alles abzuholen. Möbel hatte sie ohnehin keine in seinem Apartment – sie waren eingelagert. Es war merkwürdig, wie egal der Besitz einmal werden konnte, wenn man kapiert hatte, worum es wirklich ging. Sie spürte, wie sich eine leichte Unruhe in ihr breitmachte, die Stimme, die fragen wollte, wie es jetzt weitergehen sollte. Aber das ließ sie nicht zu. Ein Schritt nach dem anderen. Alles würde sich fügen. Das hoffte sie zumindest.

»Du bist wirklich das Letzte«, ätzte Marvin, aber er rührte sich nicht.

Sie hatte Mitleid mit ihm. Natürlich kam die Trennung überraschend für ihn, aber es länger hinauszuzögern, wäre ihm gegenüber auch nicht fair. Entweder er konnte es akzeptieren und verstehen, oder eben nicht. Das war seine Entscheidung, nicht ihre. Sie wünschte sich, dass sie nicht als Feinde auseinandergingen, aber wenn er es so haben wollte, dann konnte sie daran nichts ändern.

»Hörst du, was du sagst? Eben wolltest du mich noch heiraten.«

»Das war, bevor du mir gesagt hast, dass du mich nicht willst.«

Fast hätte sie gelacht. Stella gestand ihm das Verhalten zu, vielleicht hätte sie auch so reagiert an seiner Stelle. Es änderte jedoch nichts daran, dass sie nicht mehr mit ihm zusammen sein wollte.

»Ich glaube, es ist besser, wenn du jetzt gehst und nichts mehr sagst. Es ist auch schmerzhaft für mich.« Es stimmte. Immerhin waren sie drei Jahre ein Paar gewesen. Sie hatten auch schöne Zeiten gehabt, natürlich. Aber eben nur zu seinen Bedingungen.

Marvin lachte humorlos. »Es sieht nicht danach aus, so eiskalt, wie du mich hier abservierst. Ersticke doch an deiner stinkenden Schafsscheiße! Ich bin weg, Stella. Wenn du zur Vernunft kommst, ruf mich an!«

Dann machte er auf dem Absatz kehrt und holte seine wenigen Habseligkeiten von oben. Fünf Minuten später rollte er mit dem gemieteten Range Rover vom Hof. Er gab dabei so viel Gas, dass der Schotter durch die Luft flog.

Stella ließ sich auf die Stufen vor dem Haus sinken und schaute Marvin hinterher. Sie zweifelte keine Sekunde daran, dass sie die richtige Entscheidung getroffen hatte. Trotzdem fühlte sie sich elend. Und gleichzeitig frei.

Sie spürte Opas Blick von der Ferne auf sich und winkte ihm zu. Später würde sie ihm alles erklären, aber sie wusste auch jetzt schon, dass er ihre Entscheidung begrüßen würde. Ihre Großeltern hatten nie verstanden, was sie in London wollte, und allmählich begriff Stella, dass sie recht gehabt hatten. Was nun aus ihr werden würde, stand jedoch in den Sternen.

8

Ein verführerischer Duft des bevorstehenden Mittagessens zog durch den Flur, als Jökull seinen Lopapeysa über das Treppengeländer warf. Am Morgen war alles glatt gegangen. Ein Glück. Nachdem zu Beginn der Lammsaison einiges passiert war, schien momentan alles nahezu reibungslos zu laufen. Hoffentlich war das nicht die altbekannte Ruhe vor dem Sturm. Nein, sagte er sich, nur, weil er schlecht gelaunt war, musste er keine Untergangsstimmung auf alles und jeden projizieren.

Jökull betrat die Küche und fand Oma hinter dem Herd, sie schwenkte Kartoffeln in einer Pfanne mit Butter und Zucker. Er mochte diese Beilage, Karamellkartoffeln, sehr gern. Dazu wurden üblicherweise Fleisch mit brauner Soße gereicht.

»Grundgütiger Gott, Jökull! Was ist mit dir passiert?«, stieß Oma hervor und schlug die Hand vor den Mund, nachdem sie sich zu ihm umgedreht und ihn kurz betrachtet hatte.

Jökull presste seine Lippen aufeinander, er wollte nichts erwidern oder gar erklären. Er fühlte sich auch so schon peinlich berührt, wobei es den Punkt nicht ganz traf. Selbst wenn er wollte, er konnte nicht genau artikulieren, welcher Teufel ihn da geritten hatte. Was mit ihm los war, wusste er schon gleich gar nicht. Oma ließ sich nicht zweimal bitten, das Gespräch auch ohne seine Beteiligung weiterzuführen.

»Jetzt verstehe ich auch das Desaster im Bad, Himmel, Jökull. Wieso hast du denn nichts gesagt?«

Schlecht gelaunt war gar kein Ausdruck dafür, wie er sich fühlte, je mehr die Leute darauf herumritten. Natürlich meinte er mit Leute Stella und Oma. Scheiße, wieso hatte er nicht die Finger von der Schermaschine lassen können? Die Dinger wurden aus einem guten Grund für Schafswolle und nicht für Menschenhaar verkauft. »Was willst du denn von mir hören?«, murrte er und setzte sich an den Tisch.

»Schon gut, mein Junge. Hör zu, ich rufe nachher meine Freundin an, sie kann sicher notfallmäßig rüberkommen und das wieder in Ordnung bringen. Keine Sorge.«

»Ich habe keine Sorgen, und ich habe auch keine Zeit für so einen Unsinn. Du musst sie nicht anrufen.«

Oma stellte die Pfanne auf den Untersetzer, der bereits auf dem Tisch lag, ab. »Die paar Minuten solltest du dir wirklich nehmen, mein lieber Jökull. Du siehst furchterregend aus.«

»Na, danke für die Blumen«, grunzte er und wusste, dass sie recht hatte. Wie meistens.

Nun folgte das Fleisch, das in brauner Soße schwamm.

Sie fing direkt an, ihm den Teller zu befüllen. »Keine Widerworte. Hulda wird sich deiner annehmen. So gibst du nur eine Figur im Gruselkabinett ab, das tut mir in der Seele weh, mein Schatz.« Sie unterdrückte ein Kichern, weil sie es anscheinend nicht nur besorgniserregend, sondern auch urkomisch fand. Wenn es nicht seine Oma gewesen wäre, hätte er etwas Ruppiges von sich gegeben, aber ihr gegenüber hielt er lieber die Klappe. Sie leider nicht. »Aber ich finde es gut, dass du dich offenbar dazu durchgerungen hast, dir wieder etwas mehr Pflege zu gönnen, die Idee ist super, nur die Umsetzung, na ja ... darum kümmern wir uns später.«

»Jetzt hör aber auf«, entfuhr es ihm nun doch. »Der Bart war mir einfach zu lang, du musst kein großes Theater darum machen, jetzt ist er ab und gut ist es.«

Oma lächelte geradezu selig, was er weder kapierte, noch näher ausdiskutieren wollte. Er goss ihnen beiden Wasser aus der Karaffe in die Gläser, dann schaufelte er das Mittagessen in Windeseile in sich hinein. Auf einen Nachschlag verzichtete er und entschuldigte sich mit Dank für die Mahlzeit, um wieder in den Stall zu verschwinden. »Wenigstens geht mir hier niemand mit blöden Sprüchen über meinen Bart auf den Sack«, brummte er in Richtung der Schafe, während er zwei Lämmer untersuchte, die gerade geboren worden waren. Es war alles okay mit ihnen. Auch bei Botna und Pálina schaute er vorbei, die zwei gediehen zum Glück prächtig, seit ihre Ersatzmutter sie angenommen hatte.

Am späten Nachmittag überfiel ihn eine merkwürdige Unruhe. Er konnte selbst nicht genau sagen, was es war.

Immer wieder guckte er auf seine billige Armbanduhr. Er fragte sich, ob und wann Stella wohl kommen würde.

Scheiße. Was machte er da eigentlich?

Fing er damit an, sich auf andere verlassen zu wollen? Sie hatte mit ihrem Verlobten bestimmt Besseres zu tun. Überhaupt hatte er sich gewundert, dass sie heute Morgen schon so früh dagewesen war. Er hatte gar nicht mit ihr gerechnet, sich dann aber doch gefreut. Na ja, kurz zumindest, bis sie sich über ihn lustig gemacht hatte.

Jökull blieb stehen und kratzte sich am Hinterkopf. Eigentlich sollte es ihm scheißegal sein, und vor kurzem war es das auch noch gewesen. Irgendwas hatte sich verändert, aber er konnte nicht sagen, was oder warum. Klar war nur, es ging ihm gehörig auf den Zeiger, dass seine Gleichgültigkeit allem und jedem gegenüber derzeit stark ins Wanken geraten war. Es wurde allmählich anstrengend. Dabei hatte er gedacht, dass er all diesen Quatsch lange hinter sich gelassen hätte.

Weil er keine andere Idee hatte, warum er sich in diesem merkwürdigen Zustand befand, schob er es auf den Schlafmangel. Obwohl Jökull Hilfe hatte, ging ihm die harte und lange Arbeit allmählich doch mehr an die Substanz, als er einkalkuliert hatte.

Erleichtert atmete er aus, zufrieden darüber, dass er endlich eine Antwort auf diese lästige Frage gefunden hatte. Er würde wieder klarkommen, sobald die Lämmer auf der Weide und dann im Hochland waren. Etwas beruhigter fing er schließlich mit Spóri an seiner Seite an, die Mütter mit ihren Lämmern, die zuerst geboren waren, in eine größere Umzäunung zu treiben. Von dort aus würde er sie morgen auf die Weide lassen.

»Jökull, kommst du mal bitte?«, hörte er Omas Stimme und erschreckte sich kurz, denn er hatte niemanden erwartet.

»Moment, was ist denn?«, erwiderte er und ging auf sie zu, während es in seinem Magen zu grummeln begann. Er konnte sich gut denken, was sie vorhatte.

»Wirst du dann schon sehen. Beeil dich.«

Sie brauchte gar nicht so geheimnisvoll tun, er war schließlich nicht blöd und konnte eins und eins zusammenzählen. Wenn er ehrlich zu sich wäre, könnte er zugeben, dass er Oma dankbar war, dass sie ihre Friseur-Freundin kontaktiert hatte. Er sah wirklich aus wie eine zerrupfte Vogelscheuche – im Gesicht zumindest. Obwohl ihm nicht daran gelegen war, adrett oder attraktiv zu wirken, so mochte er sich mit dem löchrigen Bart selbst nicht anschauen. Das hatte er sich anders vorgestellt, als er am Morgen angefangen hatte, daran herumzuschnippeln.

Zähneknirschend marschierte Jökull über den Schotter zum Haus und wappnete sich für die blöden Kommentare, die ihm einhundertprozentig gleich entgegengeschleudert würden. Er konnte es den Frauen nicht verdenken, er wusste ja, wie schlimm er aussah. Die zwei hatten sicher einen Heidenspaß daran, aus ihm wieder so etwas Ähnliches wie einen Menschen zu machen. Ein Bartschnitt allein würde dafür allerdings nicht ausreichen, das behielt er aber lieber für sich.

In Omas Augen hatte er in den letzten Monaten ausgesehen wie ein schlecht gelaunter Yeti, und – auch wenn er es niemals vor ihr eingestehen würde – wusste er, dass es stimmte. Warum sein ungepflegtes Äußeres ihn auf einmal gestört hatte, konnte er nicht sagen. Nur, dass es garantiert nichts mit Stella und der plötzlichen Ankunft ihres Verlobten zu tun hatte. Das würde ja auch keinen Sinn ergeben. Nicht den Geringsten.

»Tag«, grüßte er, als er ins Wohnzimmer trat, wo Hulda neben Oma auf dem Sofa saß.

»Hallo, mein Lieber«, erwiderte Omas Freundin den Gruß und stand auf, um ihn zu umarmen. »Wie geht es dir?«

»Sehr gut, und dir?«, gab er zurück, denn objektiv betrachtet hatte er alles, was er brauchte. Als er aus New York zurückgekehrt war, hatte er mit der offenen Herzlichkeit seiner Landsleute nicht mehr umgehen können. Nachdem er sich an die Oberflächlichkeit der Amerikaner gewöhnt hatte, konnte es auf Island manchmal ein bisschen zu viel werden, wenn man überall und ständig nach dem Befinden gefragt wurde. Die Leute erwarteten von einem, dass man die Wahrheit sagte, was nicht gleichbedeutend mit der Einladung zum Jammern war.

»Wunderbar, Jökull. Der Friseurladen läuft gut, und über das Wetter kann man sich auch nicht beklagen.« Sie trat einen Schritt zurück und begutachtete ihn mit sanftem Blick und offenem Lächeln, das weder spöttisch noch überheblich war. Dann zupfte sie an seinem Bart herum. »Ich sehe schon, da ist was schiefgelaufen.«

Ach nein, ist mir gar nicht aufgefallen!, hätte er am liebsten sarkastisch erwidert, ließ es aber sein. Er nickte lediglich stumm. In Gegenwart der älteren Damen fühlte er sich wieder wie ein Schuljunge, der sich die Hose beim Spielen eingesaut und zerrissen hatte. Es war kein durchwegs schlechtes Gefühl, wie er jetzt feststellen musste, denn es zeigte, dass er den beiden viel bedeutete. Sie wollten, dass es ihm gut ging. Das war auch einer der Gründe, warum Jökull selten bis nie über das sprach, was wirklich in ihm vor sich ging. Er wollte keinen mit seinem Leben belasten, obwohl er spürte, dass er es doch irgendwie tat.

Ergab das einen Sinn? Vielleicht nicht, aber Jökull wollte sich jetzt nicht mit sich und seinem Problem befassen. Jedenfalls nicht mit den tiefergehenden. Mit den offensichtlichen hingegen schon: seinem Bart.

»Sollen wir in die Küche gehen?«, schlug Hulda vor und schaute Oma Dudda fragend an.

»Ja, da kann ich besser fegen. Wird ja wohl noch einiges runterkommen bei ihm, oder?«, entgegnete Oma und zupfte an seiner Frisur.

Er schob ihre Hand sanft, aber bestimmt weg. »Oma!«

Sie zuckte die Schultern. »Ja, wenn sie schon da ist, kann sie sich auch um das Gestrüpp auf deinem Kopf kümmern.«

Darauf fiel ihm keine jugendfreie Antwort ein, deshalb verzog er nur den Mund und folgte ihr schweigend. Hulda schnappte sich eine Tasche, die ihm zuvor gar nicht aufgefallen war.

»Setz dich«, forderte Oma ihn auf und drückte ihn schon auf den Küchenstuhl, was irgendwie niedlich war, weil sie so klein war. »Und du, Hulda? Kaffee?«

Die Friseurin winkte ab, während sie ihre Utensilien auf dem Tisch ausbreitete. »Erst die Arbeit, dann das Vergnügen, wobei, das schließt ja eigentlich beides mit ein.« Sie kicherte, und Jökull bekam ein bisschen Angst vor dem, was ihn gleich erwartete.

»Was hat du vor?«, wagte er schließlich zu fragen.

Hulda neigte ihren Kopf und zupfte hier und da an ihm

herum. »Wie zivilisiert soll es werden?« Die Frage richtete sie an Oma.

Jökull schnaufte aus. »Bring den Bart in Ordnung, und das war's.«

»O nein, das kommt nicht in die Tüte«, protestierte Oma. »Wenn sie schon mal da ist, kann sie gleich den Rest schneiden. Ich hab' ja jeden Tag Angst, dass du mir Läuse aus dem Stall mitbringst.«

»Unsere Tiere haben kein Ungeziefer«, erwiderte er und gab mit einem tiefen Stöhnen auf. »Mach, was du willst, Hulda, solange es keine Glatze wird.«

Hulda griff nach einer Spritzflasche und befeuchtete sein Haar. Jökull blinzelte und zuckte zusammen. »'ne kleine Warnung wäre nicht schlecht gewesen.«

»Nun hab dich nicht so, mein Junge«, tadelte Oma gut gelaunt. Fehlte nur, dass sie ihm in die Wange kniff. Er war kurz davor, sie aus der eigenen Küche zu werfen. Weil er ihr im Prinzip aber dankbar war, schloss er die Lider und gab sich der Prozedur hin.

Es war ihm sowieso scheißegal, wie er hinterher ausschaute. Hulda sollte es einfach hinter sich bringen, damit er zurück in den Stall konnte, wo ihm keiner auf den Sack ging. Meistens jedenfalls – sobald Stella da war, war es mit der Ruhe ja auch wieder vorbei.

»Also alles ab?«, fragte Hulda noch mal, aber er bekam es nur am Rande mit, weil er schläfrig wurde. Es war so warm in der Küche und behaglich. Und Zeit, um faul herumzusitzen, hatte er sonst auch nicht. Er war so müde. So verdammt müde.

»Mach nur«, brabbelte Jökull und hoffte, dass er nicht gleich vom Stuhl kippen würde, weil er weggedöst war.

Das Surren der Schneidemaschine tat sein Übriges, dass er kaum etwas von dem mitbekam, was um ihn herum vor sich ging.

»Heiliges Kanonenrohr!«, rief eine weibliche Stimme, die wie ferner Nebel zu Jökull durchdrang.

O Gott. Er war tatsächlich kurz eingenickt, was er daran merkte, dass ihm ein Sabberfaden aus dem Mund hing. Jökull setzte sich auf und wischte sich mit der Hand über die Lippen. Dann öffnete er flatternd die Lider, weil sie noch immer so verdammt schwer waren. Scheiße, war das hell hier.

Als sich seine Sicht endlich klärte, schaute er nicht in zwei, sondern in drei weibliche Gesichter. Eines davon war Stellas.

Sie betrachtete ihn staunend. Ihre Lippen waren geöffnet und formten ein lautloses »Oh«.

Jökull merkte, wie er sich verspannte. So etwas Ähnliches wie Scham breitete sich in seinen Eingeweiden aus, genau konnte er es nicht definieren. Er hasste es, die Attraktion des Tages zu sein. »Was glotzt ihr so? Habt ihr nichts anderes zu tun?«, knurrte er und funkelte alle drei nacheinander böse an.

Nicht nur Stellas Mimik drückte Verblüffung aus, auch Omas und Huldas. Dabei wussten die eigentlich sehr gut, wie er ausschaute. Jökull fand das Getue albern und nervig.

Er betastete seinen Kopf, weil er fürchtete, dass Hulda ihm vielleicht doch eine Glatze verpasst hatte, oder schlimmer, eine Haarfarbe oder so einen Quatsch. Wie lange hatte er geschlafen?

Hektisch guckte er auf seine Uhr. Okay, gut, das waren

gerade mal fünfzehn Minuten gewesen. So schlimm konnte es also nicht sein, und nach dem, was er mit den Fingerspitzen ertasten konnte, waren die Haare zwar um einiges – sehr viel – kürzer, aber es waren immer noch welche auf dem Kopf. So viel zum Thema, dass es ihm scheißegal war, wie er aussah.

»Willst du dich nicht mal ansehen?«, wollte Hulda wissen und reichte ihm einen Handspiegel, den sie mitgebracht haben musste, weil er ihn nie zuvor bei Oma gesehen hatte.

Eigentlich wollte Jökull nur eines: raus aus der Küche. Aber er mochte auch nicht – schon wieder – grob unhöflich sein. Ihm war sehr wohl bewusst, was er seinem Umfeld an manchen Tagen abforderte. Und Hulda konnte nun wirklich nichts dafür, deshalb nickte er wortlos und nahm den Spiegel entgegen.

Als er sein Gesicht erblickte, erging es ihm wie den anderen. Er war sprachlos, und sein Kiefer klappte nach unten. »Was zur Hölle?«, stieß er fassungslos hervor. Dann rieb er sich mit der freien Hand über die eine und dann die andere Wange, die beide sehr blass waren.

Und komplett rasiert. Sogar die Augenbrauen hatte sie ein wenig gestutzt. Die vormals beinahe schulterlangen blonden Haare waren stark gekürzt und in der Mitte gescheitelt. Er erkannte sich kaum wieder.

Aus dem Augenwinkel sah er, dass Hulda zwei Finger in einen Tiegel schob und etwas Wachs oder Gel herausholte und es in ihren Handflächen verteilte.

Kurz schloss er die Lider, nicht, weil er müde war, sondern weil er aufgab. Sie hatten ihm eine komplette Verwandlung verpasst, die er so nicht hatte haben wollen.

Aber anraunzen konnte er weder Oma noch Hulda, es war nun mal seine eigene Schuld, dass er die ganze Prozedur verpennt hatte. »Mach nur«, fügte er mit einem leisen Seufzen an und richtete den Blick auf seine Füße. Jetzt war es ohnehin zu spät, also konnte sie ihre Arbeit auch zu ihrer Zufriedenheit beenden.

Hulda wuschelte in seiner Frisur herum, so fühlte es sich an, dann verkündete sie mit einem breiten Lächeln im faltigen Gesicht. »Perfekt! So kannst du dich sehen lassen. Was sagst du, Stella? Unser Jökull ist ein echter Prachtkerl, nicht wahr?«

Er guckte Stella an. Warum ihn ihre Reaktion brennend interessierte, konnte er sich nicht erklären. Sie wirkte überraschend ruhig, und weder Spott noch Hohn lagen in ihrem Blick. »In der Tat, ich hätte ihn beinahe nicht wiedererkannt«, murmelte sie irgendwann und hatte Huldas Frage damit doch nicht beantwortet.

Ein seltsames Kribbeln in seiner Magengegend erschreckte Jökull so sehr, dass er vom Stuhl aufsprang und zwei Schritte rückwärtsging. »Was bin ich dir schuldig?«, stammelte er in Huldas Richtung, obwohl er weiterhin Stella anschaute.

Plötzlich kam es ihm so vor, als gäbe es nur sie beide im Raum. Alles andere verlor an Schärfe, während Stellas Konturen immer deutlicher für ihn wurden. Hatte sie schon immer so rote Lippen gehabt? So strahlende Augen? Diese zarte Pfirsichhaut? Gerne würde er einmal mit seinen Fingerkuppen darüberfahren, um zu prüfen, ob sie wirklich so weich war, wie sie ausschaute. Jökull schluckte hart, erst Huldas Antwort holte ihn ins Hier und Jetzt zurück. »Gar nichts, mein Junge, das ist ein Freundschaftsdienst.«

»Kommt nicht infrage, liebe Hulda«, protestierte Oma und kramte in ihrem roten Geldbeutel herum. Sie war bestimmt die einzige Person in Island, die noch mit Bargeld bezahlte ...

Jökull fühlte sich auf einmal fehl am Platz. Er hatte keine Ahnung, was hier eben vor sich gegangen war, aber es wurde ihm zu viel. Er musste hier raus. »Streitet ihr lieber alleine weiter«, murmelte er und hörte selbst, wie belegt seine Stimme klang. »Ich muss wieder in den Stall. Danke, Hulda.« Er drückte der Friseurin einen flüchtigen Kuss auf die Wange, dann machte er auf dem Absatz kehrt und verließ das Haus, so schnell es ihm auf zwei Beinen möglich war.

Wenn Stella erwartet oder gehofft hatte, dass sich mit Jökulls äußerlichem Wandel auch etwas an seiner groben Art ändern würde, dann musste sie jetzt, drei Tage später, kapitulieren. Er war wortkarger denn je, obwohl sie sich auch davor nur selten wirklich unterhalten hatten. Er ging ihr aus dem Weg. So fühlte es sich jedenfalls an.

Stella seufzte, während sie sich auf die Weide hinter dem Stall setzte und mit einem Lämmchen kuschelte. Die Mama graste selig ein paar Meter weiter. Es wehte ein raues Lüftchen heute, aber Stella war warm angezogen. Außerdem genoss sie es, sich den Nordwind um die Nase pusten zu lassen.

Von hier aus konnte man weit über den Fjord schauen,

das war eine Aussicht, derer sie niemals müde wurde. Zu jeder Tages- oder Nachtzeit sah die Umgebung anders aus, der Himmel, das Meer, die Wolken und das Licht. In einiger Entfernung im Fjord entdeckte sie einen Wal, vielmehr die Fontäne, die er ausstieß.

»Wieso bist du noch hier?«, sprach sie jemand von hinten an.

Stella drehte sich zu Jökull um. Es war einfach unfassbar, dass dieser Mann nahezu jeden Satz wie einen Vorwurf aussehen lassen konnte. »Stört es dich, wenn ich hier sitze?« Sie gab sich Mühe, nicht zickig zu klingen, aber allmählich war sie seine schlechte Laune leid. Genau das würde sie ihm mitteilen, ob es ihm nun passte oder nicht. »Mir scheint, mit deinen Haaren hast du auch das letzte Fünkchen Freundlichkeit verloren.«

Jökull hob eine Braue, er wirkte erstaunt. Überraschenderweise erwiderte er erst mal gar nichts. Wortlos starrten sie sich an, und Stella dachte gar nicht daran, seinem finsteren Blick auszuweichen. Bis eben war es ein schöner Abend gewesen, die Tage waren mittlerweile viel länger als die Nächte.

Sie hatte schon gar nicht mehr mit einer Reaktion gerechnet, als er sich plötzlich neben ihr ins Gras fallen ließ und die Beine von sich streckte. Okay, eine wirkliche Antwort war das auch nicht, aber es war nicht die Reaktion, die sie erwartet hatte. Ganz und gar nicht.

»Bist du bewusstlos?«, fragte sie perplex und merkte, dass sich ihr Puls beschleunigte.

»Nicht ganz, aber fast«, brummte er und verschränkte die Arme hinter seinem Kopf.

»Ist das eine Entschuldigung?«, wollte Stella von ihm

wissen, obwohl sie ahnte, dass er das Wort gar nicht im Sprachgebrauch hatte.

»Wofür sollte ich mich entschuldigen?«

Männer!, dachte sie und rollte mit den Augen. Fällt es ihm wirklich nicht auf, wie übelgelaunt er manchmal ist? »Liegt es an der Müdigkeit? Wenn das so ist, dann könnte ich mehr Zeit hier verbringen. Ab nächste Woche hat Jói eine Aushilfe für den Laden, zumindest für ein paar Stunden. Ich bin dann nicht mehr so gebunden ...«

Sie hatte noch niemandem erzählt, dass sie nicht nur Urlaub, sondern gar keinen Job mehr hatte. Und Jökull war der Letzte, dem sie das erklären wollte. Erst mal musste sie sich selbst mit den Veränderungen auseinandersetzen – aber nicht mehr heute Abend.

Jökull setzte sich ruckartig auf. »Was machst du da, Stella?«, wollte er von ihr wissen. In seinem Blick lag keine Dankbarkeit oder Freude, sondern Skepsis. Das sollte mal einer verstehen.

»Du bist, glaube ich, der einzige Mensch auf dem Planeten, der sich nicht über Hilfe freut«, antwortete sie und bemühte sich, es nicht vorwurfsvoll klingen zu lassen, denn so war es nicht gemeint. Sie wollte ihn nur besser verstehen, warum, das wussten nur die Götter. Sie hatte sonst keinen Hang, Einsiedler zu geselligen Leuten machen zu wollen.

Ihre Worte hingen für einige Sekunden in der Luft. Sie wartete gespannt auf seine Reaktion. Etwas veränderte sich zwischen ihnen, aber sie konnte nicht genau sagen, was es war. Dann rieb Jökull sich über das glatte Kinn – der Anblick war auch ein paar Tage später noch schockierend für sie. Stella hatte nicht einmal ansatzweise geahnt, wie attraktiv er ohne das Gestrüpp im Gesicht sein könnte. Rein optisch gesehen war Jökull wie ausgewechselt. Nur an der Traurigkeit in seinen Augen hatte sich nichts verändert. Natürlich nicht, da half sicher kein Haarschnitt. Gleichzeitig merkte Stella, dass sie immer mehr daran interessiert war zu erfahren, was es war, was ihm so viel Kummer bereitete. Doch sie wusste, dass sie vermutlich der letzte Mensch auf Erden war, dem er es erzählen wollte. Jökull konnte sie nicht leiden, das drückte er unmissverständlich mit seiner Mimik, Gestik und Haltung aus. Ich will dich nicht hier haben, schien er oft im Geiste zu wiederholen. Sie fand es schade, denn – auch, wenn sie es nur ungern zugab – sie mochte ihn. Und allmählich schien sich auch bei ihm etwas zu verändern, immerhin lag er hier neben ihr im Gras. Eine Tatsache, die sie ein wenig verwirrte, aber auch freute.

»Das kann sein, Stella«, beantwortete er schließlich ihre Frage. Sein Tonfall war leise geworden, beinahe zögerlich.

Sie war so überrascht darüber, weil sie mit einer wie üblich geblafften Erwiderung gerechnet hatte, dass sie sich ihm zuwandte. Das Lamm sprang aus ihren Armen und hüpfte zu seiner Mama.

Jökull öffnete die Augen und betrachtete sie für einen Moment so intensiv, dass ihr unter dem dicken Wollpullover ganz heiß wurde. »Hab' ich da was?«, murmelte sie und fuhr sich mit der Hand über die Lippen.

Er schüttelte den Kopf. Ganz langsam. »Musst du nicht zu deinem Verlobten zurück?«

»Du hast ganz schöne Themenwechsel drauf«, stieß sie

hervor. An Marvin hatte sie überhaupt nicht mehr gedacht, seit er weg war. Es sollte sie schockieren, tat es aber nicht.

Ihre Antwort wurde von Jökull nur mit einem Schulterzucken beantwortet, aber er schaute nicht weg.

Sie biss sich kurz auf die Lippe, weil sie nicht wusste, wie sie es sagen sollte, damit es nicht gemein oder gefühlskalt klang. Leider fiel ihr nichts Besonderes ein, deshalb sprach sie es einfach so aus, wie es wirklich war. »Er ist zurück in London, nehme ich an. Und verlobt sind wir auch nicht mehr.«

»Aha.« Wenn Stella eine andere Reaktion erwartet hatte, dann wurde sie jetzt enttäuscht.

War es Jökull einfach egal, oder interessierte es ihn nicht? Warum hatte er dann überhaupt gefragt?

Diesen Mann würde sie nie verstehen. Nie.

»Tja, dann gehe ich mal lieber, das ist es doch, was du damit gemeint hast, wenn ich dich richtig verstehe?«, brabbelte Stella, stand aber nicht auf.

Jökull räusperte sich, er wirkte ein bisschen verlegen, was Stella innehalten ließ. »Gunni hat mich gefragt, ob ich dich mal mit seinem Schlauchboot mit rausnehmen kann. Ich habe ihm geantwortet, dass du das bestimmt nicht möchtest.«

Ein Kribbeln überlief ihren Körper, während Jökull ihrem Blick auswich und ein paar Grashalme auszupfte.

War das eine Einladung? Stella schaute vermutlich blöd aus der Wäsche, denn so etwas war das Letzte, was sie aus Jökulls Mund erwartet hätte. Aber vielleicht erklärte das auch die Frage nach Marvin. Jökull hatte wohl nur sichergehen wollen, dass es keinen Stress geben würde, oder gar ein Eifersuchtsdrama. »Opa hat dich darum gebeten?«, wollte sie von ihm wissen und merkte selbst, wie atemlos ihre Stimme klang.

»Ja. Er meinte, du würdest bestimmt gerne die Wale aus der Nähe sehen. Es ist gerade eine gute Gelegenheit, zurzeit sind ja sehr viele im Fjord.«

»Ja, ich habe vorhin auch einen gesehen. Aus der Ferne ist es natürlich nicht dasselbe ...«

»Und, meinst du, du könntest mich demnächst für eine Stunde oder so ertragen? Gunni schien es wirklich wichtig zu sein.«

Ein Lächeln breitete sich auf Stellas Gesicht aus, als sie begriff, dass er es nicht nur ihrem Opa zuliebe tun würde. Womöglich lag unter seinem Schutzpanzer doch mehr von einer liebenswerten Persönlichkeit verborgen. Etwas davon war gerade kurz aufgeblitzt. Sie brannte darauf, hinter die hohe Mauer zu schauen, die Jökull um sich errichtet hatte. »Eine Stunde könnte ich dich vermutlich aushalten. Also nur, wenn du mir versprichst, dass du mir nicht das Ohr abkaust. Wobei, da besteht bei dir, glaube ich, wohl keine große Gefahr, oder?«, neckte sie ihn und fürchtete sogleich, dass das schon zu viel für ihn gewesen sein könnte. Er hatte mehr als einmal betont, dass er Witze weder mochte noch gern hörte. Schon gar nicht auf seine Kosten.

Jökull stützte sich auf die Unterarme und richtete sich ein wenig auf. Er lächelte nicht, aber am leichten Zucken seiner Mundwinkel konnte Stella erkennen, dass sie etwas in ihm erreicht hatte, was nicht viele zu sehen bekamen. Ihre Haut begann zu prickeln, aber sie wich seinem Blick nicht aus. »Keine Sorge, wenn du möchtest, sag ich kein Wort.«

Sie reichte ihm ihre Hand, als müssten sie einen Deal

abschließen. »Abgemacht«, erklärte sie feierlich und grinste.

Jökull nahm ihre Finger in seine und drückte so fest zu, dass Stella beinahe aufgeschrien hätte. Seine Haut war warm und schwielig. Es war die Hand eines Mannes, der es gewohnt war, hart zu arbeiten und wenig zu rasten. Und doch hatte er sich die Zeit genommen, hier bei ihr im Gras zu liegen. Jetzt spielte sogar die Andeutung eines Lächelns auf seinem markanten Gesicht. »Abgemacht.«

Stella zog ihre Finger zurück, weil sie mit den seltsamen Empfindungen, die sich in ihr breitmachten, nicht klarkam. Sie musste aufpassen, dass sie den Hauch von Freundlichkeit nicht mit etwas anderem verwechselte.

Stella hatte sich nicht gerade erst von einem Mann getrennt, um sich in Probleme mit einem anderen zu stürzen. Ganz sicher nicht.

9

Das Wetter war in den letzten Tagen mehr als stürmisch gewesen, es hatte sich keine Gelegenheit geboten, mit dem Schlauchboot auf den Fjord hinauszufahren. Jökull hatte seine Einladung danach auch kein einziges Mal mehr erwähnt –, vielleicht hatte er es sich sogar anders überlegt. Der Gedanke stimmte Stella traurig, sie hätte sehr gern eine kleine Tour hinaus zu den Walen unternommen. Sie könnte natürlich auch mit Opa fahren, aber es wäre nicht dasselbe ... Stella schob den Notizblock von sich und schaute auf, als jemand den Laden betrat. Es war ihr Bruder.

»Was machst du denn schon hier?«

»Das nenne ich ja mal eine nette Begrüßung. Soll ich wieder gehen?«

»Ist alles in Ordnung?«

»Aber sicher, Magnea hat sich hingelegt – und ehrlich gesagt, sie meinte, ich soll ihr ein wenig Freiraum lassen.

Ich würde sie mit meiner Fürsorge erdrücken, hat sie gesagt.« Jói wirkte nervös und ein wenig niedergeschlagen.

Stella umarmte ihn kurz. »Habt ihr euch gestritten?«

Er zuckte die Schultern. »Nicht wirklich, aber sie ist schon ziemlich gereizt. Glaubst du, sie liebt mich nicht mehr? Denkst du, sie könnte das alles womöglich schon bereuen?«

Stella schnappte nach Luft. »Nie im Leben! Soll ich mal mit ihr reden? Ganz bestimmt ist sie nur die Schwangerschaft leid, Jói. Es ist doch ganz schön beschwerlich, und dann kann sie nichts machen, das viele Warten macht doch auch das gefestigtste Gemüt mürbe.«

»Bist du sicher?« Er wirkte ein wenig hoffnungsvoller, aber immer noch besorgt.

»Ich bin felsenfest davon überzeugt, dass deine liebe Frau auch nur nervös ist. Und man kann ja nicht immer nur gute Laune haben, oder?«

»Das verlange ich ja auch gar nicht. Aber genug von mir. Kann ich dich was fragen?«

»Äh, klar?« Ihr wurde ein wenig heiß unter ihrer Strickjacke. Sie ahnte, dass es gleich ans Eingemachte ging.

»Wieso bist du noch hier?«

Sie hob eine Braue. »Du bist komisch drauf heute, mein Lieber. Ich bin hier, um euch zu unterstützen.«

»Ja, und ich bin dir sehr dankbar, und wir freuen uns riesig, dass du da bist. Aber erinnerst du dich an den Tag deiner Ankunft? Da konntest du es kaum erwarten, wieder abzureisen. Was ist seitdem passiert?«

Stella verzog ihre Lippen und überlegte, wie sie es formulieren sollte. Leider fiel ihr nichts Unverfängliches ein. »Es gab Ärger im Büro, und na ja, mein Chef hat mir ein Ultimatum gestellt.«

»Hä? Wieso?«

»Das Warum spielt keine Rolle, der Punkt ist der, dass ich nicht nachgegeben habe, und daraufhin hat er mich rausgeschmissen.«

Jóis Mund klappte auf. »Was? Wieso hast du nichts davon erwähnt?«

»Du hast doch andere Sorgen, als dich um meine kleinen Problemchen zu kümmern, ehrlich. Ich wollte keinen damit belasten.«

»Und was ist mit Marvin? Opa hat erzählt, dass er bei euch war. Du hast auch von ihm nichts berichtet. Ist er noch hier? Wir könnten vielleicht gemeinsam essen oder so. Ich habe das Gefühl, du schließt uns aus deinem Leben aus, Stella.«

»Das tue ich nicht, Jói. Bitte denk das nicht. Es ist genauso, wie ich es sage. Ich wollte niemanden von euch mit meinen Themen belasten.«

»Stella, es tut mir leid, wenn du das glaubst. Nichts, was dich betrifft, wird jemals eine Belastung sein. Ich möchte, dass du zu mir kommst, wenn du Probleme hast. Und was ist jetzt mit Marvin?«

»Wir haben uns getrennt.«

Jói riss die Augen auf. »Wieso? Hat das Arschloch dich betrogen? Soll ich ihm die Fresse polieren? Du weißt, ich habe ihn nie gemocht.«

Stella lachte, gleichzeitig machten sich ein paar Tränchen in ihren Augenwinkeln bemerkbar. Sie war ergriffen von der Anteilnahme ihres Bruders und umarmte ihn. »Du bist süß. Danke. Aber es war nichts dergleichen.« Sie trat einen Schritt zurück und schniefte. »Ich habe einfach gemerkt, dass wir nicht zusammenpassen.«

»Halleluja! Gott sei Dank. Ich muss ehrlich sagen, dass ich erleichtert darüber bin. Darauf trinken wir einen.« Jói ging in die kleine Teeküche des Ladens und holte eine Flasche Opal, einen Lakritzlikör, aus dem Schrank. Er goss einen Fingerbreit in zwei Gläser ein und kehrte zu Stella zurück. »Auf dich und die beste Entscheidung seit Langem.«

Sie nahm den Drink entgegen. »Ich weiß nicht, ob man mich dazu beglückwünschen soll«, gab sie düster zurück. Sie wollte jetzt nicht an ihre berufliche Zukunft – sofern man das überhaupt so nennen konnte – denken. Von ihren Ersparnissen würde sie eine Weile leben können, und dann würde sich schon irgendwas ergeben. »Skál«, sagte sie daher und trank den Likör in einem Zug aus.

»Hat das Zeug schon immer so ekelhaft geschmeckt?«, sie schüttelte sich.

»Ist wie Medizin. Also, wie sieht's aus, willst du Feierabend machen? Du siehst müde aus. Ist es dir wirklich nicht zu viel? Opa hat gesagt, dass du auch drüben auf Hjarðarholt aushilfst.«

»Es ist mir nicht zu viel, im Gegenteil. Es kommt mir so vor, als ob ich zum ersten Mal seit Jahren überhaupt etwas Sinnvolles mache. Du kannst dir nicht vorstellen, wie nervig es sein kann, wenn man sich immer mit Leuten beschäftigen muss, die um Geld streiten und sich nicht einigen können.«

Jói schenkte ihr einen mitfühlenden Blick und tippte ihr dann auf die Nasenspitze. »Deshalb habe ich ja schon immer gesagt: Augen auf bei der Berufswahl.«

»Danke, du Arsch.« Sie lachte. »Dann gehe ich jetzt, ich wollte sowieso etwas erledigen.«

»Ach ja, was denn?«

»Ich habe ein Schild für Opa bestellt. Oder eher gesagt zwei. Die möchte ich aufstellen, damit man Víkurfisk besser findet.«

»Weiß er davon?«

»Noch nicht, wieso? Glaubst du, es stört ihn?«

Er dachte einen Moment darüber nach. »Nein, ich denke nicht. Vielleicht wird er erst ein bisschen meckern, dann aber doch einsehen, dass es eine gute Idee ist.«

»So war es mit dem Hausputz auch«, sie kicherte. »Dann mach's gut und Kopf hoch wegen Magnea. Das wird wieder, am besten, du bringst ihr was Leckeres mit, das hebt die Stimmung.«

STELLA WAR GUTER DINGE, als sie bei PP Merki auf den Hof fuhr, der Firma, bei der sie die Schilder bestellt hatte. Auf dem Weg in den Laden kam ihr Vala entgegen, sie hatte offenbar auch etwas eingekauft. »Stella? Schön, dich zu sehen«, grüßte sie.

»Hallo, geht's gut? Wie ich sehe, kugelst du noch.«

Vala strich sich über den Bauch. »Ein bisschen dauert es noch. Ich hatte gar nicht damit gerechnet, dass du nach wie vor im Lande bist. Wolltest du nicht nur kurz bleiben?«

»Stimmt, ich habe meine Pläne geändert.«

Ihre Schulfreundin reagierte mit einem wissenden Lächeln. »Du siehst viel entspannter aus als neulich. Das freut mich. Island tut dir gut. Da steckt doch wohl kein Mann dahinter?«

Es stimmte, dass es ihr besser ging, trotzdem war es überraschend, dass es sogar anderen auffiel. Das Männerthema umging sie lieber, sie wollte nicht mit Vala über Marvin reden. Seltsamerweise kam Stella Jökull in den Sinn. »Am Wetter kann es jedenfalls nicht liegen«, witzelte Stella, weil sie ein wenig verlegen war.

»Ab morgen soll es besser werden«, entgegnete Vala.

»Hoffen wir das Beste!« Stella verabschiedete sich, nachdem sie kurz miteinander geplaudert hatten, und holte die Schilder ab. Sie war mehr als zufrieden mit dem Ergebnis. Jetzt hatte sie nur noch ein Problem – wie bekam sie die Dinger in den Boden?

JÖKULL STAND an der Tankstelle und befüllte zwei Kanister mit Diesel, als sein Handy klingelte. Hoffentlich war es nicht schon wieder Robert –, er hatte in den letzten Tagen häufiger angerufen. Jökull hatte ihn stets ignoriert.

Irgendwann musst du mit ihm reden, sagte das Stimmchen in seinem Kopf. Aber er scheute sich vor dem Gespräch, denn er würde ihm sagen müssen, dass er nicht vorhatte, wieder in seinen alten Job zurückzukehren. Jökull fasste sich ein Herz und zog das Handy aus der Hosentasche. Er stockte, als er eine fremde Nummer darauf erkannte. Also nicht Robert, an der Länderkennung konnte er erkennen, dass der Anruf aus Island kam. Vermutlich ein Bauer aus der Nachbarschaft, der ihn etwas fragen oder um etwas bitten wollte. »Jökull, guten Tag«, grüßte er, wie es hier üblich war, mit seinem Namen.

»Äh, hallo. Hier ist Stella.«

Jökull hätte beinahe den Kanister überlaufen lassen. Eilig schob er die Tankpistole zurück in die Zapfsäule und ging ein paar Schritte zur Seite. Eigentlich sollte man beim Tanken nicht telefonieren, aber solche Regeln hatte er noch nie gern befolgt. »Stella, hallo«, erwiderte er, während er überlegte, was sie von ihm wollen könnte. Woher sie die Nummer hatte, war hingegen kein großes Rätsel.

»Bist du bald zurück?«

»Ja, warum? Ist was passiert?«

»Nein, nein, alles okay«, beeilte sie sich zu sagen. Sie klang ein wenig nervös. »Ich habe Schilder für Opa besorgt, kannst du mir helfen, sie aufzustellen? Ich will ihn damit überraschen.«

»Schilder«, wiederholte er lakonisch.

»Genau.«

Vor seinem geistigen Auge sah er sie lächeln, ihr Tonfall war milde, beinahe ... glücklich. Das seltsame Rumoren in seiner Magengegend irritierte ihn. »Wenn du zwanzig Minuten warten kannst?«, brummte er.

»Natürlich, kein Problem. Wenn es dir zu große Umstände bereitet, dann kann ich ...«

»Nein, es bereitet mir keine Umstände. Ich bin gleich zurück.« Jökull legte auf und schob das Handy eilig in seine Hosentasche zurück.

Wie kam es nur, dass er in der Kommunikation mit Stella scheinbar immer das Falsche sagte? Er hatte wohl verlernt, wie man mit anderen umging, ohne sie vor den Kopf zu stoßen. Seltsam war nur, dass es ihn gerade in Verbindung mit der Nachbarsenkelin störte. Ja, sie war hübsch – aber sie konnte schließlich auch sehr nervig sein.

Stimmte das wirklich, oder versuchte er nur, sich das immer wieder einzureden?

»Hey, Mann, ich würde auch noch gern tanken«, riss ihn jemand aus seinen Überlegungen, und Jökull verzog seine Lippen.

Er hob eine Hand. »Sicher, bin sofort weg.« Eilig erledigte er alles, wofür er hergekommen war, und fuhr nach Hause. Dabei verbot er sich jegliche Grübelei und ging im Geiste lieber durch, was er heute noch alles zu tun hatte.

JÖKULL FAND Stella in Omas Küche. Die beiden plauderten angeregt miteinander. Als er den Raum betrat, verstummte das Gespräch abrupt, was seine Laune in den Keller sinken ließ. Er hasste es, wenn Oma über ihn redete – egal mit wem. Bei Stella störte es ihn ein wenig mehr als sonst. Jökull hatte eine Vergangenheit, sicher, aber die ging nur ihn etwas an.

»Bin wieder da«, verkündete er unnötigerweise.

Täuschte er sich, oder färbten Stellas Wangen sich ein wenig rötlich. »Hallo«, grüßte sie ihn und lächelte. Es war offen und wirkte absolut ehrlich. Für den Moment war es fast zu viel für ihn. Er hatte Schwierigkeiten mit ihr und ihrer liebenswürdigen Art, das wurde ihm einmal mehr klar.

Dass Oma plötzlich so schweigsam war, konnte auch nichts Gutes bedeuten. Vielleicht sah er auch nur Gespenster. Stella stand auf und stellte ihr leeres Wasserglas in die Spüle.

»Gut, dass du da bist«, sagte Oma und guckte Jökull an. »Dann mal viel Spaß, euch beiden.«

Das konnte er nur mit einem Stirnrunzeln beantworten.

»Ich weiß nicht, ob Schilder aufstellen als Spaß bezeichnet werden kann«, entgegnete Stella lachend. »Ich bin aber froh, dass ich Hilfe habe. Allein könnte ich das nicht, es soll ja auch nicht beim ersten Windhauch wieder umfallen.«

»Dann habt ihr heute ja die beste Gelegenheit, das gleich auszutesten.«, Oma zog sich die Zeitung heran und begann darin zu lesen.

»Wo hast du die Sachen?«, erkundigte Jökull sich auf dem Weg nach draußen.

»Im Auto.«

»Dann zeig mal her.«

Stella ging zum verrosteten Pajero ihres Opas und öffnete die Heckklappe. »Bitteschön«, machte sie und trat zur Seite. »Welches Werkzeug brauchen wir?«

»Víkurfisk«, las er laut.

»Gefällt es dir nicht?«

»Ich glaube, meine Meinung tut hier nichts zur Sache.« Es sah nicht schlecht aus, aber die Schrift war vielleicht etwas zu verschnörkelt für seinen Geschmack.

Er sah, wie sie mit den Händen rang. »Glaubst du, Opa findet es scheußlich? Ich war so sicher, dass es eine tolle Idee ist. Es würden viel mehr Leute kommen, wenn man darauf hinweisen würde – ich bin ja selbst schon tausendmal an der Abzweigung vorbeigefahren ...«

»Stella«, unterbrach er sie mit einem Seufzen. Diese Frau konnte ohne Punkt und Komma reden, das tat sie immer, wenn sie unsicher oder aufgeregt war. So gut kannte er sie bereits. »Es wird ihm bestimmt gefallen.«

Sie hielt inne und stemmte die Hände in die Hüften. »Du sagst das nur, um mich zu beruhigen.«

Fast hätte er gelacht, aber es reichte nur für die Andeutung eines Grinsens. »Ich denke nicht, dass du mich als Frauenversteher kennengelernt hast, oder?«

Er sah, dass sie an der Innenseite ihrer Wange nagte, während sie überlegte. Dann schüttelte sie den Kopf. »Okay, du hast recht. Wenn du es scheiße finden würdest, hättest du es mir direkt gesagt. Sehr gut. Dann lass uns anfangen, du willst sicher nicht den ganzen Nachmittag mit mir vertrödeln. Sollen wir noch mal nach den Schafen sehen? Ich war zwar vorhin schon mal drin, aber nur zur Sicherheit?«

»Du kannst warten, ich bin gleich zurück.« Ohne eine weitere Erklärung wandte er sich ab und marschierte in Richtung Stall. Er hörte ihre schnellen Schritte hinter sich, dann holte sie ihn ein. »Ich hab' doch gesagt, dass du warten sollst.«

»Wer bist du denn, meine Kindergärtnerin?«, nörgelte sie scherzhaft und ließ sich von ihm augenscheinlich nicht aus der Ruhe bringen.

»Wenn, dann schon eher Kindergärtner und nein, das bin ich nicht. Ich wollte nur, argh, vergiss es!« Er hob beide Hände und kapitulierte. »Du machst ja doch das, was du für richtig hältst.«

Stella knuffte ihn in die Seite, eine merkwürdig vertraute und kumpelhafte Geste. Beides überraschte ihn, aber er musste sich eingestehen, dass es sich nicht falsch anfühlte, sondern ... gut. »Schön, dass du das auch endlich begriffen hast.«

Er wollte etwas erwidern, aber hielt lieber die Klappe.

Wortlos checkte er alles im Stall. Nur drei Schafe hatten ihre Lämmer noch nicht geboren, den anderen ging es gut. Fast war er ein bisschen traurig, dass diese intensive Zeit bald schon wieder vorbei war. Dann hätte er wieder viel zu viel Gelegenheit, sich mit sinnlosen Grübeleien zu befassen. Aber vielleicht kam es ja anders, doch darauf zu hoffen, wagte er nicht.

Zehn Minuten später rumpelten sie in Opas Pajero den Weg entlang. »Wo soll das erste Schild hin?«, fragte er und guckte sich um.

»Vierhundert Meter vor der Abfahrt«, antwortete Stella.

»Soll ich es abmessen?«

»Ha, ha, neuerdings entwickelst du dich ja direkt zu einem Scherzkeks.« Regen klatschte auf die Windschutzscheibe. Ja, sie hatten sich wirklich das beste Wetter für diese Aktion ausgesucht, aber Warten war nicht ihre Stärke, das hatte er schon bemerkt. Dafür war sie viel zu aufgeregt. Stellas Energie war förmlich greifbar, und etwas davon übertrug sich auch auf ihn. »Ich hab' das hier mit dem Tacho im Blick«, erklärte sie und hielt an. »Müsste ungefähr passen.«

»Du kannst im Wagen warten«, bot er ihr an und zog den Reißverschluss seiner Jacke nach oben.

»Meine Güte, Jökull. Warum tust du denn jetzt so, als wäre ich aus Zucker? Du musst dich hier nicht als Macher hervortun. Ich brauche deine Hilfe, aber das heißt nicht, dass du alles alleine machen sollst.« Damit ließ sie ihn sprachlos zurück, denn sie war so schnell ausgestiegen, dass er nicht mal den Hauch einer Chance zu antworten hatte.

»Meinetwegen«, brummte er und folgte ihr hinaus »Wird sie halt nass.«

Stella stellte sich nicht blöd an, aber sie war auch nicht wirklich geübt darin, handwerkliche Tätigkeiten zu übernehmen. Das hatte er schon bei den Arbeiten im Stall mitbekommen. Sie musste das auch gar nicht beherrschen, schließlich war er dafür mitgekommen. »Was machst du normalerweise?«, wollte er wissen, dabei musste er beinahe schreien, weil der Wind und Regen seine Worte fast verschluckten.

Stella wirkte für eine Sekunde überrascht, als hätte sie nicht mit so einer persönlichen Frage gerechnet. Er konnte es ihr nicht verdenken, er konnte sich auch nicht erklären, warum es ihn kümmerte. Sie war nicht nach Island gekommen, um zu bleiben. Von Gunni wusste er, dass sie normalerweise in London lebte und gerade ein wenig Urlaub machte, bis Jóis Zwillinge da waren.

»Ich habe Jura studiert. Gesellschaftsrecht«, erklärte sie.

»Das passt zu dir«, antwortete er. Es war komisch, dass sie sich über das Tosen des Wetters buchstäblich anschreien mussten, aber irgendwie vermittelte es ihm das Gefühl einer sicheren Distanz.

»Was? Wieso?«, wollte sie wissen.

»Du diskutierst doch ständig über alles.«

»Gott, manchmal bist du echt so ein Arsch«, schimpfte sie, woraufhin er tatsächlich grinsen musste. Das Gefühl war so merkwürdig, dass er sich selbst ein wenig über seine Reaktion erschreckte. Auch Stella war es nicht entgangen.

»Was ist so witzig daran?«, wollte sie von ihm wissen.

»Vielleicht kann ich mich ja doch für deinen seltsamen Humor erwärmen. Und jetzt halt das Schild fest, damit ich es an den Pfählen anbringen kann.«

Nachdem sie ihre Arbeiten erledigt hatten, stieg Stella bibbernd hinter das Steuer. »Scheiße, ich hab' vergessen, wie ekelhaft kalt es hier werden kann«, stieß sie zwischen klappernden Zähnen hervor.

»Du kannst mich da vorn rauslassen, ich geh den Rest zu Fuß«, gab er zurück.

»So weit kommt es noch, oder kannst du mich nicht mehr länger ertragen?«

Jökull guckte sie schräg von der Seite an. »Hab' ich dir das Gefühl jemals vermittelt?«

Stella trat so fest auf die Bremse, dass die Reifen quietschten und er nach vorn geschleudert wurde. Er landete am Armaturenbrett, weil er nicht angeschnallt war. »Willst du mich umbringen?«, schimpfte er und setzte sich wieder hin.

»Wenn du mich ansiehst, habe ich ständig das Gefühl, dass du wütend auf mich bist, dass du dir wünschst, dass ich endlich abhaue.«

Ihre Blicke trafen sich, und Jökulls Herz zog sich schmerzhaft zusammen. Seine Kehle wurde eng, er musste schlucken. »Ich bin niemals wütend auf dich, Stella«, erwiderte er so leise, dass es kaum zu hören war. So vieles ging ihm durch den Kopf, aber nichts davon ließ sich in Worte fassen. Da war so viel Schmerz, so viel Kummer, so große Schuldgefühle, die ihm die Luft abschnürten. Für den Bruchteil einer Sekunde wünschte er sich, dass er ihr erzählen konnte, warum er sich von allem gelöst und sich zurückgezogen hatte. In der nächsten schloss er entsetzt die Augen. Es war unmöglich. Das Gefühl zu ersticken, wurde riesengroß, das Auto schien viel zu klein für sie beide zu sein. »Ich gehe den Rest zu Fuß«, gab er tonlos von sich, schaute sie nicht mehr an und stieg aus.

Das hast du mal wieder prima hingekriegt, schimpfte er sich stumm. Wenn sie bisher noch nicht geglaubt hat, dass du ein Psycho bist, ist es dir spätestens jetzt gelungen.

Warum kümmerte es ihn überhaupt?

Darauf wusste er keine Antwort. Klar war nur, dass Stella an seinem Gleichgewicht rüttelte, immer und immer wieder. Obwohl es einem Teil von ihm wie ein Lichtschein am Ende eines langen, dunklen Tunnels vorkommen mochte, so wusste sein Verstand, dass er sich ihr nicht öffnen konnte. Er würde daran zugrunde gehen, wenn sie die mühsam errichteten Mauern einriss, die ihm Halt gaben.

10

Oma winkte noch einmal zum Abschied, dann drehte sie sich um und wackelte mit ihrem Koffer zum Abflugschalter im kleinen Flughafen von Akureyri davon. Jökull blieb einen Moment stehen, um sicherzugehen, dass beim Einchecken alles klappte. Als er mitbekam, wie ihr Koffer auf dem Gepäckband davongetragen wurde, verließ er das kleine Flughafengebäude, um nach Hause zu fahren. Eine Woche würde Oma in Reykjavík bei ihrer Schwester bleiben, der Besuch war lange besprochen, aber kurzfristig arrangiert worden. Ihm war es recht, er würde auch ein paar Tage ohne ihre Kochkünste auskommen.

Für heute hatte Oma jedoch vorgesorgt, auf dem Herd stand ein Topf mit Essen, das er nur erhitzen musste. Das war aber nicht genug, im Kofferraum hatte Jökull einen Picknickkorb stehen, dem ein Auftrag folgte. Das Wetter war prächtig, die Sonne schien, und es war windstill. Heute war der Tag der Tage, an dem er mit Stella ein paar Wale beobachten sollte. Sie wusste nur noch nichts davon, aber

Gunni – und Oma – hatten darauf bestanden, dass er sich nicht länger davor drücken sollte. Gunni hatte ihm diesbezüglich einen Vortrag gehalten, dass er ja verstehen könne, dass Jökull viel zu tun hatte, es seiner Enkelin aber viel bedeuten würde, wenn er sich die Stunde Zeit für sie nehmen würde.

Jökull hatte daraufhin nur genickt und gesagt, dass er es natürlich sehr gern in Angriff nehmen wollte. Das war nicht einmal gelogen, aber es war auch nur die halbe Wahrheit. In den letzten Tagen hatte Jökull es vermieden, mit ihr zu sprechen. Es war ihm nach wie vor unangenehm, wie sie neulich auseinandergegangen waren. Wobei, das war der falsche Ausdruck. Er war davongerannt, vor seinen eigenen Dämonen, mit denen er Stella nicht belasten wollte.

Jökull hatte schon bei der Erinnerung daran schwitzige Finger. Nicht nur das, er hatte auch keine Ahnung, wie er sie ansprechen sollte, um ihr von den Plänen des Tages zu erzählen. Sie war derzeit noch im Angelladen. Sollte er einfach hinfahren und sie abholen? Ja, vielleicht war das die beste Idee – oder die schlechteste. Er hatte keine Ahnung. Es fühlte sich sogar beinahe nach einem Date an. So oder so ... das nervöse Magenflattern, das sich bei ihm eingestellt hatte, war mehr als unangenehm.

»Bringen wir es einfach hinter uns«, brummte er und gab Gas. Wo er schon in Akureyri war, konnte er wirklich beim Geschäft haltmachen und Stella vom Plan der Großeltern erzählen. Wobei er da mit der Formulierung aufpassen musste, es sollte nicht so klingen, als ob es ihm eine Last wäre, Zeit mit ihr zu verbringen. Das stimmte nämlich nicht. Er war – wie er überrascht feststellte – gern in ihrer Nähe. Ein Paradoxon, denn sie machte ihm Angst und gleichzeitig Hoffnung. Worauf, wusste er selbst nicht so genau.

~

Stella war gerade dabei, eine neue Lieferung auszupacken, als Jói nach ihr rief. »Stella, dein Typ wird verlangt, komm mal her!« Ihr Bruder war schon im Laden, weil morgen die Aushilfskraft anfangen sollte und es noch ein paar Formalitäten zu regeln gab. Sie ließ die Kiste mit Angelhaken stehen und ging nach vorn in den Verkaufsraum, während sie sich fragte, ob sie vielleicht einen Kunden verärgert hatte.

Stella traf beinahe der Schlag, als sie Jökull entdeckte, der sich gerade mit Jói über etwas unterhielt und anfing zu lachen. Dieses fröhliche Geräusch aus Jökulls Kehle zu hören, war ihr so fremd, dass Stella große Augen machte. Eine Gänsehaut überzog ihren Körper. Jökull sollte viel öfter lachen, es stand ihm gut zu Gesicht.

Als ob er ihre Anwesenheit zu spüren schien, richtete er den Blick auf sie. Seine Augen leuchteten, und die Mundwinkel waren nach wie vor leicht nach oben gebogen.

»Hallo?«, brachte sie schließlich hervor und merkte selbst, wie dünn ihre Stimme klang. Ihre Knie fühlten sich wackelig an. Was war nur mit ihr los? Und warum war er hergekommen?

»Dieser junge Mann hier wollte dich entführen«, erklärte Jói.

Stella furchte die Stirn und verstand noch weniger, was

hier vor sich ging. »Äh, was?«, war alles, was ihr dazu einfiel. Blöder ging es kaum. Sie merkte, wie die Hitze von ihrem Hals in ihre Wangen aufstieg. Na super, jetzt musste sie auch noch rot anlaufen wie ein Schulmädchen.

Jökull guckte kurz auf seine Füße, dann wieder zu ihr, als wäre auch er ... nervös. »Ja, genau. Das schöne Wetter bietet sich geradezu an, um auf den Fjord rauszufahren. Du weißt schon, Wale beobachten und so. Wir hatten doch neulich schon mal darüber geredet ...«, erklärte er mit belegter Stimme.

»Jetzt?«, fragte sie überrascht.

»Ja, ich dachte, wenn du nichts Besseres vorhast?« Täuschte sie sich, oder lag da ein Hauch von Unsicherheit in seiner Frage?

Jói schaute von einem zum anderen, dann mischte er sich sein. »Hat sie nicht. Los, geh schon, Stella. Er hat recht, das Wetter ist fantastisch heute. Mach mal was für dich.« Dass Jói sie nicht buchstäblich in Jökulls Richtung schubste, war alles, aber sie war zu perplex, um ihren Bruder zu schelten.

»O-kay«, stammelte Stella und war gerührt. Gleichzeitig freute sie sich riesig, denn sie hatte schon seit Ewigkeiten keine Wale mehr aus nächster Nähe gesehen. So ein Erlebnis war immer atemberaubend. Sie konnte es kaum abwarten und merkte, wie ihr Puls vor Aufregung immer höherschlug.

»Du kannst Opas Auto stehen lassen, ich wollte mir die alte Kiste sowieso noch mal anschauen«, meinte Jói beiläufig, und es hörte sich stark danach an, dass er Stella unbedingt in Jökulls Auto sehen wollte.

»Klar, sie kann bei mir mitfahren«, erklärte Jökull

anschließend. Obwohl sie sich irgendwie komisch damit fühlte, nahm sie es so hin. Stella legte Opas Autoschlüssel auf den Tresen und holte ihre Sachen.

Fünf Minuten später saß sie neben Jökull auf dem Beifahrersitz und wusste nicht, was sie sagen oder tun sollte. Sie fühlte sich merkwürdig aufgekratzt. Natürlich hatte sie nicht vergessen, wie sie neulich auseinandergegangen waren, was auch dazu beitrug, dass sie vorsichtshalber die Klappe hielt. Sie wollte nichts Falsches sagen oder tun. Jökull schien sich dessen gar nicht bewusst zu sein, oder er genoss das Schweigen – was sie nicht überraschen würde. Irgendwann hielt sie die Stille doch nicht mehr aus.

»War das jetzt eine spontane Aktion von dir?«, wollte sie wissen.

»Und wenn?«

»Dann würde ich mich freuen.« So sehr sogar, dass ihr Magen Purzelbäume schlug. Die heftige Reaktion überraschte sie selbst.

»Es war so was in der Art«, wich er aus und schwieg.

Okay, danach war sie auch nicht schlauer. Weil sie merkte, dass Jökull nicht in Plauderlaune war – haha, war er das überhaupt jemals – schwieg sie und genoss die Aussicht. Das Gras leuchtete in einem so intensiven Grün in der Mittagssonne, dass sie sich wünschte, sie hätte eine Sonnenbrille dabei. Der Regen der letzten Tage hatte dazu beigetragen, dass die Natur überall aufblühte. Wo andernorts der Sommer bereits Einzug hielt, so war es in Island anders – manchmal brauchte der Frühling eine längere Anlaufzeit, dafür war das Gras grüner und der Himmel von einem intensiveren Blau als anderswo. Der Schnee auf den

Gipfeln war noch längst nicht geschmolzen, in manchen Jahren taute er gar nicht vollständig weg.

Stellas Nervosität wuchs, als sie am Ende der Fahrt von Akureyri den schmalen Weg hinunter zu Opas Haus entlangrumpelten.

Opa Gunni war gerade am Räucherofen zugange. Jökull und er plauderten kurz, während Stella die Sicherheitsanzüge aus dem Container holte. Die Dinger sollten sie nicht nur vor kaltem Wind schützen, sondern auch bei einem möglichen Unfall auf dem Wasser treiben lassen, eine überdimensionierte Schwimmweste sozusagen, mit Kälteschutz. Man sah darin zwar aus wie ein Michelinmännchen, aber Sicherheit ging nun mal vor. Jökulls Blick nach zu urteilen, war er anderer Meinung.

»Was ist?«, fragte sie und hielt ihm einen in Größe *Large* hin. Sie hatte ihren bereits angezogen und sich die Haare zu einem Pferdeschwanz zusammengebunden, damit der Wind sie ihr nicht immer wieder ins Gesicht peitschte. »Willst du etwa keinen nehmen?«

Jökull warf Opa einen zweifelnden Blick zu, als wollte er fragen: »Muss ich?«

Gunni legte ihm eine Hand auf die Schulter. »Früher hatten wir solches Zeug nicht, aber ich finde, du solltest einen tragen. Ich bin da ganz Stellas Meinung – außerdem ist es ein bisschen wärmer in dem Ding. Der Wind kann eisig werden, aber das muss ich dir ja nicht sagen.«

»Na schön, gib her«, Jökull klang in etwa so begeistert, als stünde ihm eine Wurzelbehandlung bevor.

Stella nahm es nicht persönlich. Jökull war eben kein Mann, der stets gute Laune versprühte. Das würde auch nicht zu ihm passen. Mittlerweile hatte sie seine robuste

Art durchaus zu schätzen gelernt, weil sie wusste, dass es nur Fassade war. Insgeheim wünschte sie sich, dass er sie erneut dahinter blicken lassen würde.

Nachdem er sich angezogen hatte, holte Jökull etwas aus dem Kofferraum, das sehr stark nach einem Fresspaket ausschaute. Stella war überrascht, sagte jedoch nichts und tat auch so, als hätte sie es nicht bemerkt.

»Können wir?«, fragte Jökull und kam auf sie zu.

»Natürlich, ich bin startklar.« Sie drückte Opa einen Kuss auf die Wange. »Bis später.«

Er hob eine Hand und winkte. »Macht es gut, und viel Spaß euch beiden.«

Jökulls Brauen zogen sich zusammen, als ob er überlegen müsste, was das Wort Spaß überhaupt für eine Bedeutung hatte. Das fand Stella wiederum witzig und sie unterdrückte ein Schmunzeln, damit sie es sich mit ihm nicht verdarb, ehe sie auf dem Fjord waren …

Sie liefen schweigend den schmalen Weg zum Ufer hinunter, wo Opas Schlauchboot lag. Er fuhr manchmal zum Angeln damit raus, aber Wale zu beobachten, fand er nicht so spannend – vermutlich hatte er Jökull deswegen eingespannt.

Nachdem Jökull den Korb im Schlauchboot abgestellt hatte, schob er es über den kleinen Anleger ins Wasser. »Kann ich was tun?«, wollte Stella von ihm wissen.

Er antwortete nicht, während er noch ein paar Dinge überprüfte, was sie als Nein wertete. Schließlich schaute Jökull auf und reichte ihr seine Hand. »Komm an Bord«, forderte er sie auf.

Stella überlegte kurz, dann legte sie ihre Finger in seine, trat auf den Rand und sprang ins Boot. Jökull warf den Motor an, und ihre Aufregung wuchs, während sie überlegte, wo sie sich hinsetzen sollte. Es gab eine feste Bank in der Mitte, sie befand sich hinter dem Sitz des Kapitäns, wo logischerweise auch das Steuerrad war.

»Geh doch nach vorn, da siehst du am besten«, schlug er vor, weil er wohl ihr Zögern spürte.

»Klar, super Idee.« Stella fühlte sich gut, gar nicht wackelig oder unsicher. Auf dem Wasser zu sein, war also doch wie Fahrradfahren. Das war schön. In ihrem Bauch kribbelte es voller Vorfreude.

Der Wind war frisch, aber dank der Anzüge war es nicht zu kalt. Jökull stieß das Boot ab und trat hinters Steuer. Im Standgas ging es aus dem flachen Wasser ein Stück auf den Fjord hinaus, dann drückte er den Gashebel weiter durch. Stella drehte sich um und schaute nach vorn. Immer wieder spritzte etwas Gischt in ihr Gesicht, es war fantastisch. Sie fühlte sich frei und war glücklich. Sie schaute sich nach Walen um, aber konnte keine entdecken. Es schien allerdings, als ob Jökull genau wüsste, wo er hinfahren musste. Stella hatte keine Ahnung, wie lange sie unterwegs waren, ein paar Minuten vielleicht – es könnte genauso gut eine halbe Stunde gewesen sein – bis sie eine Fontäne entdeckten.

»Da, schau!«, rief sie und zeigte in die Richtung.

»Okay, hab's gesehen!«, erwiderte er und beschleunigte. Kurz bevor sie die Stelle erreichten, drosselte er die Geschwindigkeit, und sie ließen sich treiben.

Wo der Wal zuvor gewesen war, sah man nur noch eine Verwirbelung im Wasser.

»Wir müssen ein paar Minuten warten«, erklärte Jökull. »Er taucht bestimmt in der Nähe wieder auf.«

»Das ist so aufregend«, stieß Stella hervor und wartete gespannt. Dabei stützte sie sich auf den vorderen Rand des Schlauchboots und starrte ins dunkle Meer.

Immer wieder suchte sie die Umgebung ab, bis tatsächlich ein paar Meter weiter wieder eins von den magischen Tieren auftauchte. »Es ist ein Buckelwal«, stellte sie fest und kam aus dem Grinsen gar nicht wieder heraus. Er atmete ein und tauchte kurz ab, um wenige Sekunden später erneut hochzukommen, um das Prozedere zu wiederholen.

»Beim nächsten Mal geht er tiefer«, hörte Stella Jökull hinter sich erklären.

Wie gebannt starrte Stella ins Meer und hielt den Atem an. Direkt neben dem Schlauchboot, so dicht, dass sie beinahe nur eine Hand ausstrecken musste, erschien der Wal noch einmal, pustete und holte Luft. Dann nahm er Anlauf, um in die Tiefe hinabzugleiten. Die Schwanzflosse bog sich majestätisch, um zuletzt im dunkelblauen Meer zu verschwinden. Stellas Herz klopfte nach wie vor wie verrückt. Der Moment war so fantastisch. Einzigartig. Es gab nichts, was man damit vergleichen konnte, dieses Wunder der Natur selbst und aus nächster Nähe mitzuerleben.

Jökull steuerte das Boot ein wenig weiter hinaus auf den Fjord in Richtung offene See, wo sie noch eine Gruppe von Walen fanden.

Stella wurde nicht müde, diese wundervollen Meeressäuger mit ihrer ruhigen Art zu beobachten. »Wieso stoßen sie nicht gegen das Boot?«, wollte sie irgendwann von ihm wissen. Ihre Nase war eiskalt und ihre Wangen ebenso, aber das störte sie nicht im Geringsten. Sie fühlte sich so lebendig wie schon lange nicht mehr.

»Ich kenne den Fachausdruck leider nicht«, antwortete er und zuckte die Schultern. »Aber es muss natürlich mit ihren Sinnesorganen zusammenhängen. Wie sieht es aus, sollen wir mal in den Korb schauen, den ich mitgebracht habe?«

Den hatte sie völlig vergessen. Aber jetzt, wo er es sagte, merkte sie, dass sie hungrig war. Außerdem gab es wohl keinen besseren Ort auf der Welt für ein Picknick der besonderen Art. »Klar, gern«, erwiderte sie deshalb nur und schaute ihm nicht ins Gesicht. Sie fürchtete, dass er ansonsten in ihren Augen erkennen könnte, was in ihr vor sich ging. Stella wollte es sich nicht eingestehen, aber sie war überglücklich, nicht nur wegen der Wale. Jökulls Anwesenheit trug einen großen Anteil daran. Bei ihm fühlte sie sich sicher und geborgen, ganz egal, wie wortkarg dieser Mann war.

Jökull kam zu ihr nach vorn und stellte den Proviant ab. Zum Glück schien er wirklich nicht zu ahnen, worüber sie gerade nachdachte. »Schau ruhig, ob was für dich dabei ist.«

Stella schlug das Geschirrhandtuch zurück und stieß einen leisen Pfiff aus. »Da lässt du dich aber nicht lumpen, mein Lieber.«

JÖKULL BEGRIFF NICHT, was Stella meinte, bis er die Weinflasche entdeckte, die sich unter dem Stoff verborgen hatte und jetzt hervorlugte.

Im Geiste verfluchte er Oma, was hatte sie sich denn dabei gedacht? Vermutlich, dass das hier zu einem romantischen Stelldichein werden würde? Ganz bestimmt nicht.

Trotzdem wollte er die Stimmung nicht verderben. Es war schön, Stella verstohlen zu beobachten, während sie die Wale bewunderte. Ihre kindliche Begeisterung war hinreißend. Herzerwärmend.

Obwohl er es, sollte ihn jemand fragen, nicht zugeben würde, so genoss er diesen kleinen Ausflug sehr. Nur, dass Oma so eine Art romantische Verpflegung eingepackt hatte, irritierte ihn. Was soll's, dachte er sich dann und holte die Flasche heraus. »Wenigstens hat sie einen Schraubverschluss«, sagte er in Stellas Richtung und konnte sich nicht daran erinnern, wann er zuletzt Wein im Glas gehabt hatte. Oma trank überhaupt keinen Alkohol, sie hatte jedoch nichts dagegen, wenn es andere taten. Dass in ihr so eine Romantikerin – oder Kupplerin – steckte, hatte er nicht vermutet – oder was auch immer sie damit bezweckt haben mochte. Vielleicht wollte sie ihnen wirklich nur was Gutes tun. Jökull sollte nicht hinter jedem und allem eine spezielle Absicht vermuten. Außerdem dürfte Oma wissen, dass er von allen Dingen dieser Erde als Letztes eine neue Frau an seiner Seite suchte.

Stella hielt ihm zwei Gläser vor die Nase, es waren ausgespülte Marmeladengläser. Jökull goss ein, dann stießen sie an.

Er schob die Flasche zurück in den Korb, gemeinsam plünderten sie ein paar Tupperdosen mit belegten Broten, Weintrauben und Rosinenbrot.

»Deine Oma ist super«, meinte Stella mit vollem Mund.

»Woher weißt du, dass sie es war, die das vorbereitet

hat?« Er hob eine Braue. Traute Stella ihm etwa nicht zu, alles für einen gemütlichen Nachmittag in die Wege leiten zu können? Der alte Jökull hätte damit in der Tat überhaupt keine Probleme gehabt, aber vermutlich lag Stella richtig. Heute wüsste er gar nicht, wie er es anstellen sollte. Vielleicht musste er Oma also doch dankbar sein, auch wenn es ihn doch irgendwie in Verlegenheit brachte.

Stella kicherte. »Du bist nicht der Typ für Rosinenbrot und Schnitten.«

»Ach nein?« Das wollte er genauer wissen. Er schenkte ihnen beiden noch einmal ein. Es war wirklich lange her, dass er Alkohol getrunken hatte, es fühlte sich seltsam an. Hier draußen mit Stella. Beinahe vertraut. Leicht. »Was bin ich denn für ein Typ?«, hakte er nach.

Jökull verdrängte alle aufsteigenden Zweifel oder düstere Gedanken. Nur dieses eine Mal würde er so tun, als sei sein Leben kein einziger Scherbenhaufen. In ihrer Nähe schien es ihm möglich, das zumindest für ein paar Minuten selbst glauben zu können.

Stella schob sich eine weitere Traube in den Mund und musterte ihn. Sie strahlte über das ganze Gesicht und schien Spaß zu haben. Immerhin, darüber konnte er sich freuen. »Du bist der Typ für – gar kein Essen. Ich bin sehr sicher, dass du nur dann was isst, wenn man es dir vor die Nase setzt. Die Arbeit kommt für dich an erster Stelle. Du schuftest lieber bis zum Umfallen, als dass du dir einmal etwas für dich gönnst. Also, wenn du diesen Trip geplant hättest, dann würde ich nicht einmal in einem Rettungsanzug auf diesem Schlauchboot sitzen.« Es klang spielerisch, aber sie wussten beide, dass Stella den Nagel auf den Kopf getroffen hatte.

Jökull schaute kurz zu Boden. Er kapierte nicht, wieso, aber ihre Erläuterungen über sein Wesen hatten seiner Laune einen Dämpfer verpasst, und er konnte nichts dagegen tun. Er verstand nicht einmal, weshalb er so reagierte, denn ihre Beschreibung entsprach den Tatsachen. Trotzdem ...

Jökull trank sein Glas aus, stellte es zurück in den Korb und stand wieder auf. »Treffend analysiert«, kommentierte er. »Deshalb fahren wir jetzt auch wieder nach Hause, oder möchtest du noch ein paar Wale suchen?«

Stella blinzelte ein paar Mal, dann nickte sie. Es tat ihm irgendwie leid, dass sie sich vermutlich vor den Kopf gestoßen fühlte, aber er konnte nicht aus seiner Haut. Das hier war nicht sein Ding, er musste zurück. Wie sie so treffend gesagt hatte, er hatte sehr viel zu erledigen, die Schafe, das Futter, die Reparaturen ... »Nein, schon gut. Zurückfahren ist okay. Allmählich wird es wirklich etwas kühl hier«, stimmte sie zu, aber sie klang ein bisschen traurig.

Stella drehte das Glas in ihren Fingern und schaute nachdenklich aufs Meer hinaus. Jökulls Gewissen regte sich.

Scheiße.

Das hatte er ja wieder fantastisch hinbekommen! Er hatte die Stimmung ruiniert und fühlte sich mies. Weil er keine Ahnung hatte, was er sagen oder tun sollte, um das Ganze ungeschehen zu machen, schwieg er und gab Gas. Nicht zu viel, um sie nicht auch noch aus dem Gleichgewicht zu bringen.

Ein paar Minuten fuhren sie über das spiegelglatte Wasser. Sonnenstrahlen glitzerten im dunklen Meer. Ein paar Möwen kreisten über ihnen auf der Suche nach Fischen. »Komm her, Stella, du kannst auch mal steuern«, bot er ihr an. Ein Versuch, sein dämliches Verhalten von eben wiedergutzumachen. Ein bisschen zumindest.

Stella drehte sich zu ihm um. »Ich?« Sie wirkte so überrascht, dass er nicht anders konnte.

Er lachte auf. »Natürlich du! Elfen oder Trolle haben wir keine an Bord, die ich fragen könnte.«

Sie neigte ihren Kopf, als könnte sie nicht fassen, dass er tatsächlich so etwas Ähnliches wie einen Scherz von sich gegeben hatte. »Na gut, aber ich weiß wirklich nicht mehr, wie das geht.«

Stella war mit drei Schritten bei ihm. »Komm her, ich zeige es dir.« Er schob sie vor sich und blieb hinter ihr stehen. Danach nahm er ihre Hände und führte sie zum Steuer. Seine ruhten auf ihren. »Siehst du? Ist wie Fahrradfahren. Du weißt ja, wo es hingeht.«

Er spürte die Energie und Wärme, die von ihr ausging, und sein Körper reagierte mit einem lustvollen Prickeln.

O Gott. Was machte er da?

Ihre Kurven drückten sich gegen seinen Schwanz – der pulsierend zum Leben erwachte. Der Duft ihres Haares stieg ihm in die Nase und tat sein Übriges, um seine Sinne zu benebeln.

Etwas Blöderes, als sie zu sich zu rufen, hatte ihm nicht einfallen können? Prima. Wirklich toll! Jetzt hatte er auch noch mit einem Ständer zu kämpfen.

Stella schien nichts von seinem inneren Ringen wahrzunehmen. Sie wirkte entspannt und so, als ob es ihr tatsächlich gefiel. Jökull ließ das Steuer und ihre Hände los und wusste nicht, wohin mit sich und seinen Gefühlen.

»Ist es richtig so?«, rief sie ihm zu und schaute nach hinten.

Sein Blick heftete sich auf ihre Lippen. »M-mh«, war alles, was er hervorbrachte.

Der Drang, sie zu küssen, war so stark, dass er Mühe hatte, ihn zu kontrollieren.

Stella schaute wieder nach vorn und schmiegte sich mit dem Rücken an ihn. Es kam ihm jedenfalls so vor. Nach ein paar Minuten hatte er den ersten Schock über seine körperlichen Reaktionen überwunden. »Du machst das sehr gut«, murmelte er an ihrem Ohr, weil er nicht schreien wollte.

Täuschte er sich, oder war sie leicht erschaudert? Stella zog den Gashebel zurück, und das Boot tuckerte nur sehr langsam über das Wasser. Er wollte sie gerade fragen, was los war, aber die Worte blieben ihm im Halse stecken, als sie sich zu ihm umdrehte.

Zwischen sie beide würden nur noch ein paar Blatt Papier passen, so nah war sie. Nicht einmal die Schutzanzüge schafften eine Distanz. Er konnte nicht rückwärtsgehen, hinter ihm befand sich die Bank, hinter ihr das Steuerrad.

Jökull fehlten die Worte, sein Kopf war wie leer gefegt. In ihrem Blick lag ein Hunger, der sein Blut zum Kochen brachte. Sie befeuchtete sich die Lippen mit der Zunge und schaute ihn direkt an. Jökulls Atem beschleunigte sich.

Seine Hände ruhten auf ihren Hüften.

Wann war das denn passiert? Machte sich sein Körper jetzt selbstständig? Es schien so. Stella strich mit den Fingern über seine Wange. Er unterdrückte ein Stöhnen. Ihre Berührung fühlte sich köstlich an. Elektrisierend. Sein

Leib war von einer Gänsehaut überzogen, und jeder Muskel war angespannt. Als sie sein Gesicht zwischen ihre Hände nahm und ihn zu sich herabzog, löste sich auch der letzte Funke Vernunft in Rauch auf. Er schloss die Lider und küsste sie. Oder sie küsste ihn? Er wusste es nicht, alles, was er wahrnahm, war, dass es sich fantastisch anfühlte. Einzigartig. Alles verzehrend.

Jökull ließ seine Zunge zwischen Stellas Lippen gleiten und kostete von ihr. Sie reagierte mit einem leisen Stöhnen, das Wellen der Lust durch seinen Körper sandte.

O verdammt. Er wollte sie. Er wollte sie so sehr wie nichts zuvor in seinem Leben.

Gerade rechtzeitig, ehe er vergaß, wo sie waren, löste er sich von ihr. Stella rückte ein Stück von ihm ab. Sie atmete so schnell wie er selbst.

Ihr Blick war verschleiert, ihre Lippen rot und schön wie nie. Die Wangen waren gerötet, das Haar zerzaust.

Niemand sagte ein Wort. Er wüsste auch gar nicht was.

Die Empfindungen, die durch seinen Körper rasten, waren so stark, so roh, dass er sich nicht bewegen konnte. Stella schien sich als erste zu fassen. Sie senkte die Lider, nur für eine Sekunde, aber Jökull sah, dass sich etwas veränderte.

Bereute sie den Kuss?

Eine Distanz baute sich zwischen ihnen auf, eine unsichtbare Mauer. Ihre Mimik war nicht unfreundlich, sie wirkte nur zutiefst erschüttert.

Ihm ging es ähnlich. Eines war klar: Nach diesem Kuss war nichts mehr wie zuvor. Daran änderte auch Stellas vor sich hin gemurmeltes: »Ich setze mich noch mal nach vorn, du steuerst besser als ich« nichts.

»Okay«, erwiderte er. Seine Stimme klang wie ein Reibeisen.

Peinlich.

Was war nur in ihn gefahren?

Nein, sagte er sich. Sie hatte den ersten Schritt gemacht. Nicht, dass er nicht auch daran gedacht hätte. Jökull musste sich nichts vorwerfen, jedenfalls nicht in diesem Fall. Eine kurzfristige Entgleisung, die nichts zu bedeuten hatte. Nichts war passiert. Er würde einfach so tun, als hätte es den Kuss nicht gegeben, und an ihrer Reaktion las er ab, dass sie das Ganze ähnlichsah.

Die letzten Minuten fuhren sie schweigend. Als sie an der kleinen Slipanlage ankamen, half er Stella zuerst aus dem Boot. »Du kannst schon vorgehen, ich erledige das hier.«

Stella schien sich das nicht zweimal sagen lassen zu müssen. Sie wirkte geradezu erleichtert, dass sie von ihm fortkam.

Also bereute sie den Kuss doch.

Bedauern floss durch seine Adern, nicht, weil es passiert war, sondern weil sie sich offenbar wünschte, es wäre niemals geschehen.

11

Jökulls Laune war unterirdisch, als er zum Haus zurückmarschierte. Den Rettungsanzug hatte er bereits abgestreift und sich über den Arm gelegt, in der anderen Hand trug er den Korb. So eine Scheiße, dachte er verärgert.

Vielleicht konnte man es auf den Wein schieben, überlegte er und wusste doch, dass er von dem bisschen nicht betrunken gewesen war, und Stella auch nicht.

Sein Handy brummte in seiner Hosentasche.

Auch das noch.

Sicher war es Oma, die wissen wollte, wie der Tag gelaufen war. Der würde er was erzählen! Wie bescheuert er es fand, dass sie ... nein, würde er nicht. Oma konnte nichts dafür, dass er alles in seinem Leben verbockte.

Jökull atmete tief durch, dann schaute er aufs Display. Es war Robert. Schon wieder. Meine Güte. Er drückte ihn weg. Und es waren sogar zwei weitere verpasste Anrufe drauf: von Thea.

Jökull erstarrte und ließ den Anzug fallen. Allein ihren Namen zu lesen, machte ihn wütend. Und traurig.

»Ihr könnt mich alle mal«, schimpfte er und hob den Anzug wieder auf.

»Jökull?«, hörte er Stellas Stimme, dann kam sie aus dem Haus gelaufen. Sie klang aufgebracht und sah auch so aus.

Mist. Vermutlich hatte sie seinen Spruch jetzt auf sich bezogen. Er wollte gerade zu einer Erklärung ansetzen, als er in ihre weit aufgerissenen Augen blickte. Verdammt, da stimmte doch was nicht.

»Ist was passiert?«, wollte er wissen, und seine Kehle wurde eng.

»N-ein. Ja.« Sie raufte sich die Haare, und dann lächelte sie schwach. »Es geht um Magnea. Jói ist mit ihr auf dem Weg ins Krankenhaus. Die Wehen haben eingesetzt. Jói ist außer sich vor Sorge, er möchte, dass ich nach Akureyri komme. Aber ich habe kein Auto hier ...«

»Ich fahre dich«, erwiderte Jökull ohne Zögern. Vergessen war alles, was zwischen ihnen vorgefallen war. Nun, das vielleicht nicht, aber für den Moment wollten sie beide nicht daran denken. Er war ein wenig erleichtert, gleichzeitig merkte er, dass da mehr war, er konnte nur nicht sagen, was. Unsicherheit?

Nein.

Es war Hoffnung.

Er verschob seine Analyse auf später – oder auf niemals, was ihm deutlich besser gefallen würde. Shit, wann war sein Leben eigentlich so seltsam geworden? Bis vor kurzem hatte er sich in seiner Routine gut aufgehoben gefühlt.

Lügner, sagte das Stimmchen in seinem Kopf. Du hast dich in der Arbeit vergraben, um nichts zu fühlen. Nicht zu denken.

In Stellas Gegenwart schien ihm das nicht mehr länger zu gelingen. Nicht einmal ansatzweise.

»Komm mit«, forderte Jökull sie mit einem Räuspern auf. »Musst du noch was einpacken?«

Sie schüttelte den Kopf und sprang schon auf den Beifahrersitz.

»Moment!«, rief Gunni und polterte in schweren Stiefeln aus dem Haus. »Ich komme mit und hole mein Auto ab. Das geht nicht, dass ich hier keinen fahrbaren Untersatz habe. So weit kommt's noch.«

»Den Schlüssel hat Jói«, wandte Stella ein.

Opa hielt ihr etwas vor die Nase. »Hier ist der Ersatzschlüssel. Schon mal was davon gehört?«, scherzte er.

Vielleicht wollte er auch einfach nur in der Nähe sein, wenn seine ersten Urenkel geboren wurden. Seine ersten, was für ein merkwürdiger Gedanke. Als ob es Jökull interessieren würde, ob und wie viele Nachkommen Gunni haben würde.

Jökull ließ den Motor an, wenig später brausten sie über die Landstraße nach Akureyri.

Dort angekommen war Jökull überrascht, dass Gunni wirklich nur seinen Nissan holen wollte. Nachdem sie ihn vor Jóis Laden abgesetzt hatten, ging die Fahrt weiter zum Krankenhaus. Stella knetete ihre Hände und wusste ganz augenscheinlich nicht, wohin mit sich und ihrer Nervosität.

»Gibt es einen Grund zur Sorge?«, wagte er zu fragen und parkte den Wagen.

»Nicht direkt, nein. Aber es sind Zwillinge, das gilt generell als Risikoschwangerschaft. Und sie ist ein paar Wochen vor dem errechneten Termin. Sie haben natürlich Angst, dass sie zu klein sein könnten ...«

Jökull verstand nichts vom Kinderkriegen – abgesehen von den Geburten bei Schafen natürlich –, in seinem Kopf drehte sich schon jetzt alles. Aber er wollte nicht unhöflicher erscheinen als üblich, deshalb versuchte er etwas Verständnis hervorzukehren. »Es wird sicher alles gut«, war das Beste, was ihm dazu einfiel.

Stella warf ihm einen unsicheren Blick zu. Es kam ihm so vor, als ob ihr etwas auf der Zunge lag und sie sich nicht traute, es auszusprechen.

»Was ist?«, wollte er wissen.

Sie öffnete ihre Lippen, um sie sogleich wieder zu schließen.

»Nun sag schon«, forderte er sie auf und nickte – hoffentlich – aufmunternd.

Stella verzog ihren Mund, dann straffte sie ihren Rücken. »Denkst du, du könntest vielleicht bleiben? Ich meine? Ich hasse diese schrecklichen Wartezimmer in Krankenhäusern – in den Kreißsaal werde ich nicht dürfen. Und ... ich möchte nicht allein sein. Denkst du, das ginge? Ich meine, ich verstehe natürlich, wenn du darauf keine Lust hast. Wer ist schon gern in einem Krankenhaus? Also ich jedenfalls nicht, aber das hier ist ja was anderes. Was Erfreuliches. Hoffentlich ... Puh. Ich weiß gar nicht, wo mir der Kopf steht. Also gut, Jökull, ich sehe schon. Du kannst es dir nicht vorstellen, und ich bin dir gar nicht böse. Das war sowieso eine total bescheuerte Idee.« Sie lachte hysterisch und redete immer schneller. »Fahr ruhig wieder nach Hause, ich komme hier schon zurecht. Ganz bestimmt geht es auch irre schnell, und Schwupps sind die Kinder ...«

»Stella«, unterbrach er ihren hektischen Redefluss mit einer bestimmten Geste. »Ich begleite dich gerne.«

Sie riss die Augen auf. »Du, äh, was?«

Ein mildes Lächeln stahl sich auf seine Lippen. »Ich leiste dir Gesellschaft, kein Problem. Ich rufe Gunni kurz an, er schaut dann ganz sicher für mich nach den Schafen und füttert sie auch. Das ist alles ganz einfach zu organisieren, die Lämmer sind alle auf der Welt, ich muss nicht mehr den ganzen Tag auf Stand-by sein. Sonst hätte ich doch gar nicht mit dir auf den Fjord fahren können.«

Huch? Was war denn mit ihm los? Das klang ja fast so, als wollte er in ihrer Nähe bleiben.

Ihre Art zu reden, schien ansteckend zu sein. Jökull fuhr sich mit der Hand durch die Haare, dann stieg er aus. Gemeinsam gingen sie ins Krankenhaus, wo Stella versuchte, Jói zu erreichen. Schließlich schickte sie ihm eine SMS. Während sie in den Aufenthaltsbereich marschierten, wo Jökull zwei Kaffee aus dem Automaten zog, erhielt Stella die Antwort.

»Es ist so weit alles okay«, erklärte sie. »Kann aber noch dauern.«

»Was ja nicht unbedingt überraschend ist. Wie lange dauert so eine Geburt? Ein paar Stunden?«

Stella zuckte die Achseln. »Meine Mutter erzählt immer gern, dass sie mit mir sechsunddreißig Stunden in den Wehen lag.«

»Heilige Scheiße«, entfuhr es Jökull, was Stella ein

schiefes Lächeln entlockte und ihm gleich mit. »Kann ich was für dich tun?«

Sie schüttelte den Kopf und setzte sich, er drückte ihr den Kaffee in die Hand und nahm neben ihr Platz. »Danke, dass du hier bist.« Ihre Stimme klang belegt.

Er hätte ihr gern einen Arm um die Schultern gelegt, aber er ließ es sein – auch, um den Kaffee nicht zu verschütten. Der eigentliche Grund war natürlich ein anderer. Er fürchtete, dass er sie sonst wieder küssen würde. Und das war mehr als unangebracht, außerdem wollte sie es vermutlich gar nicht.

Deshalb saß er still und stumm da, bis ihm einfiel, dass er Gunni anrufen musste. Das tat er auch, ging dabei zum Fenster und sprach alles mit ihm ab.

EINE STUNDE später gab es auch keine Neuigkeiten. Stella lief immer wieder unruhig hin und her. Jökull fühlte sich hilflos dabei. Irgendwann ließ sie sich mit einem Stöhnen auf den Stuhl neben ihm sinken. »Erzähl mir was, sonst drehe ich durch!«, bat sie ihn.

Er rieb sich das Kinn, was sich nach wie vor ein wenig komisch anfühlte. Wo vor ein paar Tagen noch der Bart gewesen war, waren jetzt nur Stoppeln. »Hm. Das ist nicht einfach. Was willst du denn hören?«

Stella lachte. »Das ist so typisch für dich. Jedenfalls nicht die Geschichte von Rotkäppchen.«

Jökull hob eine Braue. »Okay, gut, dann die nicht.«

Stella grinste. »Deine Oma hatte neulich erwähnt, dass du mal in New York gelebt hast?«

Er erstarrte. Mit dieser Frage hatte er nicht gerechnet.

»Stimmt.«

Was hatte Oma ihr sonst noch erzählt?

»Warum bist du von dort weggegangen?«, fuhr sie fort.

Immerhin, diese Frage implizierte, dass Oma wenigstens nicht alle Details seines Lebens ausgeplaudert hatte. »Großstadt und so«, wich er aus.

»Du hast BWL und Finanzwesen studiert?«

Er nickte. »Jap. Und du Jura?«

»Das weißt du doch. Auch, dass ich gerade in einer Krise stecke. Ich will nicht über mich reden. Du sollst mich doch von allem ablenken!« Sie lächelte schief.

Unter normalen Umständen hätte er schroff reagiert oder besser gleich die Flucht ergriffen. Aber er fühlte sich Stella verpflichtet, nein, es war mehr als das. Er wollte bei ihr bleiben, um sie zu unterstützen. Trotzdem löste ihre Fragerei Panik bei ihm aus. Er konnte nicht über die Gründe reden, warum er das Leben auf dem Land seiner Karriere – in der er mehr als erfolgreich gewesen war – vorzog. Er hatte nie mit jemandem darüber geredet, und das würde auch Stella heute nicht ändern.

Jökull seufzte. »Na schön. Also zu New York. Es ist laut und voll, und man ist immer zu spät und in Eile. Auf Dauer macht das doch jeden krank.« Das war nicht mal gelogen, aber es war eben auch nicht alles. Nicht einmal ansatzweise. Allmählich hatte er realisiert, dass er niemals wieder zurück in den Big Apple wollte – und das lag nicht nur an seinem alten Leben und den Menschen, die er nie wieder sehen wollte. Dennoch war er zumindest Robert einen Rückruf schuldig.

»Und du fühlst dich jetzt in Island wohl?«, fragte sie weiter.

Himmel, was sollte er darauf erwidern? Richtig wohlgefühlt hatte er sich seit langer Zeit nicht mehr. Sie schien sein Zögern zu spüren.

»Tut mir leid, ich möchte nicht aufdringlich sein«, fügte sie an.

»Ist schon okay«, hörte er sich zu seiner eigenen Überraschung sagen. »Mit Island fühle ich mich verbunden. Und du?«

»Geht mir genauso. Obwohl ich beruflich ganz schön in der Scheiße stecke. Sorry für die Ausdrucksweise. Aber es ist genau so. Dabei weiß ich nicht, ob ich mich freuen oder den Kopf in den Sand stecken soll. Es ist verwirrend.«

»Vielleicht ist jetzt auch nicht der richtige Zeitpunkt, um sich gerade darüber Gedanken zu machen.«

»Nein, da hast du sicherlich recht. Das ist es nicht. Aber irgendwann muss ich mir mal überlegen, wie es weitergeht. Marvin hat meine Sachen bestimmt im hohen Bogen in den Müllcontainer gefeuert, aber das ist nicht so tragisch. Es sind nur Klamotten und Bücher. Meine Möbel sind eingelagert, er wollte nie, dass ich was in sein perfekt eingerichtetes Penthouse mitbringe.«

Jökull hob eine Braue. »Klingt nach einem Arschloch.«

Stella lachte. »Ich weiß. Aber er hatte auch gute Seiten.«

»Die hat Hannibal Lecter auch.«

Stella warf Jökull einen bösen Blick zu, aber am Funkeln ihrer Augen erkannte er, dass sie es doch irgendwie witzig fand. Sie räusperte sich. »Ich kann dir nicht wirklich widersprechen, obwohl ich sagen muss, dass ich damals gedacht habe, wir würden gut zusammenpassen.«

Nun war es an Jökull zu schnauben. »Nichts an dir ist künstlich und hochnäsig, wohingegen dem Typ Eitelkeit und Hochmut aus jeder Pore strömen.«

Er begriff peinlich berührt, dass er ein bisschen zu inbrünstig über Marvin herzog. Stella schien es auch zu bemerken. Sie schaute ihn mit einem Stirnrunzeln an.

Sie sagte nichts dazu, aber Jökull würde wetten, dass sie an den Kuss dachte und die Leidenschaft, die zwischen ihnen gebrodelt hatte. Auch jetzt spürte er, wie sehr er sich zu ihr hingezogen fühlte. Er wünschte sich, dass er die Hand heben könnte, um ihr eine Strähne aus dem Gesicht zu streichen. Aber er tat es nicht, es würde zu nichts führen. Zu nichts Gutem jedenfalls. Jökull mochte zum ersten Mal seit langer Zeit wieder Begehren verspüren, aber mehr konnte er ihr nicht geben. Er wusste, dass Stella eine Frau war, die mit ganzem Herzen liebte – und sie hatte es auch verdient. Nur, er konnte es nicht, er konnte nicht einmal mehr sagen, was das überhaupt war, Liebe.

Schweigen breitete sich zwischen ihnen aus, jeder hing seinen eigenen Gedanken nach. Die Uhr tickte weiter. Irgendwann unterhielten sie sich über belanglosere Themen wie Filme, Serien und Lieblingsgerichte. Es war faszinierend, wie sehr sie sich in vielen Punkten ähnelten. Nie hätte er in Stella eine Frau vermutet, die politische Thriller mochte und ihr Steak medium rare bestellte. Aber diese Kleinigkeiten spielten im großen Gesamtbild keine Rolle – er und sie, egal, was sein Schwanz ihm sagte, passten nicht zusammen. Weil er nichts zu geben hatte außer Schmerz und Dunkelheit. Wenn sie das erst einmal begriff, würde sie genauso schnell weglaufen, wie sie hier angekommen war.

12

Die Stunden zogen sich ins Endlose. Stella wusste nicht mehr, wie viele Automatenkaffees sie intus hatte, sie fühlte sich zittrig. Sie tigerte eine Runde nach der anderen im Warteraum umher, weil sie keinesfalls stillsitzen konnte. »Ich kann verstehen, wenn du nach Hause fahren möchtest. Du hast ja lange genug ohne richtigen Schlaf auskommen müssen. Du musst nicht die ganze Nacht hierbleiben.«

Natürlich wurde es zu dieser Jahreszeit nicht mehr wirklich dunkel, aber spät war es trotzdem. Die Sonne hing tief über dem Fjord und färbte den Himmel bonbonrosa. Wenigstens hatte man von diesem schrecklichen Wartezimmer eine gute Aussicht – das machte das elende Nichtstun aber auch nicht viel erträglicher.

Jökull hatte die Lider geschlossen und seinen Kopf gegen die Wand hinter sich zurückgelehnt. Für einen Moment hatte Stella geglaubt, dass er eingeschlafen war, und fürchtete, dass sie ihn mit ihrem blöden Gelaber wecken könnte. Jetzt öffnete er seine Lider und schaute sie eindringlich an. Er hielt sie mit einem so intensiven und durchdringenden Blick aus seinen blauen Augen gefangen, dass ihr warm wurde. Ihr Puls beschleunigte sich, und der Mund wurde trocken.

»Stella, ich lasse dich nicht allein«, war alles, was er sagte. Dann lehnte er sich wieder zurück und rührte sich nicht.

Weil er vermutlich nicht im Schlaf redete, aber keine Lust auf weitere Unterhaltung hatte, blieb sie stumm – auch, wenn es ihr schwerfiel. Das Grinsen bekam sie allerdings nicht aus dem Gesicht, denn sie freute sich, dass er bei ihr bleiben würde. Natürlich war ihr klar, dass sie nicht zu viel hineininterpretieren durfte, das würde sie auch nicht. Aber eines war klar, das hatte sie allerdings auch schon vorher gewusst: Auf Jökull war Verlass. Ein schönes Gefühl, das ein leises Summen in ihrer Magengrube hervorrief.

Stella ging zum Automaten und holte ein paar Schokoriegel und Chips heraus, noch mehr Koffein wäre gefährlich. Müde war sie auch nicht, nicht wirklich. Es war ein komischer Tag gewesen. Erst die Fahrt auf dem Fjord, dann der Kuss und jetzt das.

Stella setzte sich wieder neben Jökull und knabberte Schokolade. Dann schweiften ihre Gedanken zurück zum Nachmittag. Hitze breitete sich in ihren Wangen aus – nicht nur dort. Auch ihr Unterleib reagierte mit einem sehnsüchtigen Ziehen. Jökull konnte fantastisch küssen, und er roch so gut. Sie war sonst keine Frau, die auf grobe Kerle oder Muskelprotze stand. Aber in seiner Nähe genoss sie es, sich von ihm beschützt zu fühlen. Sie erkannte sich kaum wieder, Stella hatte sich selbst immer als eine Frau angesehen, die alles im Leben selbst regeln konnte. Es war deshalb ein bisschen verrückt, wie sie auf Jökull reagierte. Natürlich konnte sie sich selbst um ihre Belange kümmern, aber der Wunsch, vielleicht doch jemanden an ihrer Seite zu haben, der – wenn es nötig war – für sie durchs Feuer ging, war seltsam neu und gleichzeitig beflügelnd.

Sie wollte gerade etwas sagen, als die Tür aufging und Jói hereinkam. Er war blass und verschwitzt, aber seine Augen funkelten freudestrahlend. »Sie sind da, ein Mädchen und ein Junge! Magnea geht es gut.«

Stella sprang auf und umarmte ihren Bruder innig. Dass die Namen noch nicht verkündet wurden, war auf Island üblich. Erst bei der Taufe würden die Verwandten und Freunde erfahren, wie die Kinder hießen. Bis dahin würde es einige Spekulationen geben, nach welcher Oma, welchem Opa oder wie sonst die Babys benannt werden würden. Traditionell wären Oma und Opa an der Reihe, aber Stella war nicht sicher, ob Magnea und Jói diesen Weg einschlagen würden. Es spielte gerade auch keine Rolle, Hauptsache allen ging es gut.

»Magnea ist ziemlich erschöpft, es ist am Ende doch ein Kaiserschnitt geworden, aber sie ist glücklich und wohlauf.« Jói zückte sein Telefon und zeigte Fotos von den Neugeborenen.

Stella musste weinen, so großartig war dieser Moment. »O mein Gott, wie zuckersüß! O Jói, meine allerherzlichsten Glückwünsche! Bitte richte Magnea meine besten Wünsche aus. Wir, äh, ich komme morgen vorbei, ja? Jetzt lassen wir euch erst einmal schlafen. Die Arme muss total erschöpft sein.«

»Herzlichen Glückwunsch«, reihte sich auch Jökull ein und klopfte Jói sehr männlich auf die Schulter, dann trat Jökull zurück, als ob er die Familienfreude nicht mit seiner Anwesenheit stören wollte.

Jói küsste Stella auf die Wange und wischte sich eine Träne aus dem Augenwinkel. »Danke, dass du hier bist«, hauchte er ergriffen und drückte sie wieder an seine Brust. Nach einigen Sekunden ließ er sie los und lächelte erschöpft. »Ich gehe dann mal wieder zurück zu meiner Familie.«

Stella schniefte grinsend. »Wie schön sich das anhört! Bis morgen.«

Und dann war Jói auch schon verschwunden und Stella war wieder allein mit Jökull. Er stand neben ihr und schwieg. Die Hände hatte er in den Hosentaschen vergraben.

Obwohl sie zuvor so viele Stunden an seiner Seite verbracht hatte, wusste sie jetzt nicht so recht, was sie zu ihm sagen sollte.

»Komm, ich bringe dich nach Hause«, übernahm er das Sprechen und nickte ihr aufmunternd zu.

Auf der Fahrt nach Hause redeten sie kaum miteinander, aber es war kein unangenehmes Schweigen. Es fühlte sich harmonisch und vertraut an. Wie wunderbar es sein konnte, Zeit mit einem Menschen zu verbringen, bei dem man nicht jede Lücke mit sinnlosen Worten füllen musste. Sie sah an seiner entspannten Haltung, dass es ihm ähnlich erging. Sie hoffte es zumindest. »Lass mich bitte bei dir raus«, bat sie, kurz bevor sie am Hof ankamen.

»Wieso das denn?«

»Ich muss nach der ganzen Aufregung noch ein bisschen frische Luft schnappen.«

Sie hatte mit Protest gerechnet, stattdessen nickte er nur und folgte ihrer Bitte.

Nachdem Jökull seinen Jeep geparkt hatte, stiegen sie aus. Stella streckte sich ausgiebig, dann guckte sie auf ihre Uhr. Es war kurz vor fünf. Die Sonne schien hell über dem Fjord, am Ufer trieben ein paar Möwen im Wasser. Eine ganze Reihe an Enten saß mit dem Kopf unter den Federn im Gras und schliefen.

Stella wollte sich von ihm verabschieden, aber auf einmal wusste sie nicht, was sie sagen oder tun sollte. Ein einfaches *Danke* schien ihr zu wenig, aber wie sie es sonst formulieren sollte, wusste sie auch nicht.

»Hast du Hunger?«, füllte Jökull die Stille, und Stella riss überrascht die Augen auf. Das war das Letzte, womit sie an diesem Morgen gerechnet hatte.

»Ich könnte uns Rührei machen. Mit leerem Magen schläft es sich nicht gut«, fuhr er fort, und Stellas Mund klappte vor Verblüffung auf.

»Leer ist mein Magen ja nicht gerade«, gab sie lachend zurück, nachdem sich das erste Staunen gelegt hatte.

»Je nachdem, wie man Zucker und Kaffee definiert – also nahrhaft war das Zeug aus dem Automaten jedenfalls nicht.« Er zuckte die Schultern und wackelte mit den Augenbrauen.

Stella dachte kurz nach. Sie wollte zusagen, aber sie hatte Angst, dass … egal. »Ich bleibe gern zum Frühstück«, hörte sie sich schließlich sagen, und ihr Magen schlug einen Purzelbaum – was nur an der Zucker-Koffein-Kombi liegen konnte.

Jökull hatte anscheinend auch nicht damit gerechnet, dass sie zusagte. Dann geschah etwas Komisches. Er lächelte.

Dieser Anblick war so selten und kostbar, dass Stella erstarrte und ihren Blick nicht von ihm wenden konnte. Nach ein paar Sekunden, in denen ihr Herz viel zu schnell schlug, räusperte sie sich verlegen.

»Dann lass uns mal reingehen«, forderte Jökull sie auf und marschierte auch schon los. Gut, wenigstens etwas war wie immer. Sie grinste schief.

Im Flur zogen sie die Schuhe aus, dann tapsten sie auf Socken in die Küche. Stella war nach wie vor unsicher, irgendwie befangen, obwohl sie nun schon so oft hier gewesen war. Aber heute war es anderes. Es lag etwas in der Luft, das sie nicht näher definieren konnte, aber es machte sie unruhig. Aufgeregt.

»Was kann ich machen?«, fragte sie und trat von einem Fuß auf den anderen.

»Ich nehme an, du möchtest keinen Kaffee mehr?«, stellte er eine Gegenfrage, ohne ihr zu beantworten.

»Ja, wirklich. Tee wäre mir lieber, ich bin auch so ganz hibbelig«, sie hielt ihre Hände waagerecht in die Luft, um ihm zu zeigen, wie zittrig sie waren. Vermutlich lag es nicht allein am Koffein, aber das behielt sie natürlich für sich.

Jökull starrte zunächst auf ihre Finger, dann in ihr Gesicht. Stellas Atem stockte, als sie das Begehren in seinem Blick erkannte, das ihres widerspiegelte.

»Stella ...«, fing er an, aber sie schüttelte den Kopf, trat zu ihm und legte ihm einen Finger auf die Lippen.

»Halt einfach die Klappe, das kannst du doch sonst so gut«, erwiderte sie und schaute ihm direkt in die Augen.

Verlangen loderte zwischen ihnen auf. Sie spürte die Hitze seines Körpers, roch seinen einzigartigen Duft. Stella tat in dieser Sekunde etwas Impulsives, sie schaltete ihr Gehirn ab. Sie hatte einmal in ihrem Leben keine Lust, etwas nach richtig oder falsch zu bewerten. Jetzt brauchte sie Nähe. Liebe. Sie brauchte ihn.

Stella trat näher zu ihm heran und legte ihm die Hände in den Nacken. Jökulls Lippen waren geöffnet. Seine Pupillen weiteten sich, als er begriff, was sie vorhatte.

Wenn er Einwände hatte, war jetzt die Gelegenheit, sie loszuwerden. Aber er sagte nichts, er rührte sich nicht. Im Gegenteil. Jökull legte seine Hände auf ihre Hüften und zog sie dichter zu sich. Sie spürte seine Erektion an ihrem Bauch.

Okay. Gut. Er wollte sie auch. Begierde strömte durch ihre Adern.

Stella stellte sich auf die Zehenspitzen und küsste ihn zögerlich. Jökull antwortete mit einem grollenden Laut, der sie an ein Knurren erinnerte.

Der Kuss war zärtlich, federleicht. Aber nur für einen Moment. Als hätte jemand einen Schalter umgelegt, verwandelte sich das vorsichtige Herantasten sehr schnell in rasende Leidenschaft.

Jökull drängte Stella mit dem Rücken gegen den Kühlschrank. Dort hielt er sie mit seinem Körper gefangen, während er ihr unmissverständlich klarmachte, wie sehr er sie begehrte. So hatte sie niemand geküsst. Noch nie.

Stella klammerte sich an Jökull fest, sie ließ ihre Hände unter seinen Pulli und sein Shirt gleiten. Sie musste seine Haut spüren. Fühlen, wie hart und definiert seine Muskeln waren. Gott, sie wollte ihn nackt erkunden und ihm die Kleider vom Leib reißen. An Ort und Stelle.

Sie küssten sich in wilder und roher Lust. Zähne schlugen aufeinander, sie konnten nicht genug voneinander bekommen oder voneinander ablassen. Als wäre ein Damm gebrochen, hielt niemand mehr etwas von sich zurück. Die Stille des Morgens wurde nur von ihrem keuchenden Atem unterbrochen.

»Ich will dich«, raunte Jökull heiser an ihrem Ohr und bedeckte Stellas Hals mit einer Spur von tausend Küssen. Seine Hände waren überall und jagten immer wieder lustvolle Schauer durch ihre Nervenbahnen. Stella stand längst in Flammen. In ihrer Mitte brannte eine sengende Hitze, die sich in ihrem Unterleib zu einem Inferno sammelte. Sie wollte ihm hier und jetzt die Kleider vom Leib zerren, ihn bis zur Besinnungslosigkeit lieben.

Stella stieß einen erschrockenen Schrei aus, als sie Jökull ohne Vorwarnung in seine Arme hob und die Küche mit langen Schritten verließ. Für eine Sekunde wollte sie protestieren – nie hatte sie jemand auf diese Weise getragen – doch sie ließ es sein, denn es fühlte sich perfekt an. Als wäre sie das Kostbarste auf der ganzen Welt. Sie legte ihm ihre Hände in den Nacken, um sich an ihm festzuhalten, und sagte nichts. Stella wollte unter keinen Umständen riskieren, dass sie diesen Moment mit einem blöden Kommentar ruinierte, den er womöglich in den falschen Hals bekam. Vielleicht war es egoistisch von ihr, aber Stella wollte Jökull in dieser Nacht – an diesem Morgen – ganz für sich. Ohne Versprechen. Ohne Bedenken. Einfach nur ihn und das, was er bereit war zu geben. Seine Nähe. Seine Lust. Das Gefühl, dass sie die begehrenswerteste Frau auf diesem Planeten war. Und das tat er. Daran bestand kein Zweifel.

Nachdem er die Treppe so schnell mit ihr nach oben gelaufen war, dass sie es selbst nicht für möglich gehalten hatte, brachte er sie in sein Schlafzimmer. Dort legte er sie auf sein schmales Bett und küsste sie inbrünstig. Auch er schien kein Interesse an einem Gespräch zu haben. Sehr gut! Worte waren sowieso überbewertet.

Stella lächelte kurz, dann erwiderte sie seine Liebkosungen. Nach und nach fiel ein Kleidungsstück nach dem anderen, bis sie schließlich nackt in seinem Bett lagen. Die Matratze war weich, aber das spielte keine Rolle. Sie würde auch mit dem härtesten Nagelbrett vorliebnehmen, solange er bei ihr war. Jökull bedeckte ihren Hals mit einer Spur von heißen Küssen, während seine Finger ihre schweren Brüste liebkosten. Stella stöhnte lustvoll und reckte ihm das Becken entgegen. Sie genoss die Lust, die er ihr bereitete, auch wenn es ihr nicht schnell genug ging. Sie wollte mehr. So viel mehr. Stella ließ ihre Nägel über seinen Rücken gleiten und hörte an seinem Keuchen, dass es ihm sehr gefiel. Als er eine Brustwarze zwischen seine Zähne nahm und zärtlich daran knabberte, schrie sie auf. Diese köstlichen Empfindungen raubten ihr das letzte bisschen Verstand. Hatte sie bis eben auch nur den leisesten Zweifel gehegt, ob er ein guter Liebhaber sein würde, so lösten sich diese auf wie Nebel in der Morgensonne, als seine Lippen weiter nach unten wanderten, bis sie das Zentrum ihrer Lust erreichten. Sanft schob Jökull Stellas Schenkel auseinander, legte seine Hände unter ihren Po, um sie genau da festzuhalten, wo er sie haben wollte. Als er begann, sie im Zentrum ihrer Lust zu küssen, schrie sie seinen Namen und bog sich ihm entgegen. Stella krallte sich in seinen Haaren fest und genoss die Wellen der Lust, die seine Liebkosungen durch ihren Körper jagten. Jökull wusste genau, was er tat. Seine Zunge war weich und kraftvoll, er schien instinktiv zu wissen, was sie brauchte und wie es richtig war. In rasender Geschwindigkeit baute sich ein so immenser Druck in ihrem Unterleib auf, dass Stella glaubte, sterben zu müssen. Sie wand sich unter ihm, ihre Hüften zuckten, ihr Atem kam schwer. Als sie spürte, wie die ersten Wellen ihres Höhepunktes über ihr zusammenschlugen, stöhnte sie seinen Namen und ließ sich fallen. Jökull hielt sie fest, gab ihr, was sie brauchte, verlängerte die köstliche Sinnlichkeit mit seinem wunderbaren Mund, bis sie matt und schwer zurücksank. Er küsste jeden Zentimeter ihres Körpers, bis er irgendwann ihren Mund erreichte. Er lächelte, sein Blick war verhangen. Gott, er sah so fantastisch aus. Aber es war mehr als das, sie konnte es nur nicht in Worte fassen. Wollte es auch gar nicht. Denken war eine Sache, die sie jetzt nicht gebrauchen konnte, deshalb ließ sie es sein.

Jökull strich Stella eine Strähne aus dem Gesicht und stützte sich auf den Ellenbogen neben ihr ab. Sie hob eine Hand und legte sie an seine unrasierte Wange. Der Dreitagebart stand ihm wesentlich besser als das Gestrüpp, das seine Züge noch vor wenigen Tagen verdeckt hatte. Aber das behielt sie für sich, denn jetzt hatte sie ganz andere Pläne. Stella zog ihn zu sich herab und küsste ihn erneut. Sie musste ihn fühlen, ihn erkunden, so wie er es bei ihr getan hatte. Sanft, aber bestimmt, drückte Stella ihn ins Kissen und erstickte seinen Protest mit einem weiteren Kuss. Sie hörte an seinem kehligen Stöhnen, dass er sich geschlagen und ihr damit hingab. Sie grinste anzüglich und erforschte seinen Körper ausgiebig, nahm sich Zeit und merkte, wie seine Spannung dadurch nur größer wurde. Aber er beschwerte sich nicht, im Gegenteil. Jökull war ein Genießer. Wer hätte das gedacht? Sie freute sich und spürte, wie ihre eigene Lust aufs Neue entfacht wurde, als sie seine Härte in die Hand nahm und die zarte Spitze küsste. Er stieß einen Fluch aus, der Stella ein Schmunzeln entlockte. Wenn er dachte, dass es das schon gewesen war, täuschte er sich ...

Stella liebkoste ihn mit Zunge, Lippen und Händen, bis Jökull buchstäblich um Gnade flehte. Aber so weit waren sie noch nicht. Lange nicht. Immer wieder neckte sie ihn und spielte sie mit ihm, bis er kurz davor war, um ihm dann eine kleine Pause zu gönnen, in der sie sich weniger empfindlichen Körperstellen widmete.

»Du kleine Teufelin willst mich umbringen«, neckte er sie. Seine Stimme klang rau und atemlos.

»Einen Tod wirst du heute sterben, aber der wird dich nicht umbringen«, erwiderte sie und rutschte rittlings auf seine Oberschenkel. Sie liebte es, sein festes Fleisch unter sich zu spüren. Die feinen Härchen an seinen Beinen, die definierten Muskeln. Seine Kraft und Vitalität. Er war ein echter Kerl, und sie liebte es.

Jökulls leidender Blick sprach jedoch Bände, sie unterdrückte ein lasziv Grinsen. Denn nicht nur er sehnte sich danach, sich in ihr zu verlieren. Das musste er nicht aussprechen, ihr ging es genauso. Sie wollte ihn in sich spüren. Ihn reiten, bis sie beide vor Lust zergingen. »Hast du ein Kondom?«, wollte sie von ihm wissen.

»Scheiße«, stieß er hervor. »Natürlich nicht. Was denkst du denn? Dass ich hier ... Mist.«

»Ist schon okay«, flüsterte sie und knabberte an seiner Unterlippe. »Ich nehme die Pille. Wenn das okay für dich ist?«

»Es ist in Ordnung für mich, Stella. Mehr als das.« Jökull vergrub seine Hände in ihren Haaren, während seine Zunge mit ihrer spielte. Stella spürte seine Erektion an ihrem Unterleib und ließ ihr Becken ein paar Mal auf- und abgleiten, worauf er mit einem tiefen Grollen reagierte.

Sie löste sich von seinem Mund, nahm seinen Schwanz zwischen ihre Finger und ließ ihn langsam in ihre feuchte Hitze gleiten. Für eine Sekunde rührte sie sich nicht, sah ihm tief in die Augen und genoss es, sein Verlangen darin lodern zu sehen. Dann begann sie, ihre Hüften kreisen zu lassen. Jökull legte seine Hände auf ihre Pobacken und hielt sie mit seinem glühenden Blick gefangen. »Du bist unglaublich«, keuchte er. Er hatte seine liebe Not damit, seine Lust zu beherrschen. Jökulls Becken reckte sich ihr zuckend entgegen, während er sie scheinbar mühelos zu einem drängenderen Rhythmus aufforderte. Stellas Atem kam schnell, ihre Brüste wippten auf und ab, während sich das Feuer in ihrer Mitte bis in die letzte Nervenzelle ihres Körpers ausbreitete. Sie war zum Zerreißen gespannt. In wilder Ekstase ritt sie Jökull und spürte, dass er, wie sie, kurz davor war. Immer wieder stöhnte er ihren Namen, während ihrer beider Haut vor Schweiß glänzte. Als Stella sich zu seinen Lippen beugte, um ihn zu küssen, versteifte er sich. Der Druck seiner Finger auf ihrem Hintern nahm zu. Heißer Samen breitete sich in ihr aus, während er unter seinem Orgasmus mit einem tiefen, grollenden Stöhnen erbebte. Das genügte, um Stella erneut über die Klippe zu reißen. Ein Höhepunkt ungeahnter Intensität löschte jeden anderen Gedanken in ihr aus. Alles, was zählte, waren sie und er und die alles versengende Leidenschaft, auf die die köstlichste Erlösung aller Zeiten folgte.

Stella hatte keine Ahnung, wie lange sie regungslos auf ihm liegenblieb. Sein Brustkorb hob und senkte sich noch immer mindestens so schnell wie ihrer. Jökulls Hände ruhten schwer auf ihrem Rücken, sein heißer Atem streifte ihren Hals. »Tut mir leid, ich kann mich nicht rühren«, murmelte er träge.

»Ich auch nicht«, gab sie matt zurück.

Für einige Minuten verweilten sie so, bis sie schließlich neben ihn rutschte. Jökull breitete eine Decke über ihnen aus und zog sie in seine Arme. Stellas Wange ruhte auf seinem Brustkorb. Sie fühlte sich glücklich. Zufrieden. Und so erschöpft.

»Das war wohl nichts mit dem Frühstück«, scherzte er leise, aber da war sie schon eingeschlafen.

13

Als Stella am Morgen die Augen aufschlug, schien die Sonne ins Zimmer. Staubkörnchen tanzten im Licht. Das half ihr bezüglich der Uhrzeit jedoch nicht weiter. Sie war müde, aber gleichzeitig auch sehr unbeschwert nach dieser kurzen, aber intensiven Nacht. Zufrieden lächelnd tastete sie neben sich, um festzustellen, dass die Matratze neben ihr leer war. Stella seufzte und strich mit den Fingern über den glatten Stoff des kühlen Lakens. Sie war nicht überrascht, dass Jökull bereits aufgestanden war, um nach den Tieren zu sehen. So war er nun mal. Pflichtbewusst und fleißig. Eigenschaften, die sie üblicherweise sehr an ihm schätze. Doch heute hätte sie sich gewünscht, dass er vielleicht ...

Nein, egal. Er hatte gestern schon viel zu viel von seiner Zeit für sie abgeknapst. Natürlich hatte er eine Menge zu tun, davon würde sie sich nicht die Erinnerungen an die letzten Stunden miesmachen lassen.

O Gott. Der Gedanke an das, was zwischen ihnen passiert war, löste ein neuerliches Kribbeln auf ihrer Haut aus. Das süße Ziehen in ihrer Mitte ließ sich auch nicht leugnen. Sie hätte nichts gegen eine Wiederholung. Aber ob er das auch so sah?

Stella wollte sich weder etwas einreden noch zu viel grübeln, das hatte niemandem geholfen. Sie wusste ja selbst nicht, was sie von dieser Sache halten sollte.

Sex mit Jökull? Das war krass. Vor wenigen Tagen hätte sie jedem eine Standpauke gehalten, der ihr mit so etwas angekommen wäre. Und jetzt? Jetzt wünschte sie sich, dass er gleich hier ins Zimmer käme, um sie erneut – oder mehrmals – zu lieben.

Stella tastete nach ihrem Handy.

»Scheiße«, stieß sie hervor. Es war schon kurz nach elf.

Sie sprang hektisch aus dem Bett und sammelte ihre Klamotten zusammen, dann rannte sie ins Bad und machte sich notdürftig frisch. Den Angelladen hätte sie eigentlich um zehn öffnen sollen, aber vielleicht war es nicht so schlimm, wenn sie heute etwas zu spät dran war – es war immerhin ein besonderer Tag mit der Geburt der Zwillinge. Aber einen Zettel für die Kunden hätte sie doch in die Scheiben hängen können. Verdammt. Blöd, dass sie daran nicht gedacht hatte.

Und die Aushilfskraft würde heute ja auch auf der Matte stehen. Stella stöhnte genervt und polterte die Treppen nach unten. Die Küche war leer, es gab weder Kaffee noch etwas zu essen – was nicht so schlimm war. Natürlich hatte sie nicht mit einem königlichen Empfang gerechnet, nur weil sie gerade den besten Sex ihres Lebens gehabt hatten.

Oder war es ihm nicht genauso ergangen?

Der Gedanke löste kleine Zweifel in ihr aus, die sie sofort beiseiteschob. Sie wollte sich nicht ins Hemd machen. Jökull war nicht der Typ für ein romantisches Nach-dem-Sex-Frühstück. Als sie sich das klargemacht hatte, fühlte sie sich besser. Zufrieden vor sich hin lächelnd schlüpfte Stella in ihre Schuhe und trat hinaus in die Morgensonne.

Was für ein herrlicher Tag.

Der blaue Himmel wurde von keiner einzigen Wolke getrübt, die Sonne funkelte verheißungsvoll im Fjord. Es wehte ein leichter Nordwind, der sie nicht einmal frösteln ließ. Stella hob die Hand an die Stirn, weil sie von dem hellen Licht geblendet wurde und beobachtete, wie ein weißer Geländewagen den Weg zum Bauernhof hinabfuhr.

Erwartete Jökull jemanden? Vielleicht waren es auch Leute, die zu Opa wollten, um Angeln zu gehen. Seit sie die Schilder aufgestellt hatte –, was Opa kürzlich mit einem gemurrten Lob kommentiert hatte – war tatsächlich mehr los am See. Sie hatte ziemlich viele Ideen, wie sie das Geschäft für ihn noch lukrativer und interessanter gestalten könnte. Es wäre fantastisch, wenn man am Ufer einen heißen Pott aufstellen könnte, von dem aus die Gäste nach dem Angeln – oder davor – eine Runde planschen könnten. Sicher würden manche auch nur für das heiße Bad kommen. Ihr Plan war es aber eigentlich, die Frauen bei Laune zu halten, während die Männer fischten. Meistens waren die Damen nämlich diejenigen, die nach einer halben Stunde keine Lust mehr hatten, weil sie die Warterei, bis einer anbiss, langweilte. Das würde sich mit einem heißen Bad und der grandiosen Aussicht natürlich ändern und somit das Geschäft für Opa beleben.

Stella liebte diese Idee, aber hatte bislang keine Gelegenheit gehabt, sie Opa zu präsentieren. Dafür brauchte sie einen sehr guten Moment, denn sie wusste, dass seine erste Reaktion totale Ablehnung sein würde ...

Der weiße Jeep parkte, Spóri kam aus der Scheune geschossen und bellte aufgeregt. Stella pfiff ihn zurück. Überraschenderweise gehorchte er und trottete zu ihr, wo er sich den Kopf kraulen ließ. Aus dem Auto stiegen eine dunkelhaarige, schlanke Frau und ein braunhaariger Mann. Sie guckten sich suchend um.

»Guten Tag«, grüßte Stella auf Isländisch und rührte sich nicht. Sie wollte sich hier nicht wie die Hausherrin aufspielen, aber Jökull war nirgends zu sehen, und die Leute waren offenbar auf der Suche nach etwas oder jemandem.

»Entschuldige bitte, wir sprechen nur Englisch«, erklärte die Frau und kam auf sie zu. Sie trug schwarze Stiefeletten zu einer schmalen, dunkelblauen Hose, eine helle Bluse mit einer knielangen, braunen Strickjacke. Sah nach Cashmere aus. Teuer in jedem Fall. Nein, Angeln wollten die beiden sicher nicht, schlussfolgerte Stella stumm.

»Kann ich euch helfen?«, fragte sie höflich.

»Wir suchen Jökull«, erklärte die Frau und wirkte ein wenig ungeduldig. Oder nervös? Verfahren hatten sie sich also nicht. Ein mulmiges Gefühl machte sich in Stellas Bauch breit, das sie sich nicht erklären konnte.

»Ich kann schauen, ob ich ihn finde. Was soll ich ihm

sagen, wer da ist?« Stellas Stimme klang auf einmal sehr dünn. Sie merkte, dass sie sich absolut unnatürlich verhielt. Normalerweise würde sie Fragen wie diese niemals stellen, denn sie war hier nicht zu Hause, und es war nicht ihre Aufgabe, Leute umherzuführen oder auszufragen. Sie war eifersüchtig, stellte sie fest. Auf diese gut aussehende und schicke Frau. Dabei hatte sie keinen Grund dazu. Jökull war nicht ihr Freund. Sie wusste nicht mal, ob sie Jökull als ihren Liebhaber bezeichnen sollte, denn sie hatte keine Ahnung, ob die letzte Nacht nur eine einmalige Sache gewesen war.

Die Ankömmlinge sahen jedenfalls aus wie ein Paar – schon alleine deswegen müsste Stella nicht eifersüchtig sein, ein Gefühl, das sie gar nicht von sich kannte – und das sie höchst irritierend fand. Sie schüttelte die Gedanken an das Warum und Weshalb ab und konzentrierte sich auf die Ankommenden. Es könnten Freunde von Jökull sein, aus New York vielleicht. Stella rang sich ein Lächeln ab, das die Frau nicht erwiderte. Ungewöhnlich war dieser Besuch trotzdem. Stella wusste sehr gut, dass Jökull nie über seine Vergangenheit sprach, vermutlich, weil er etwas Unschönes erlebt hatte, woraufhin er alle alten Kontakte abgebrochen hatte. Die Freunde-Theorie schied damit also auch irgendwie aus ... Was zur Hölle wollten die beiden dann hier?

Die Antwort bekam sie gerade zu hören. »Du kannst ihm sagen, dass seine Ehefrau hier ist und mit ihm sprechen möchte.«

Stella erstarrte. Das war unmöglich. Sie musste sich verhört haben. »Wie bitte?«

»Robert und Thea«, erklärte der Mann und hielt ihr die

Hand hin, die Stella nicht ergriff, woraufhin er sie sinken ließ.

Ehefrau, tönte es immer wieder in ihrem Kopf. Stella war überrascht, dass sie nicht mit offenem Mund dastand und von einem zum anderen glotzte. »Okay, ich suche ihn«, erwiderte sie tonlos, machte auf dem Absatz kehrt und marschierte schnurstracks zur Scheune. Spóri folgte ihr, als wüsste er, dass sie jetzt nicht allein sein wollte. Vielleicht wollte er seinen Herrn auch beschützen, denn ihr Drang, ihn umzubringen, war gerade ziemlich groß!

Jökull ist verheiratet?, schoss es ihr immer wieder durch den Kopf, während sie ihren Weg fortsetzte, weil er nicht im Stall war. Der erste Schock wich schnell etwas anderem. Ärger. Und Wut.

Okay, Jökull war kein Mann großer Worte. Aber wie hatte er ihr das verschweigen können, ehe sie miteinander geschlafen hatten?

Die Erkenntnis, dass er wohl doch nicht so ehrlich und zuverlässig war, wie es bisher den Anschein gemacht hatte, erschütterte Stella.

Ihr Herz klopfte wild in der Brust, während sie über die Wiese marschierte, wo sie Jökull fand, der gerade einen Zaunpfahl in den Boden rammte. Als er sie entdeckte, lächelte er. Sehr schnell erkannte er, dass etwas nicht stimmte. Immerhin etwas. Fast hätte sie gelacht.

»Guten Morgen«, hörte sie ihn und registrierte seine Verunsicherung.

Es war ihr egal.

Stella war zu wütend. Zu aufgebracht. Sie blieb nur wenige Zentimeter vor ihm stehen und schaute zu ihm auf. »Deine Frau ist hier.«

Alle Farbe wich aus seinem Gesicht. »Was?«

Stella betrachtete ihn für einen Augenblick. Schuldbewusst wirkte er nicht. Nicht im Geringsten. Dafür umso schockierter. Beinahe so fassungslos wie sie. Aber nur beinahe. Jökull fasste sich schnell. Seine Kiefer mahlten. Erfreut war er über die Ankunft seiner Frau anscheinend nicht, alles andere wäre auch ein Witz gewesen.

Stella bot ihm keine Gelegenheit für dumme Ausreden. Davon hatte sie im Leben schon zu viele gehört. Sie stieß ihm mit der Hand vor die Brust, eine grobe Geste, die ihr gleich darauf unangenehm war. Mit einem Fluch auf den Lippen zischte sie. »Wie konntest du *vergessen,* mir zu sagen, dass du verheiratet bist?«

»Ich habe es nicht vergessen«, knurrte er mit düsterem Blick. Ja, den hatte er perfektioniert, aber Stella ließ sich davon nicht einschüchtern. Sollte er doch so grimmig schauen, wie er wollte.

Stella stieß die Luft aus. »Ach was, na immerhin lügst du mich nicht an. Aber etwas einfach nicht zu erzählen, macht es auch nicht besser.«

Jökull holte tief Luft, dann sanken seine Schultern herab. Stella wollte nichts mehr hören. Jetzt nicht und auch später nicht. Und schon gar keine blöden Ausflüchte.

Wie man sich täuschen konnte. Sie hatte geglaubt, dass Jökull von allen Menschen einer der ehrlichsten wäre. Tja, da wurde sie mal wieder eines Besseren belehrt. Leider. Es traf sie härter, als sie vermutet hätte. »Du musst gar nichts mehr sagen, Jökull. Du bist mir keine Rechenschaft schuldig, echt nicht. Wir hatten einmal Sex. Das ist natürlich kein Grund, deine Lebensgeschichte vor mir auszubreiten. Wem du jedoch was erklären solltest, ist deine Ehefrau.«

Das letzte Wort spuckte sie ihm förmlich vor die Füße. »Ich verziehe mich jetzt, denn ich sehe es nicht als meine Aufgabe an deiner Gattin zu erzählen, wie wir die Nacht verbracht haben. Bis dann. Oder auch nicht.«

Damit machte sie auf dem Absatz kehrt und stapfte davon. Als sie wieder bei Thea und Robert ankam, hatte sie sich nach wir vor nicht beruhigt. Im Vorbeigehen rief sie den beiden auf Englisch zu: »Er kommt gleich. Schönen Tag noch.«

Die zwei wirkten ein wenig irritiert und schauten sich ratlos an, das war Stella herzlich egal. Sie hatte mit sich zu tun.

Spóri begleitete Stella bis zur Grundstücksgrenze, dann blieb er schwanzwedelnd zurück, während sie das letzte Stück bis nach Hause im Stechschritt allein zurücklegte. Opa stand am Räucherofen und war gerade dabei, neue Kohle aufzulegen, als er sie erblickte.

»Guten Morgen«, grüßte er und hielt inne.

Stella blieb stehen. In ihrem Kopf drehte sich alles. Wusste Opa schon von den Zwillingen? Bestimmt. Jói hatte garantiert Bilder verschickt und alle angerufen. Sie versuchte ihre Verwirrung und ihren Ärger zu verbergen, dann umarmte sie ihn. »Die Kinder sind gesund, und Magnea geht's auch gut. Ich ziehe mich eben um und fahre in den Laden.« Mehr wollte sie gerade wirklich nicht erklären, sie wusste auch gar nicht, was sie hätte sagen sollen.

Opa hob eine Braue, aber erwiderte nichts. Ahnte er, dass sie bei Jökull übernachtet hatte? Wusste er von der Ehefrau?

Der Gedanke war ihr irgendwie peinlich, aber sie erklärte lieber nichts dazu. Was auch. Dass sein Nachbar ein Arschloch war, der seine Ehefrau betrog? »Bis später, Opa. Ich fahre dann nach Akureyri, okay?«

»Sicher, Liebes. Du solltest dich aber auch mal ausruhen.«

»Keine Zeit, Opa. Außerdem muss ich ein paar Bewerbungen schreiben, für immer kann ich leider nicht hier bleiben.«

Opa schaute sie einen Moment schweigend an, sein Blick verriet nicht, was in ihm vor sich ging. Gleichzeitig merkte Stella, dass sie traurig wurde, wenn sie daran dachte, Opa bald wieder zurücklassen zu müssen. Aber hier konnte sie wirklich nicht mehr lange bleiben. Selbst wenn sie in Island arbeiten wollte, würde sie in Reykjavík nach einer Stelle suchen müssen. Die großen Kanzleien hatten ihre Büros allesamt in der Hauptstadt. Stella wollte jetzt nicht an ihre Zukunft denken, dafür ging ihr viel zu viel durch den Kopf.

Der Morgen hatte so schön angefangen – dass sich das Blatt so schnell wenden würde, hatte sie nicht erwartet.

»Verheiratet!«, schimpfte sie leise, während sie eilig unter die Dusche sprang. Jökull war anscheinend doch für eine Überraschung gut gewesen, wer hätte das gedacht. Auch, wenn sie es nicht wollte, so spürte sie doch einen tiefen Stich der Enttäuschung in ihrer Magengrube. Sie hatte keine Ahnung, wie sie das verdauen sollte. Sie fühlte sich verarscht.

Jökull schaute Stella sprachlos hinterher. Sein Puls raste, ihm war schlecht. Seine Beine zitterten, der Schock saß tief. Thea war hier? Warum?

Okay, gut, er konnte sich vorstellen, weshalb. Sie hatte in den letzten Monaten immer wieder versucht, ihn zu erreichen. Aber zwischen ihnen gab es nun mal nichts mehr zu sagen, aber wohl noch einiges zu regeln, was er immer weit von sich geschoben hatte. Einen blöderen Zeitpunkt hätte seine Ehefrau sich nicht für einen Besuch aussuchen können.

»Was für eine Scheiße«, brummte er und machte sich auf den Weg zurück zum Hof.

Er fragte sich nicht, wie sie ihn gefunden hatte. Die Adresse war kein Geheimnis. Seine Hände waren eiskalt, wie seine Gefühle für sie.

Jökull bog gerade um die Ecke, als er sah, dass sie nicht allein gekommen war. Als er Robert neben ihr entdeckte, erstarrte er für den Bruchteil einer Sekunde, dann fasste er sich. Das war ja zu erwarten gewesen, trotzdem schockierte ihn der Anblick. Aber es erging nicht nur ihm so. Die zwei hatten ihn anders in Erinnerung. Jökull stellte mit Genugtuung fest, dass ihn die beiden anstarrten, als wäre er von einem Dämon besessen. Er konnte sich gut vorstellen, wie eigenartig es für sie war, ihn so zu sehen. Früher hatte er nur die teuersten Anzüge, besten Hemden und handgenähte Schuhe getragen. Seitdem war eine Menge passiert. Er war nicht mehr dieser Mann. Wollte es auch gar nicht sein, die Erkenntnis kam schnell und heftig. Bisher hatte er diese Überlegungen immer verdrängt, aber jetzt ging das nicht mehr. Seine Vergangenheit stand vor ihm. Auf vier

Beinen. Mit vorwurfsvollem Blick, als ob er der Schuldige wäre.

Für Höflichkeiten konnte er sich nicht aufraffen, er wollte, dass sie so schnell wie möglich wieder verschwanden. »Was wollt ihr?«, knurrte er deshalb unfreundlich und verschränkte die Arme vor seiner Brust. Spóri kam angetrottet, er musste Stella begleitet haben.

Stella. Ihr war er eine Erklärung schuldig.

So ein Mist. Vermutlich würde sie nie wieder ein Wort mit ihm wechseln. Der Gedanke setzte ihm mehr zu, als ihm lieb war. Aber für Gefühlsduseleien hatte er jetzt keine Zeit.

Jökull atmete leise aus und starrte Thea und Robert finster an.

»Willst du uns nicht hereinbitten?«, fing Thea an und setzte ein Lächeln auf.

»Nein.«

Ihre Mundwinkel sanken wieder herab. Robert hob eine Hand. »Jökull, wir sind den ganzen Weg von New York hergekommen. Es gibt Dinge zu regeln. Am Telefon willst du ja nicht mit uns sprechen.«

Mit uns.

Arschloch.

Verräter.

Alle beide.

Jökull hob eine Braue. »Was gibt es zu bereden? Ihr beide habt euch offenbar gesucht und gefunden.«

O je, da kam der Trotz in ihm durch. Aber so war es nun mal. Er hätte nichts dagegen gehabt, die beiden niemals wiederzusehen.

Dass seine Ehefrau mit ihrem Gewissen kämpfte, war

offensichtlich, wobei Jökull fand, dass es dafür reichlich spät war. Das hätte sie sich überlegen können, ehe sie mit seinem besten Freund und Geschäftspartner gevögelt hatte.

Thea wandte sich mit einer beschwichtigenden Geste an Robert. »Vielleicht ist es einfacher, wenn ich im Wagen warte.«

Jökull schwieg und presste die Lippen zusammen. Es spielte keine Rolle, mit wem er quatschen sollte, er hasste sie beide. Oder nein, es war kein Hass, nicht mehr. Heute war es eine gewisse Bitterkeit, wie er jetzt feststellte. Alles, was er wollte, war, dass sie verschwanden und ihn sein Leben führen ließen. Dass er dafür noch etwas regeln musste, wusste er auch. Bisher war es nur zu schmerzhaft für ihn gewesen, aber jetzt? Vielleicht könnte er es durchziehen, den Papierkram schnell erledigen, um dann frei zu sein. Wirklich frei.

»Du kannst bleiben, es ändert nichts an den Tatsachen«, hörte er sich sagen und schaute sie direkt an. Sie hatte sich wenig verändert, war hübsch wie eh und je. Gut gekleidet, perfekt geschminkt. Früher hatte er das anziehend gefunden, heute wusste er, dass es nur eine schöne Fassade war, hinter der sich Egoismus und die Getriebenheit nach Anerkennung und Reichtum verbarg. Dinge, die ihn nicht mehr interessierten.

Theas Blick war schuldbewusst, vielleicht sogar traurig. Es war ihm egal.

Es war ihm wirklich egal. Die Erkenntnis überraschte ihn. Noch vor wenigen Sekunden war da mehr gewesen. Jetzt kam es ihm so vor, als hätte sich alles, was in der Vergangenheit lag, in Rauch aufgelöst, der sich allmählich verzog. Vielleicht musste er ein paar Formalitäten klären, aber innerlich war er bereits von ihr geschieden und seit langer Zeit frei. Für Thea trug er keine Gefühle mehr in sich, schon seit Ewigkeiten nicht mehr.

»Also, warum seid ihr hier? Verzeiht mir, wenn ich euch keinen Kaffee anbiete. Aber mein einfacher Bauernhof dürfte sowieso unter eurer Würde sein. Es gibt weder Matcha Latte noch Espresso Macchiato.«

Er erkannte an ihrem Blick, dass er recht hatte. Thea verabscheute das Ländliche und die Einfachheit seines Daseins. Und das hatte er einmal attraktiv gefunden? Es fühlte sich nicht nach anderthalb Jahren Trennung, sondern einem ganzen Leben an.

»Wir wollen heiraten«, platzte es aus Robert hervor.

Die Nachricht schockierte Jökull nicht so, wie sie vielleicht sollte.

»Und die Firmenangelegenheiten müssen wir auch regeln«, fuhr Robert fort. Er schwitzte, was nicht an den Temperaturen liegen konnte. Jökull sollte es Genugtuung verschaffen, tat es aber nicht. Er war einfach ... gleichgültig.

»Und wie ich euch kenne, habt ihr euch auch schon einen Preis überlegt, ja? Habt ihr Dianes Tod auch mit einberechnet? Wie viel ist er euch wert? Ach nein, ich vergaß. Dass unsere Freundin sich das Leben genommen hat, interessierte euch ja einen feuchten Dreck. Lieber treibt ihr es miteinander!«

Scheiße. So viel dazu, dass es ihn nicht mehr aufregte. Das tat es doch, natürlich. Wie könnte es ihn kaltlassen, dass Diane nicht mehr da war. Weil sie alle zu blind, zu beschäftigt oder was auch immer gewesen waren. Er war nicht verantwortlich für ihren Tod, aber er gab sich die Schuld dafür, dass er nicht früher erkannt hatte, was mit ihr losgewesen war.

»Jökull«, sagte Thea leise. »Bitte beruhige dich.«

Jökull riss sich zusammen. Die beiden verdienten es nicht zu sehen, dass er noch immer unter Dianes Tod litt. Wenn er wollte, dass Thea und Robert so schnell wie möglich abhauten, musste er mit ihnen reden, um das, was nötig war, zu klären.

»Wir haben dir Unterlagen zukommen lassen. Hast du sie nicht gelesen?«, meinte Robert, der mittlerweile leicht angesäuert war. Zeit ist Geld, schoss es Jökull dazu durch den Kopf. Jede Minute war wertvoll für den erfolgreichen Geschäftsmann. Dass sie den Weg nach Island auf sich genommen hatten, zeigte nur, wie wichtig es ihnen war, dass sein Name aus den Geschäftsbüchern gelöscht wurde. Ihm sollte es recht sein, er nahm schon lange keinen Anteil mehr an diesen Dingen.

Jökull ließ sich nichts anmerken, das hoffte er zumindest, und schwieg. Alle Post, die von den beiden oder von den Behörden hier angekommen war, hatte er ungelesen in einen Karton gestopft. Das musste das Paar aber nicht wissen.

»Die Scheidung wird automatisch rechtskräftig, wenn die Frist abgelaufen ist, Jökull. Das muss ich dir nicht erklären, ich habe sie vor einigen Monaten eingereicht, nachdem ich dich einfach nicht erreicht habe. Ich will mich nicht mit dir streiten.« Theas Stimme klang leise, beinahe unterwürfig.

Fast hätte er gelacht, denn sein Geld würde sie doch noch gern nehmen. Sie hatten einen Ehevertrag, die Hälfte seiner Anteile würde demnach nicht an sie fallen. Bei den Immobilien sah das anders aus. Komischerweise löste es nicht die erwartete Bitterkeit in ihm aus. Geld spielte schon lange keine Rolle mehr für ihn. »Deshalb bist du so weit gereist?«, meinte er kühl. »Um mir das zu sagen?«

Ärger blitzte in Theas Augen auf, sie presste die Lippen zusammen. Es interessierte ihn nicht.

Robert zog einen Umschlag aus seinem Jackett. »Hier ist unser Angebot. Die Firma läuft gut, was wir nicht dir zu verdanken haben. Aber da du nun mal 51 % der Anteile hältst, steht dir natürlich auch etwas von unserem Erfolg zu.«

Wie großzügig, lag auf Jökulls Zunge, aber er schwieg, da es ohnehin zu nichts führen würde, wenn er ironisch wurde.

Jökull zog den Zettel hervor, faltete ihn auf und las die Zahl schweigend, die darauf stand. Früher wäre er angesichts der Summe in Schnappatmung verfallen, heute zuckte er nicht einmal mit der Wimper. Ihm war beinahe alles recht, so lange er endgültig mit den beiden und seinem alten Leben fertig war. »Wo soll ich unterschreiben?«, fragte er nur und schob das Blatt zurück.

Robert und Thea tauschten einen Blick, als ob sie es nicht fassen könnten.

»D-dann bist du einverstanden?«, fragte sie unnötigerweise auch noch.

Er zuckte die Achseln. »Glaubt mir, ich will euch beide genauso gern loswerden wie ihr mich.«

Daraufhin schwieg das Paar. Robert nahm Theas Hand und drückte sie aufmunternd, was Jökull nicht entging. Es scherte ihn wirklich nicht mehr, was die beiden miteinander trieben, oder auch nicht. Sie hatten sich verdient. Sollten sie machen, was sie wollten.

»Kannst du für die Unterschriften nach New York kommen?«, wollte Robert wissen. »Das muss alles beglaubigt werden.«

»Ich denke, das wird nicht nötig sein. Ich lasse euch die Adresse einer Kanzlei hier zukommen, die können alles für mich regeln. Damit dürfte alles gesagt sein.«

Jökull sah aus dem Augenwinkel, wie der blaue Nissan von Gunnis Grundstück rollte und nach oben in Richtung Straße fuhr.

Scheiße, jetzt hatte er Stella verpasst. Er musste mit ihr reden, ihr alles erklären.

Sie hatte jedes Recht, sauer auf ihn zu sein. Aber mit Theas und Roberts plötzlichem Auftauchen hatte er einfach nicht gerechnet, sie hatten sich anderthalb Jahre nicht blicken lassen. Aber Stella konnte nicht wissen, dass seine Ehe lange vorbei war. Sehr lange.

»Und das ist kein Trick, um uns loszuwerden?«, hakte Thea nach.

Zorn über diese bescheuerte Frage sammelte sich in seinem Bauch. »Im Gegensatz zu euch bin ich kein Lügner. Wenn ihr mir nicht glaubt, ist das euer Problem. Und jetzt verschwindet bitte von meinem Grundstück.«

Damit drehte er sich um und stapfte zurück in den Stall. Dorthinein würden ihm die beiden garantiert nicht folgen – viel zu dreckig und stinkig. Der Gedanke löste ein schwaches Lächeln bei ihm aus, weil es ihn daran erinnerte, wie Stella ihm damals gefolgt war. War das wirklich erst ein paar Wochen her? Es kam ihm wie eine Ewigkeit vor.

»Sie wird mich hassen«, murmelte er, während er das Heu verteilte. Gleichzeitig hoffte er, dass er es wieder geradebiegen konnte. Er wusste nur nicht, wie.

Und ehe er das anging, musste er heute noch ein paar Telefonate führen, um seine Angelegenheiten zu regeln. Was ihm vor kurzem unvorstellbar vorgekommen war, klang nun wie eine langersehnte Erlösung.

14

Stella kochte auch am Abend noch vor Wut. Allerdings, und das musste sie sich eingestehen, hatte sie der Ärger über Jökull dazu angestachelt, äußerst produktiv zu sein. Sie hatte ihre Bewerbungsunterlagen an die fünf größten Kanzleien des Landes geschickt. Dabei wusste sie nicht einmal, ob sie überhaupt in Island bleiben wollte. Gerade konnte sie keine Entscheidung darüber treffen, aber sie brauchte zumindest ein paar Angebote, um nachdenken zu können. London reizte sie seltsamerweise nicht mehr, selbst wenn sie dort einen neuen Job bekäme – was in den Sternen stand.

Bevor sie zu Opa zurückfuhr, schaute sie bei Magnea und den Zwillingen im Krankenhaus vorbei. Sie hatte zuvor einige Geschenke für die junge Familie gekauft und überreichte sie ihnen mit einem Küsschen hier und da. Die frischgebackene Mama war ein wenig blass, aber sie strahlte bis über beide Ohren.

»Gott, seid ihr zwei knuffig«, flüsterte Stella, während Jói ihr den Jungen in den Arm legte.

»Du musst das Köpfchen festhalten«, erklärte er, und Stella streckte ihm die Zunge raus.

»Es ist nicht das erste Mal, dass ich ein Baby halte.«

Magnea lachte leise. »Er wird ein Helikopter-Papa«, prophezeite sie. »Vor allem bei unserer kleinen Maus. Warte nur, wenn sie mal einen Freund mit nach Hause bringt, muss der sich erst einer Inquisition unterziehen, eher er mit ihr ausgehen darf.«

»Aber natürlich«, bestätigte Jói im Brustton der Überzeugung. »Und was ist mit dir, Stella. Lösen diese zwei Goldschätze nicht eine tickende Uhr in deinen Eierstöcken aus?«

Stella hob eine Braue und schnappte nach Luft.

Magnea schimpfte ihren Mann. »Du bist ja so was von fies! Aber wo er schon fragt, wie steht es um dich und Jökull? Regt er dich immer noch so auf?«

Stella setzte ihr Pokerface auf. »Also, wenn ihr da etwas vermutet, dann irrt ihr euch gewaltig. Der Typ ist so was von nicht interessant für mich.«

Jói und Magnea wechselten einen Blick, der zu sagen schien: Was stimmt denn nicht mit Stella!

Vor wenigen Stunden wäre ihre Antwort anders ausgefallen, aber jetzt?

Er war verheiratet.

Wussten die beiden das nicht?

Sie hatte keine Lust, über ihn zu reden. »Wisst ihr, man kann als Frau heute auch ohne einen Mann Kinder bekommen. Social Freezing, schon mal davon gehört?«

»O Gott, du hast dir Eizellen einfrieren lassen?«, fragte Jói entsetzt.

»Noch nicht, mein Lieber. Aber gerade spiele ich mit dem Gedanken. Mit Männern hat man doch nur Ärger!«

Magnea guckte mitfühlend. Wissend.

Scheiße.

Also war ihr Pokerface doch nicht so gut ausgefallen. »So, nehmt euren Goldjungen mal wieder«, bestimmte sie. »Ich will euch nicht länger stören. Wollte mir die zwei Süßen nur mal anschauen. Die habt ihr prächtig hinbekommen.«

Jói legte seinen Sohn ins Bettchen zurück, woraufhin dieser anfing zu quaken.

»Er will wohl an die Milchbar«, stellte Magnea mit einem Grinsen fest, »Dann gib ihn mir mal, ich kann nicht so gut mit der frischen Naht ...«

Stella machte sich nach der Verabschiedung sehr schnell vom Acker und fuhr nach Hause. Sie würde Opa ein Abendessen vorsetzen und dann schnurstracks ins Bett gehen.

Als sie den Flur betrat, hörte sie Stimmen aus der Küche. Sie verdrehte die Augen. »Mist«, seufzte sie leise und straffte sich.

Jökull saß mit Opa in der Küche, sie aßen geräucherten Fisch – was sonst – mit Roggenbrot und Butter.

»Oh, da will ich nicht stören«, erklärte sie süßlich. »Wollte sowieso gleich ins Bett gehen ...«

Sein Anblick löste ein Grummeln in ihrer Magengrube aus. Aber da war mehr, leider schlug ihr Herz auch schneller.

Jökull stand auf, sein Blick war eindringlich. Flehend geradezu. Sie zögerte.

Den Moment nutzte Opa, um abzuhauen. »Wartet nicht auf mich«, rief er vom Flur aus. »Ich habe noch was in Akureyri zu tun.« Stella hörte nur noch, wie die Tür hinter ihm ins Schloss fiel. Na super. Auf die Familie war auch kein Verlass mehr. Hatte Jökull bei Opa gebeichtet? Das konnte sie sich nicht vorstellen, die beiden sprachen in etwa so gern über Emotionales, wie sie zum Urologen gingen – gar nicht.

»Stella«, begann Jökull, und sie sah an seinem blassen und ernsten Gesicht, wie schwer es ihm fiel.

Moment mal, sie wollte kein Mitleid mit ihm haben. Das hatte er nicht verdient. Sollte sie ihn etwa dafür trösten, dass er seine Ehefrau »vergessen« hatte? Bestimmt nicht.

»Lass mich bitte kurz etwas erklären«, fuhr er fort.

Sie seufzte und verschränkte die Arme vor ihrer Brust. »Warum? Ich muss gar nichts hören, schon gar keine Lügen.«

Empörung blitzte in seinen Augen auf. »Ich verstehe, dass du das glaubst, es ist aber anders. Gib mir fünf Minuten.«

Fünf Minuten? So lange hatte er noch nie am Stück geredet – er musste sich verkalkuliert haben. Der Gedanke erheiterte sie ein bisschen, obwohl nichts an dieser Situation witzig war. Trotzdem, etwas von ihrem Widerstand schmolz dahin.

»Und dann?«, fragte sie, ohne seinem Blick auszuweichen.

»Ich will dir alles erzählen, glaub mir, das biete ich nicht vielen Menschen an.«

Sie verzog ihre Lippen. »Und ich soll mich jetzt geehrt fühlen, oder was?«

Er fuhr sich mit der Hand durch die Haare und wirkte zerrissen. »Wenn es dich nicht interessiert, werde ich dich nicht weiter belästigen, keine Sorge. Dann verschwinde ich einfach. Ich dachte nur ... ach, ich weiß nicht was.«

Jökull war bereits halb aus der Küche draußen, als sie sich einen Ruck gab. »Warte!«, rief sie hinter ihm her. »Komm zurück. Ich will hören, was du zu sagen hast.«

Jökull zögerte. Einige sehr lange Sekunden schaute sie auf seinen breiten Rücken, während er sich nicht rührte. Schließlich ging ein leichtes Beben durch seinen Körper und er drehte sich wieder zu ihr um. »Bist du sicher? Ich brauche kein Mitleid oder so was.« Seine Stimme klang ungewöhnlich leise.

»Ich habe doch kein Mitleid mit dir.«

Für einen Moment starrten sie sich an, bis er schließlich mit einem Seufzen aufgab und sich wieder hinsetzte. Er verschränkte die Hände auf dem Tisch und starrte auf seine Finger. »Keine Angst, ich fasse mich kurz.«

Stella hätte am liebsten gelacht, sie riss sich zusammen, denn sie wollte ihn nicht mit sarkastischem Verhalten ärgern. Obwohl Jökull eindeutig Fehler gemacht hatte, so konnte sie doch an seiner Haltung erkennen, dass es dazu mehr zu sagen gab. Sein Schmerz war beinahe körperlich für sie zu spüren. »Daran habe ich keinen Zweifel«, war alles, was sie erwiderte, und lehnte sich mit dem Hintern gegen die Arbeitsfläche. Ein wenig Abstand konnte sicher nicht schaden.

Sein Adamsapfel hüpfte. »Ja, ich bin verheiratet. Noch. Aber diese Ehe ist lange vorbei.«

Sie wollte erwidern, dass das schon viele andere vor ihm genau so formuliert hatten, aber etwas hielt sie davon ab. Sie nickte nur und ließ ihn weiterreden.

»Robert und ich, wir waren seit der Uni beste Freunde. Und eine weitere Kommilitonin war mit uns auf einer Wellenlänge, nicht nur geschäftlich, wir waren auch befreundet: Diane Bacall. Wir haben zusammen eine Firma gegründet, da hatten wir unser Examen noch nicht in der Tasche. Wir wollten die Welt erobern und hatten einen Plan. Beinahe zur gleichen Zeit habe ich Thea kennengelernt. Es war Liebe auf den ersten Blick.«

Stella zuckte kaum merklich zusammen, als sie das hörte. Jökull von Liebe sprechen zu hören war mehr als überraschend, aber es lag keine Wärme in seinem Tonfall, sondern eine eisige Kälte. Was hatte die Frau ihm angetan?

»Das dachte ich damals jedenfalls«, fuhr er fort und bestätigte damit, was sie auch so schon gespürt hatte.

O je. Hatte er ihre Reaktion bemerkt? Er schaute sie für eine Sekunde sehr nachdenklich an, dann sprach er weiter. »Ich habe Tag und Nacht gearbeitet, wie meine beiden Mitstreiter. Ich brachte so viel Startkapital mit, dass mir 51 % der Firma gehörten. Aber das tut nicht viel zur Sache, noch nicht jedenfalls. Diane hatte einen wahnsinnigen Instinkt, sie war unsere Spürnase, wenn es darum ging, neue Deals an Land zu ziehen. Sie war unermüdlich, immer zur Stelle, immer erreichbar. Feuer und Flamme für unser Geschäft, so wie wir alle.«

Stella entging nicht, dass er *hatte* und *war* gesagt hatte. Sie wagte nicht, danach zu fragen.

»Ein paar Jahre dauerte es, bis unsere Firma abhob, es lief wahnsinnig gut. Wir haben so viel Geld gescheffelt und wollten immer mehr. Thea und ich haben dann auch geheiratet. Ich führte das perfekte Bilderbuchleben.« Er atmete aus und rieb sich mit der Hand über die Stirn. Auf einmal wirkte er sehr traurig. »Ich weiß nicht, wie es mir entgehen konnte, dass es Diane nicht gut ging. Vielleicht wollte ich es auch nicht sehen. Diane lieferte immer ab, sie war immer zur Stelle, sie hat *funktioniert*. Ich habe nicht gemerkt, dass es ihr zu viel wurde, dass sie ausgebrannt war. Eines Tages fand man sie tot in ihrem Zuhause. Sie lag in der Badewanne. Ertrunken, so lautete die offizielle Todesursache. Aber das stimmt nicht. Sie wollte nicht mehr, und sie hat keinen Ausweg gesehen. Das Leben erschien ihr sinnlos, und heute verstehe ich auch, warum. Ich konnte nicht akzeptieren, dass ich übersehen habe, wie einsam sie war. All das Geld konnte nicht das in ihr füllen, was sie gebraucht hätte. Ich fühle mich sehr, sehr schuldig deswegen. Ich hätte es bemerken müssen! Wir haben jeden Tag zusammengearbeitet, Stella. Jeden verdammten Tag. Aber ich war nur auf Profit aus und habe mich niemals umgesehen.«

»O Gott, das ist ja furchtbar. Das tut mir so leid.«

»Ich war kein guter Typ damals. Bin ich heute noch nicht, werde ich nie sein. Sag nichts, Stella.« Er schluckte schwer. »Ich bin nach Dianes Tod in ein Loch gerutscht, konnte mich selbst nicht mehr ertragen. In dieser Zeit habe ich meine Frau gebraucht, die mir hätte Halt geben können. Aber statt mir in schlechten Tagen zur Seite zu stehen – wie sie es vor dem Altar versprochen hatte – ging sie lieber mit Robert ins Bett. Mit meinem besten Freund.

Mein Leben ist in tausend Teile zersprungen. Ich will kein Mitleid, das habe ich gesagt, ich wollte es dir nur erklären, weil ich weiß, dass ich dich durch mein Schweigen verletzt habe. Aber das passiert mit mir, Stella, deshalb lasse ich ja keinen an mich heran. Ich tue Menschen nicht gut. Wo ich bin, ist nur Schmerz.«

Sie wollte ihn umarmen, ihn trösten, aber an seiner Mimik sah sie, dass er nicht berührt werden wollte. Deshalb ließ sie ihm die Zeit und den Raum, den er brauchte.

»Ich bin als Wrack nach Island gekommen, vielleicht bin ich das noch immer, aber ich habe zumindest einen gewissen Frieden gefunden. Hier erscheint mir das Leben nicht mehr ganz so sinnlos wie in New York. Aber an manchen Tagen fällt es mir schwer, etwas Gutes zu sehen. Ich sage das nicht, damit du mich aufmunterst. Ich sage es dir, damit du verstehst, warum ich nicht über Thea geredet habe. Die Ehe ist für mich vorbei, sie besteht auf dem Papier, aber nicht mehr lange. Die Schritte dafür sind bereits in die Wege geleitet. Die beiden waren nur hier, weil sie meine Anteile der Firma wollen, um mich loszuwerden. Und ich will das auch, das habe ich jetzt kapiert. Also, Stella.« Er stand auf. Für einen Moment glaubte sie, er wollte sie küssen, aber er tat es nicht. »Ich entschuldige mich bei dir. Ich hätte das erzählen sollen, aber ich wusste nicht, wie. Ich verstehe, wenn du mich als Arschloch siehst, denn du hast recht.«

Sie nahm seine Hand, und er schaute ungläubig darauf. »Du bist kein Arschloch, Jökull.«

Er erbebte kaum merklich, dann schloss er die Augen. Sie sah so viel Schmerz in seinem Gesicht, dass ihr schwer ums Herz wurde. »Komm her«, flüsterte sie leise und zog ihn in ihre Arme. Sie hielt ihn fest, umarmte ihn und strich ihm über den Rücken.

∼

JÖKULL MERKTE, dass er am ganzen Leib zitterte. Er wollte weglaufen und gleichzeitig bleiben. Es tat so gut, von Stella umarmt zu werden, aber er hatte es nicht verdient, dass sie ihn tröstete. Sie sollte ihn anschreien, ihn hassen und von sich stoßen. Aber so war Stella nicht.

Seine Hände hingen kraftlos an ihm herab, während sie leise Worte in seine Ohren flüsterte, die er nicht verstand. Es spielte auch keine Rolle, sie erfüllten trotzdem ihren Zweck. Jökull erwiderte ihre Umarmung, ließ sich darauf ein und spürte, wie etwas in ihm aufbrach. Er vergrub seine Nase in Stellas Haar und nahm ihren einzigartigen Duft in sich auf. Das hier war mehr als sexuelle Anziehung. Er verbot sich jeglichen weiteren Gedanken in dieser Richtung, das würde ohnehin zu nichts führen.

Wenn er eines in seinem Leben gelernt hatte, dann, dass es eine blöde Idee war, alles voraussehen und planen zu wollen. In diesem Moment wollte er einfach sein.

Alles in ihm schrie danach, sich von ihr zu lösen und zurück auf seinen eigenen Hof zu gehen. Aber er konnte nicht. Noch nicht. Vorsichtig strich er über ihren Hinterkopf. Ihre Umarmung wurde fester, sie schmiegte sich an ihn, als wollte sie ihn nie wieder loslassen. Es fühlte sich echt an. Wirklich. Jökull genoss diesen Moment, er wusste nicht, wie viele es davon geben würde.

Er hatte kein Gefühl für Raum und Zeit, sie konnten

Minuten oder Stunden hier gestanden haben, als Stella sich von ihm löste und zu ihm aufblickte. Sie lächelte nicht, aber aus ihren Augen strahlte ehrliche Zuneigung. Das war beinahe zu viel für ihn.

Sah sie denn nicht, wie kaputt er war? Stella suchte nach einem Licht, nach Liebe.

Er wollte etwas sagen, öffnete seine Lippen, aber kein Wort kam heraus. Stattdessen hob er seine Finger und strich über die zarte Kante ihrer Wangen, ihren Hals hinab zu ihren Schlüsselbeinen. Er erinnerte sich sehr gut daran, wie perfekt ihre Kurven waren, wie weich ihre Haut. »Stella, ich ...«, fing er an, und seine Stimme brach.

Verdammt.

Warum war das hier so schwer?

Er könnte einfach an ihr vorbeigehen und verschwinden. Aber seine Füße bewegten sich nicht. Keinen Millimeter. Sein Körper schien seit Neustem ein Eigenleben zu führen.

»Du musst mir nichts mehr erklären«, sagte sie leise, und ihr aufmunterndes Lächeln brachte etwas in ihm zum Schwingen, von dem er lange geglaubt hatte, es sei verloren.

»Ich kann nicht ...«, flüsterte er, während sein Herz wild pochte. Aber statt sich von ihr zu entfernen, zog er sie zu sich heran. Er nahm ihr Gesicht zwischen seine Hände.

»Dich zu küssen, ist wie der Himmel auf Erden ...«, hauchte er an ihren Lippen. Er spürte ihren heißen Atem auf seiner Haut, das leichte Zittern ihres Körpers, der ihm verriet, dass sie ihn ebenso begehrte wie er sie.

»Dann tu es doch«, forderte sie ihn heraus und bot ihm ihren Mund.

Scheiße, er war nicht stark genug. Jökull stieß einen tiefen Seufzer aus, dann presste er seine Lippen auf ihre und küsste sie. Die Lust, die durch seine Adern rauschte, war roh und unverfälscht. Sie löschte alles andere in ihm aus. Als wäre ein Damm in ihm gebrochen, zündete ein Feuerwerk in seinen Nervenbahnen. Stella schien es ähnlich zu ergehen. Sie zerrte an seinen Klamotten, es spielte keine Rolle mehr, wer oder wo sie waren. Alles, was zählte, war die Nähe, die Lust und die Intimität zwischen ihnen.

Stellas heiseres Keuchen erfüllte die Stille, während sie ihn unter tausend Küssen auszog. »Nicht hier«, stöhnte sie, als er über die Wölbung ihrer Brüste strich.

Stella zog ihn mit sich nach oben und knallte die Tür hinter ihnen zu. Das Ganze dauerte nur ein paar Sekunden, dann war sie wieder voll und ganz bei ihm. Endlich. Als auch das letzte Kleidungsstück gefallen war, das sie in blinder Lust von sich geschleudert hatten, bettete er sie unter sich auf die Matratze. Er hielt einen Augenblick inne, sah ihr tief in die Augen und spreizte ihre Schenkel. Ihre Lippen waren von seinen Küssen geschwollen, die Wangen gerötet, Lust verschleierte ihren Blick. »Ich will dich«, flüsterte er heiser. »Ich will dich so sehr, dass es wehtut.«

Mit einem Stoß drang er in sie ein. Stella warf ihren Kopf in den Nacken und stöhnte seinen Namen. Es kostete Jökull größte Mühe, nicht sofort zu kommen. Sie war so eng, so fantastisch, wie für ihn gemacht. Langsam begann er sich in einem uralten Rhythmus auf ihr zu bewegen. Stellas schneller werdender Atem zeigte ihm, dass es ihr gefiel. Ihre Nägel strichen immer wieder über seinen Rücken, seinen Po und feuerten seine Begierde weiter an.

Schweiß sammelte sich auf seiner Stirn, während er die Zähne zusammenpresste, um das Unvermeidliche einen Moment hinauszuzögern. Stella reckte ihm ihr Becken entgegen, ihre leisen Schreie kamen in immer kürzeren Abständen. »Bitte«, flehte sie, und er wusste genau, was sie von ihm wollte.

Immer heftiger stieß er in sie, lockte und erfüllte sie, bis sie ihren Rücken durchbog und sich unter ihm versteifte. Er kam in der gleichen Sekunde. Jökull hielt Stella so fest, dass er fürchtete, sie zu erdrücken, während der Höhepunkt über ihn hinwegfegte.

Sie atmeten beide schwer, er war noch immer in ihr und wünschte sich, dass er niemals diesen Ort verlassen müsste. Hier war alles perfekt, so, wie es sein sollte. Sie waren eins geworden, es war mehr als die bloße Vereinigung zweier Körper. Nachdem er sich von ihr gerollt hatte, zog er sie in seine Arme und küsste ihre Stirn. Er sagte nichts, wüsste auch gar nicht was, während Stella seinen Bauch mit ihren Fingerspitzen streichelte. Jökull schloss die Augen, er wollte nicht reden. Das würde bloß alles kaputt machen, aber er wusste, dass Stella etwas von ihm hören wollte. Nur war er nicht bereit dazu, es zu sagen.

15

In den darauffolgenden Tagen erschufen sie sich so etwas wie eine Routine – falls man weltverändernden Sex überhaupt so nennen durfte. Stella grinste bei der Erinnerung an die vielen Male, die sie nun schon mit Jökull geschlafen hatte. An Kreativität bezüglich der Orte mangelte es ihnen jedenfalls nicht. Vor Opa hielten sie es geheim, es war Stella zu peinlich – außerdem wüsste sie auch gar nicht, was sie ihm erklären sollte. Opa hatte andere Vorstellungen davon, wie man ein Paar wurde.

Bei dem Gedanken zuckte Stella zusammen. Als Paar konnte man sie nicht bezeichnen, das wäre viel zu früh. Sie hatten Sex. Sie mochten sich, zumindest ging sie davon aus, gesagt hatte Jökull es nie.

Zumindest daran hatte sich nichts geändert, er war kein Mann großer Worte – aber seinen Taten nach zu urteilen, konnte er sie sehr gut leiden ...

Stella stand in der Küche und schälte die Kartoffeln fürs Abendessen. Jökulls Oma war noch in Reykjavík, sie wollte ein wenig länger bleiben, weil es ihrer Schwester gesundheitlich gerade nicht so gut ging. Deshalb hatte Stella Jökull ein paar Mal eingeladen, mit ihnen zu essen. Es war schön und fühlte sich gut an.

Nun war es nicht so, dass sie und Jökull sich verstohlene Blicke über dem Tisch zuwarfen, dafür war er nicht der Typ. Aber trotzdem hatte Stella das Gefühl, dass der kühle Isländer allmählich etwas auftaute.

Wenn man vom Teufel sprach oder an ihn dachte ... Im Flur ging die Tür auf, und Opa betrat mit Jökull das Haus. Sie hörte, wie die beiden in der Gästetoilette die Hände wuschen und dabei über Fischquoten diskutierten. Stella verdrehte die Augen, das war ein Thema, dem sich die zwei über Stunden, ach was, Tage widmen konnten.

»Guten Abend«, grüßten Opa und Jökull kurz darauf unisono, während sie die Küche betraten.

»Deckt ruhig schon mal den Tisch«, erwiderte Stella lächelnd. »Das Essen ist gleich so weit.«

»Was ist das denn?«, frage Opa und guckte skeptisch in die Salatschüssel.

»Das nennt man Rucola«, erklärte Stella gelassen.

»Ich bin doch keine Kuh, ich esse kein Gras«, kommentierte Opa mit einem abfälligen Schnauben, wie er es immer tat, wenn es Gemüse oder anderes Grünzeug gab.

Jökull sagte nichts, aber an seinem Grinsen erkannte Stella, dass er es witzig fand.

»Dann isst du den Salat halt nicht, aber ein paar Vitamine würden dir guttun, Opa«, gab Stella mit einem Augenzwinkern zurück.

»Ich bin auch ohne Gras so alt geworden, jetzt fange ich nicht mehr damit an.« Er setzte sich an den Tisch und verteilte die Teller, die er zuvor aus dem Schrank geholt hatte.

Jökull sammelte Besteck für alle aus der Schublade, beim Vorbeigehen streifte er Stellas Hintern und lächelte ihr verstohlen zu.

Stella lief rot an, ihr wurde sehr heiß. Trotzdem genoss sie das Prickeln, das ihren Körper überlief.

Vorfreude war bekanntlich ja die schönste Freude. Stella war sehr gespannt, denn Opa würde heute Abend wegfahren, in den Osten Islands. Dort hatte er ein paar alte Freunde, mit denen er sich einmal im Jahr traf. Sie hatte den Eindruck, dass es ihm insgesamt wieder besser ging. Er war häufiger unterwegs und wirkte zufriedener als noch vor kurzer Zeit.

Während des Essens hielt sich Stella mit Kommentaren zurück, das leidige Thema wurde mal wieder durchgekaut. Fangquoten. Danach verabschiedete sich Jökull.

»Danke für das Essen, macht's gut«, sagte er und schaute Stella eine Sekunde länger an, als schicklich wäre.

Kommst du rüber?, schien sein Blick zu sagen.

Sie nickte kaum merklich. Sobald Opa weg ist, wollte sie ihm damit vermitteln.

Diese Geheimniskrämerei war prickelnd, das musste sie zugeben. An mehr wollte sie nicht denken. Aber Stella hatte schon gemerkt, dass ihre Zuneigung jeden Tag ein bisschen mehr wuchs. Jökull war vielleicht nicht sehr gesprächig, aber er war äußerst aufmerksam und liebevoll. Und natürlich leidenschaftlich. Der Sex mit ihm war fantastisch. Es war mehr als das. Sie konnte gar nicht genug von ihm bekommen.

Bisher hatten sie sich immer heimlich getroffen und

hatten die Nacht nie vollständig miteinander verbracht – bis auf das eine Mal nach der Geburt der Zwillinge, aber das zählte nicht wirklich, weil es nur ein paar Stunden gewesen waren. Das würde sich jetzt, solange Opa und Jökulls Oma nicht da waren, hoffentlich ändern. Vielleicht könnte man danach ...

»Ich fahre jetzt los«, riss Opas Stimme sie aus ihren Gedanken. Er gab ihr einen Kuss auf die Wange. »Pass gut auf dich auf!«

»Du auch auf dich, fahr vorsichtig und melde dich, wenn du da bist.«

Opa lachte. »Du klingst wie Oma. Das mache ich. Sag mal, hast du schon etwas von deinen Bewerbungen gehört?«

»Ja, tatsächlich. Ich habe Rückmeldung von zwei Kanzleien erhalten, dass sie interessiert wären.« Sie hatte Opa neulich davon erzählt, er hatte sich gefreut, dass sie zumindest vorhatte, auf Island zu bleiben. Eventuell ...

»Dann drücke ich die Daumen.«

»Es ist nichts fix, aber gut, dass du mich erinnerst, ich muss noch antworten.«

»Dann mach das mal, Liebes. Tschüss.«

Nachdem Opa das Haus verlassen und mit seinem Nissan davongefahren war, blieb sie alleine zurück. Sie nutzte den ruhigen Moment, zückte ihr Telefon und beantwortete die beiden Nachrichten mit dem Angebot ihrerseits, dass sie kurzfristig nach Reykjavík zu einem Vorstellungsgespräch kommen könnte. *Eigentlich will ich gar nicht nach Reykjavík*, dachte sie. Aber von irgendwas musste sie natürlich leben. In ihren Träumen hatte sie in den letzten Tagen – und Nächten – angefangen, sich hier eine Zukunft aufzubauen. Stella könnte sich gut vorstellen, in Opas Fußstapfen zu treten und dem ganzen Betrieb einen moderneren Touch zu verpassen. Den Gedanken hatte sie jedoch sofort wieder verworfen, denn damit wäre ihr Jura-Studium für die Katz gewesen. Und konnten Fischteiche einen wirklich ein Leben lang erfüllen?

Mit einem Seufzen erledigte Stella den Abwasch, dann spazierte sie nach drüben zu Jökull. Die Schafe mussten am übernächsten Wochenende ins Hochland gebracht werden, alle waren bereits draußen auf der Weide. Jökull stand am Zaun und betrachtete seine Herde, die weit verstreut über die Wiese graste, herumlief oder ruhte. Dichte Wolken trieben über den Himmel, der Nordwind war frisch und böig. Es roch nach Gras und dem einzigartigen Salzgeruch des Atlantiks. Stella umarmte Jökull von hinten. »Buh!«, machte sie.

Er zuckte nicht zusammen, sondern drehte sich blitzschnell um, um sie zu küssen. »Du hast keine Ahnung, wie sexy du bist, wenn du hinter dem Herd stehst. Hab ich dir das schon mal gesagt?«, murmelte er dicht an ihren Lippen und knabberte lustvoll daran.

Stella gluckste, denn sie wusste, dass es nicht sexistisch gemeint war. Isländische Männer waren vielleicht Machos, aber sie hatten kein Problem damit, das Können ihrer Frauen anzuerkennen. Trotzdem gefiel ihr seine Neckerei. »Du hast mich ganz schön in Verlegenheit gebracht vor Opa, mit deinen Blicken. Ich dachte, du reißt mir gleich die Kleider vom Leib.«

»Wirklich?« Er runzelte die Stirn. »War es so offensichtlich?«

»Na ja, du weißt schon. Ich ... Er weiß ja nicht, dass wir ...« Ihr fehlten die passenden Worte.

Außerdem fiel es ihr sehr schwer zu denken, wenn er sie so eng an sich drückte, dass sie seine Erektion durch die Hose spüren konnte und dabei ihren Hintern lustvoll knetete. »Wolltest du was sagen?«, witzelte Jökull, weil er genau wusste, welche Wirkung er auf sie hatte – und sie auf ihn.

»Ich glaube, ich bin müde«, scherzte Stella. »Lass uns ins Bett gehen.«

»Das ist die beste Idee, die du seit langem hattest.«

Sie gab ihm einen spielerischen Klaps und zog ihn dann mit sich ins Haus. Sein Bett war das naheliegendste, also blieben sie hier, rissen sich die Kleider tatsächlich vom Leib und liebten sich in wollüstiger Hast. Und dann gleich noch einmal, wobei sie sich jetzt ausgiebig Zeit ließen, um sich gegenseitig aufs Neue zu erkunden.

Stella saß rittlings auf Jökull – eine ihrer neuen Lieblingspositionen. Er ließ sich gern von ihr verwöhnen. Marvin hatte es nie leiden können, wenn sie den Ton angab. Die alte Beziehung war auf so vielen Ebenen falsch gewesen, wie Stella jetzt feststellte. Mit Jökull war alles besser. Sie verschwendeten nicht viele Worte an belangloses Zeug, das war das, was sie besonders am Zusammensein mit ihm schätzte.

Als er seine Hand hob, um mit ihrer Klitoris zu spielen, während sie ihn ritt, lösten sich ihre letzten klaren Gedanken in pure Lust auf. Sie legte den Kopf in den Nacken und gab ihnen beiden, wonach sie verlangten. Als sie merkte, dass ihr Höhepunkt unaufhaltsam näherkam, beugte sie sich nach vorn und küsste ihn. Die ersten

Wellen des Orgasmus schlugen über ihr zusammen. Jökull versteifte sich unter ihr und stöhnte ihren Namen. Als sich ihr Atem allmählich beruhigte, rollte sich Stella erschöpft auf die Seite und bettete ihren Kopf in seiner Armbeuge. Sie war müde, schläfrig sogar. Heute konnte sie sich endlich einmal erlauben, dem Drang nachzugeben, die Entspannung zuzulassen und wegzudösen. »Ich liebe dich«, flüsterte sie, ohne darüber nachzudenken. Dann schlief sie ein.

ALS STELLA das nächste Mal die Augen aufschlug, war es immer noch hell. Natürlich, die Nächte wurden jetzt nicht mehr dunkel. Das Bett neben ihr war leer.

O Gott. Hatte sie verschlafen?

Hektisch tastete sie nach ihrem Handy.

Nein, es war erst drei Uhr morgens, wie sie überrascht feststellte. Stella setzte sich auf und gähnte. Der Himmel war von orangeroten Schleierwolken bedeckt, und die Morgensonne verbreitete ihr sanftes Licht über den Hügeln und dem lang gezogenen Fjord.

Wo steckt er nur, fragte sie sich. Als Jökull nach ein paar Minuten – sie wollte ihm nicht aufs Klo hinterherlaufen – nicht wieder auftauchte, machte sie sich allmählich Sorgen. War etwas passiert? Auf der Weide vielleicht?

Sie schwang ihre Beine aus dem Bett und zog sich eines seiner Shirts über, die unordentlich über einem Stuhl hingen. Dann tapste sie nach unten, um nach ihm zu suchen.

Jökull saß im Wohnzimmer, er hatte ein Glas Milch in

der Hand. Er starrte aus dem Fenster auf die Wiese vor dem Haus. Als er sie kommen hörte, wandte er sich ihr nicht zu. »Geh wieder ins Bett«, hörte sie ihn sagen.

Seine Stimme klang seltsam. Nicht abweisend, aber doch irgendwie ... kalt.

»Jökull?« Stella trat näher. »Was ist mit dir? Kommst du nicht mit?«

Als sie sah, wie er den Kopf schüttelte, zerbrach etwas in ihr. Erst jetzt erinnerte sie sich daran, dass sie die drei magischen Worte zu ihm gesagt hatte – und er hatte sie nicht erwidert.

»Ich bleibe hier«, erklärte er jetzt und schaute sie ausdruckslos an. Seine letzten Worte hallten in ihrem Kopf nach, als hätte er ihr eine Tür vor der Nase zugeschlagen.

In seinen Augen lag keine Wärme, nicht mehr dieses besondere Funkeln, das die Schmetterlinge in ihrem Bauch in den letzten Tagen immer wieder zum Flattern gebracht hatte.

Jetzt fielen sie betäubt zu Boden. »Was ist los?«, wollte sie von ihm wissen. »Habe ich etwas falsch gemacht?«

Jökull knallte sein Glas auf den Wohnzimmertisch. »Du hast nichts falsch gemacht, wieso denkst du das?«

»Warum bist du dann so abweisend zu mir?«

Jökull vergrub das Gesicht zwischen seinen Händen. Sie fühlte, wie zerrissen er innerlich war. Ihr Herz schnürte sich zusammen. Dann hob er seinen Blick, und der Ausdruck in seinen Augen verletzte sie zutiefst. »Du und ich«, fing er an. »Wir wollen nicht dasselbe.«

Er hätte ihr auch eine Ohrfeige verpassen können, der Effekt wäre derselbe gewesen.

Stella war vielleicht naiv, aber sie war nicht blöd. Dass

sein Verhalten mit ihrem Liebes-Geständnis zu tun haben musste, war offensichtlich. »Und was sollte das sein?«, fragte sie und reckte ihr Kinn trotzig nach vorn. Zurückweisung fühlte sich schrecklich an, sie musste damit erst einmal klarkommen, denn es traf sie völlig unvorbereitet, dass er sein Verhalten so drastisch änderte.

»Ich kann dich nicht lieben«, stieß er hervor und Stella fühlte sich, als hätte ihr jemand den Boden unter den Füßen weggezogen.

So einfach wollte sie nicht aufgeben, obwohl sie nichts lieber täte, als die Beine in die Hand zu nehmen, um davonzulaufen. Aber sie musste es hören, sie brauchte eine Erklärung. »Wieso nicht?«, brachte sie mit klarer Stimme hervor. Er sollte es sagen, er musste es aussprechen, damit sie es kapierte.

Ihre Blicke verhakten sich ineinander und wie immer, wenn das geschah, blieb die Zeit für einen Augenblick stehen. Da war etwas zwischen ihnen, das bildete sie sich nicht ein. Sogleich verschloss sich sein Ausdruck, und er schaute auf seine Hände. Als er sie wieder ansah, konnte sie nicht erkennen, was hinter seiner Stirn vor sich ging. Er hatte seine Mauer wieder errichtet, höher denn je. »Liebe ist nur eine Illusion«, erklärte er leise. »Du bist nur nicht in der Lage, diese Wahrheit zu erkennen.«

Stella brauchte einen Moment, um seine Worte zu verarbeiten. »Was soll das heißen?«

»Es heißt, dass du nicht bereit bist, die Realität zu sehen.«

Ein langes Schweigen entstand nach diesem Satz. Allmählich begriff sie, dass er mit einer Sache recht hatte: Sie wollten nicht dasselbe. Jökull hatte ihr nie Liebe oder eine Zukunft versprochen, sie war selbst schuld, dass sie davon geträumt hatte. Wobei, von Schuld würde sie nicht sprechen. Sie verurteilte sich nicht dafür, dass sie Hoffnung auf mehr gehabt hatte und er nicht.

Trotzdem war sie enttäuscht. Und traurig. Und auch irgendwie wütend, aber nicht einmal auf ihn – sondern auf sich selbst. »Ich wünsche dir, dass du irgendwann verstehst, dass Liebe etwas Gutes ist. Dass Liebe alles heilt.«

Jökull stieß die Luft aus und schüttelte den Kopf. Sein Blick war glasig. »Liebe ist nicht heilsam. Sie zerstört.«

Diese Worte klangen endgültig und so voller Schmerz, dass es ihr das Herz zerriss. Stella wusste, dass es keinen Zweck hatte, ihn vom Gegenteil überzeugen zu wollen. Wenn er es nicht auch fühlte, dann war es vergebens. »Dann ... war es das?«

Sie hielt den Atem an, ein letztes Fünkchen Hoffnung glomm in ihr. Als er aufstand und sie blicklos ansah, erlosch es. »Es tut mir leid, Stella.«

»Ist es, weil ich gesagt habe, dass ich dich liebe?«

Er rührte sich nicht, aber sie sah, wie seine Kiefer mahlten. »Es kann einfach nicht sein. Nach so kurzer Zeit. Ich glaube nicht mehr an die Liebe, Stella. Du brauchst einen Mann, der es tut. Für mich ist es nur ein Wort, das keine Bedeutung mehr hat. Fünf Buchstaben, die keinen Sinn ergeben.«

Die Härte, mit der er es aussprach, traf sie mitten ins Mark. Sie zweifelte keine Sekunde, dass er es genau so meinte, wie er es sagte.

Stella schluckte und blinzelte die Tränen weg. Sie war

fassungslos. »Dann ... gehe ich jetzt besser«, war das einzige, das ihr darauf einfiel.

Jökull antwortete nicht, sondern setzte sich wieder. Sie hatte kein persönliches Geleit erwartet, aber seine kühle Haltung ihr gegenüber versetzte sie in einen tiefen Schock.

∼

Jökull blieb allein im Haus zurück. Er wusste nicht, wohin mit sich und seinen Emotionen.

Er hatte Stella wehgetan, und das tat ihm sehr leid. Er empfand keine Reue, dass er mit ihr geschlafen hatte. Überhaupt nicht. Aber er wollte ihr auch nichts vorspielen.

Die Erkenntnis, dass er es nicht konnte – sie zu lieben – hatte ihn nach ihrem Geständnis wie ein Schlag getroffen.

Er konnte es nicht noch einmal, denn es war, wie er gesagt hatte: Liebe war nur eine Illusion. Und selbst wenn es doch mehr zwischen ihnen sein sollte als etwas rein Körperliches, er konnte sich beim besten Willen nicht vorstellen, dass man nach wenigen Tagen schon so genau wusste, dass man jemanden liebte. Das konnte er wirklich nicht glauben.

Sex war das eine, aber Gefühle? Nein. Das war unmöglich.

Es war schon einmal schiefgegangen, und Thea hatte er viel länger gekannt.

Jökull warf das leere Glas gegen die Wand, es zerbarst in tausend Scherben. Er war wütend. Auf sich. Auf das Leben. Auf alles.

»So eine Scheiße«, fluchte er und wusste nicht, wohin mit sich.

Jökull war außer sich, weil er ihr nicht wehtun wollte. Aber er konnte nichts für Stella tun. Es war klar, dass er der letzte Mensch auf Erden war, den sie jetzt sehen wollte.

Unruhig tigerte er im Zimmer auf und ab, bis er schließlich nach oben ging und den Schuhkarton unter dem Bett hervorzog. Vielleicht war das nicht der richtige Zeitpunkt, möglicherweise war er es aber doch.

Jökull öffnete einen Brief nach dem anderen und sortierte seine Post. Die mechanischen Bewegungen und die Flut an Papieren halfen ihm, nicht den Verstand zu verlieren. Nicht durchzudrehen. Nicht zu ihr zu laufen. Die nervigen Schreiben von Behörden und den Menschen, die ihn am tiefsten verletzt hatten, hielten ihn am Boden. Es war schmerzhaft, so sehr, dass er sich am liebsten für immer in Luft aufgelöst hätte.

16

Auch am nächsten Tag fühlte Stella sich noch immer wie im falschen Film. In den Angelladen brauchte sie nicht mehr zu fahren, die Aushilfe hatte alles im Griff. Opas Haus war auch blitzrein geputzt.

Sie war unruhig und aufgebracht und wusste nicht, wohin mit sich und ihren Gedanken. Ihr war elend zumute. Stella schaute aus dem Fenster und sah Jökull mit Spóri spielen. Er warf ihm ein paar Bälle, die der Border Collie apportierte.

Als wäre nichts gewesen, dachte sie und spürte eine tiefe Traurigkeit in sich. Jökull machte einfach weiter wie früher.

Sie hätte es wissen müssen. Hatte sie aber nicht.

»Verdammt«, murmelte sie und zuckte zusammen, als ihr Telefon bimmelte. Es war eine isländische Nummer.

»Stella, hallo?«, beantwortete sie.

»Guten Tag, hier ist Björk von der Kanzlei Lögmál, wir würden dich gern treffen. Ich habe eben deine Nachricht gelesen und möchte einen Termin mit dir absprechen.«

»Aber natürlich, sehr gern«, erwiderte Stella und versuchte dabei, etwas Enthusiasmus aufkommen zu lassen. Gerade fühlte sie sich gar nicht danach.

Sie vereinbarten, dass sie sich gleich morgen in Reykjavík treffen würden. In der Kanzlei wäre gerade eine Stelle freigeworden, zu den Gründen sagte die Frau am Telefon nichts.

Nachdem sie aufgelegt hatte, fing Stella an zu packen. Sie stand vor dem Schrank und betrachtete ihre wenigen Klamotten, die sie aus London mitgebracht hatte. Es kam ihr vor, als wären seitdem Jahre und nicht nur ein paar Wochen vergangen.

Weil Opa mit seinem Nissan unterwegs war, rief sie Jói an, um zu fragen, ob er sie zum Flughafen bringen konnte. Es gab einen Flug heute Abend oder gleich morgen früh, sie war sich noch nicht sicher, welchen sie nehmen sollte.

»Kann Jökull dich nicht fahren? Ich habe mit den Kids hier alle Hände voll zu tun.«

Stella biss sich auf die Unterlippe. Sie wollte mit Jökull nicht mehr sprechen, aber das konnte sie Jói nicht sagen. Trotzdem verstand sie natürlich, dass ihr Bruder gerade keine Zeit hatte, Taxi für sie zu spielen. »Klar, das ist gar kein Problem. Dann bis die Tage, mein Lieber.«

Mist. Stella verzog ihr Gesicht und machte erst einmal die Übernachtungen in Reykjavík bei einer alten Freundin klar. Sigruns Wohnung stand gerade leer, sie vermietete sie sonst über Airbnb, weil sie den Sommer in Ecuador verbrachte.

Sollte sie, oder sollte sie nicht, überlegte Stella und

überlegte, ob sie nicht einfach eine Münze werfen konnte. Dann schimpfte sie sich eine Idiotin. Sie würde Jökull fragen und so tun, als sei nichts gewesen. Sie waren erwachsene Leute. Sie hatte ihm aus Versehen ihre Liebe gestanden. Die Erinnerung daran ließ ihre Wangen brennen. Sie würde darüber hinwegkommen, und ihm war es anscheinend ja sowieso egal. Natürlich war sie verletzt, aber das musste er ja nicht mitbekommen. Sie würde einfach so tun, als wäre alles okay. Ja, genau.

Leider gingen Gefühle nicht so leicht weg, aber sie würde Jökull weder eine Szene machen noch ihm Schuldgefühle einreden. Der Mann hatte weiß Gott genug mit sich zu tun. Und anbetteln würde sie ihn am allerwenigsten. Vielleicht lehnte er ja ab – dann konnte sie immer noch ein Taxi anrufen. Normalerweise würde sie nicht mit der Wimper zucken, aber da sie nun arbeitslos war, musste sie ihre paar Kröten natürlich so gut es ging zusammenhalten ...

Stella schleppte ihren Koffer nach unten und marschierte damit rüber zu Jökull. Sie hielt es für besser, ihn direkt zu fragen und nicht über das Telefon. Er kam gerade von der Weide. Als er sie erblickte, furchte er die Stirn, als hätte er mit ihr am allerletzten gerechnet.

»Stella?«, entfuhr es ihm. Sie sah, dass er tatsächlich Angst hatte, dass sie ihm eine Szene machen wollte. Was hatte der Mann früher bloß erlebt? Stella hatte kein Talent für dramatische Abgänge, und sie würde heute nicht damit anfangen. Wenn er ihr nicht dieselben Gefühle entgegenbrachte wie sie ihm, dann war er wohl nicht der Richtige für sie.

Es tat weh. Es tat höllisch weh, aber er war nicht

verantwortlich dafür, wie es ihr ging, denn er hatte ihr weder die große Liebe noch eine Beziehung versprochen. Der Gedanke half ihr ein wenig nicht in Tränen auszubrechen, denn sein Anblick genügte, um die Sehnsucht in ihrer Magengrube aufflammen zu lassen. Sie würde sich gern in seine Arme schmiegen und sich von ihm halten lassen. Er hatte die perfekten Schultern, um sich daran anzulehnen. Aber das ging nicht. Nicht mehr.

Stella atmete kurz durch und straffte sich. Sie schaffte es sogar, ein – hoffentlich – unverbindliches Lächeln aufzusetzen. »Äh, hi. Ich wollte dich nur kurz fragen, ob du mich vielleicht zum Flughafen bringen kannst. Opa hat sein Auto mitgenommen, und Jói hat keine Zeit, der hat mit den Babys natürlich alle Hände voll zu tun. Ich würde dich nicht damit behelligen, wenn es anders ginge, aber ...«

»Ja, kein Problem«, fiel Jökull ihr ins Wort, und seine Miene war abweisender denn je.

Wenn sie gehofft hatte, dass er fragen würde, warum sie verreiste oder wohin, dann wurde sie jetzt enttäuscht.

War das wirklich der Mann, mit dem sie so viele wunderbare Stunden verbracht hatte?

Stella wollte jetzt nicht an die schönen Momente denken, die sie mit ihm erlebt hatte. Für ihn war es anscheinend nur körperlich gewesen. Wie hatte sie das nur verwechseln können? Es war ihr unbegreiflich. Für sie hatte sich das Zusammensein mit ihm ehrlich und tiefgründig angefühlt. Sie hatte sich mit ihm auf eine Weise verbunden gefühlt, wie sie es noch nie zuvor erlebt hatte. Dass das alles einseitig gewesen sein sollte, war für Stella nur schwer zu begreifen.

Für einen Moment bereute sie es, rübergekommen zu

sein. Vielleicht war es ja auch der letzte Versuch gewesen herauszufinden, ob er es sich nicht doch anders überlegt hatte.

Nun ja. Hatte er nicht.

Obwohl er ihr diesen Dienst nicht versagte, vermutlich weil er wusste, dass Gunni ihn einen Kopf kürzer machen würde, wenn er davon erfuhr, wusste Stella, dass es Jökull lieber gewesen wäre, sie nicht wiederzusehen.

Sie schluckte schwer, der Kloß in ihrem Hals war auf einmal riesengroß. Sie konnte sich nicht rühren, weil ihr Tränen die Sicht verschleierten.

Reiß dich zusammen, schimpfte das Stimmchen in ihrem Kopf. Mach dich nicht lächerlicher als ohnehin schon.

Das genügte, weil es stimmte. So viel dazu, dass sie überhaupt kein Problem damit hatte, von ihm zurückgewiesen zu werden.

Es war gut, dass sie von hier wegkam. Die letzten Wochen waren lebensverändernd gewesen. Sie würde sie als eine besondere Zeit in ihrem Leben in Erinnerung behalten. Unter normalen Umständen hätte sie sich nicht so schnell verliebt – und das bereute sie auch nicht. Und das, obwohl es gleichzeitig kein schönes Gefühl war, wenn man nicht zurückgeliebt wurde. Stella schaute ihm hinterher.

Jökull marschierte wortlos zu seinem Auto und öffnete den Kofferraum. Er bot ihr keine Hilfe an, die brauchte sie auch nicht. Stella wuchtete ihr Gepäck selbst hinein und setzte sich anschließend auf den Beifahrersitz.

Die Fahrt nach Akureyri wurde zu einer der längsten ihres Lebens. Das Schweigen im Auto war ohrenbetäubend. Im Gegensatz zu sonst war es unangenehm. Aber Stella brachte einfach kein Wort heraus, und Jökull – der starrte nur stur geradeaus. Wie eine Maschine.

Stella fragte sich, ob sie sich all die gemeinsamen Stunden nur in einer rosaroten Erinnerung schönredete, denn der Mann, der hier neben ihr saß, war nicht der, der sie mit einer tiefen Inbrunst geliebt und mit Zärtlichkeiten überhäuft hatte. Nun. Sie würde nicht erfahren, was echt gewesen war und was nicht. Vielleicht war das auch ganz gut so.

Stella atmete geradezu erleichtert aus, als sie den Flughafen nach achtzehn Minuten erreichten. Er war viel zu schnell gefahren, um sie so bald wie möglich loszuwerden. »Okay, dann, äh, danke«, sie schaute Jökull von der Seite an.

Er hatte beide Hände am Steuer und erwiderte ihren Blick nicht. »Klar, kein Problem.«

Es klang, als hätte er eben eine schwere Folter ertragen müssen.

Dann war das eben so, es macht mir den Abschied nur leichter, dachte sie beleidigt. Stella stieg aus und holte ihre Sachen, dann sah sie den Jeep nur noch von hinten. Jökull hatte sich nicht ein einziges Mal nach ihr umgesehen. Was für ein Mistkerl.

ALS STELLA eine gute Stunde später in Reykjavík aus dem Flieger ausstieg und durch das kleine Flughafengebäude marschierte, um auf den Parkplatz zu kommen, hätte sie beinahe Dudda über den Haufen gerannt.

»Na, na, du hast es aber eilig.« Jökulls Oma lachte und drückte Stella an ihre Brust. »Was machst du denn hier?«

Stella wurde es unangenehm heiß. »Du fliegst heute zurück?«

Gott, wie blöd war sie eigentlich? Es war doch offensichtlich, sonst wäre sie wohl kaum hier.

Duddas Blick war kurz skeptisch, dann lächelte sie wieder. »Hat Jökull dir gar nichts gesagt? Ich habe ihn heute Morgen angerufen, dass er mir den Flug buchen soll.«

Nervös schob Stella sich eine Strähne aus dem Gesicht. »Muss mir entgangen sein.«

»Und was bringt dich hierher?«

O je. Mit dieser Frage hätte sie eigentlich rechnen sollen, aber sie kam doch unvorbereitet. In ihrem Bauch zog sich etwas zusammen. »Für immer konnte ich ja nicht im Norden bleiben, Dudda, so schön es dort auch ist.« Stella schluckte, warum war dieser blöde Kloß nur immerzu in ihrem Hals? »Ich habe hier ein paar Vorstellungsgespräche. Meinen Job in London habe ich aufgegeben.«

»Dann zieht es dich nicht mehr dorthin zurück?«

Stella zuckte die Schultern. »Nicht wirklich, nein.«

Dudda legte Stella eine Hand an die Wange und betrachtete sie liebevoll, beinahe so, als wäre sie tatsächlich ihre Oma. Es war ein schönes Gefühl, von Herzen gemocht zu werden, für das, was man war, nicht für das, was man zu sein vorgab. Das war ein großer Unterschied, wie Stella erst jetzt in vollem Ausmaß realisierte. Ihre Lieben hatten sie immer als das angenommen, was sie war – mit all ihren Fehlern. Womöglich war das der Hauptgrund, warum sie nicht mehr nach England in ihren alten Job zurückwollte – nicht, dass der überhaupt noch zur Verfügung stünde. Dort hatte sie sich stets um einhundertachtzig Grad verbiegen müssen.

Tja, nur blöd, dass Jökull der Einzige war, der die echte Stella anscheinend nicht lieben konnte.

Der Stich ging tief. Tiefer, als sie jemals zugeben würde.

Aber davon würde sie sich nicht herunterziehen lassen.

Der Schmerz würde vergehen, und irgendwann fand sie ja vielleicht doch noch einen Mann, der sie lieben konnte, so wie sie war – und wenn nicht, dann würde sie eben alleine bleiben. Sie erinnerte sich an das Gespräch über gefrorene Eizellen. Obwohl sie sich gerade nicht vorstellen konnte, ein Kind allein großzuziehen, so würde sie lieber das tun, als gar keine Babys zu bekommen.

Mist. Wohin drifteten ihre Gedanken jetzt schon wieder ab? Dudda schaute sie erwartungsvoll an. Hatte sie etwas gesagt? Das hatte Stella gar nicht mitbekommen.

»Äh, was hast du gesagt?«, stammelte Stella. Ihre Wangen glühten vor Scham.

Dudda ließ ihre Hand sinken, sie lächelte nicht, aber ihr Blick war offen und freundlich. »Ich habe gesagt, dass du deinen Weg schon finden wirst, meine Liebe. Du bist so eine starke und wunderbare Frau. Deine Oma wäre stolz auf dich.«

Stellas Herz wurde schwer. »Danke«, brachte sie ergriffen hervor.

Duddas Flug wurde aufgerufen, sie nahm Stellas Hand noch einmal in ihre. »Ich hoffe, ich sehe dich bald wieder? Wann kommst du nach Hause?«

Nach Hause. Nur ein Wort, das für sie jetzt eine andere Bedeutung hatte. Stella begriff, dass sie gerade kein Zuhause hatte.

Sie rang sich ein Lächeln ab, obwohl es ihr schwerfiel. »Ich, ähm, das kann ich nicht genau sagen. Jetzt habe ich so lange Urlaub gemacht ... So bald vermutlich nicht.«

Dudda neigte ihren Kopf, als begriffe sie jetzt erst etwas, was ihr bis dahin nicht klargewesen war. Dann nickte sie, und ihr Gesicht nahm einen entschlossenen Ausdruck an, der Stella ein wenig irritierte. »Ist gut, meine Liebe. Wir freuen uns jedenfalls immer, wenn du da bist.«

Fast hätte sie gelacht. Ihren Enkel konnte sie damit ja wohl kaum gemeint haben. »Danke, ich mich auch«, erwiderte sie, dann verabschiedeten sie sich, und Dudda zog mit ihrem Köfferchen davon, um sich in die Schlange einzureihen.

17

Jökull war gar nicht erst nach Hause gefahren, sondern hatte ein paar Besorgungen in Akureyri erledigt, ehe er wieder beim Flughafen eintraf, um Oma abzuholen. Mit seiner Laune stand es nicht zum Besten – im Gegenteil – er war mieser drauf denn je.

Wo wollte Stella hin? Und wann würde sie wiederkommen?

Halt, rief er sich zur Vernunft.

Es ging ihn nichts an, und in ein paar Tagen würde es ihn auch nicht mehr interessieren.

Sicher hatten seine harten, aber ehrlichen Worte dazu beigetragen, dass Stella aus ihrem rosaroten Sommerschlaf aufgewacht war. In ihrer romantischen Traumwelt hatte sie geglaubt, dass das zwischen ihnen Liebe sein könnte.

Allein der Gedanke daran verursachte ihm Übelkeit.

Liebe!

Mit diesem Unsinn war ein für alle Mal Schluss.

Jökull rieb sich mit beiden Händen über das Gesicht, als ob das die Bilder vertreiben könnte, die immer wieder vor seinem geistigen Auge aufstiegen. Alle zeigten nur eine Person: Stella.

Ging sie zurück nach London?

Überraschen würde es ihn nicht.

Je weiter weg, desto besser.

Jökull starrte blicklos vor sich hin und wartete. Omas Maschine war eben gelandet, es dauerte daraufhin nur noch ein paar Minuten, bis sie am Ausgang auftauchte. Jökull stieg aus und umarmte sie. »Willkommen zu Hause«, sagte er.

»Schön, dich zu sehen«, erwiderte sie und drückte ihm ihr Gepäck in die Hand.

Jökulls Gewissen meldete sich, und ihm wurde ganz heiß vor Unbehagen. Er hatte sich Stella gegenüber vorhin abscheulich verhalten –, aber er hatte nicht anders gekonnt. Die zweite Alternative wäre gewesen, sie in seine Arme zu ziehen, um sie zu bitten, nicht zu gehen.

Und das hatte er nicht machen können, weil es zu nichts führen würde. Es war gut, dass sie weg war.

Warum fühlte es sich dann so beschissen an?

»Kommst du?«, rief Oma, die es sich schon auf dem Beifahrersitz bequem gemacht hatte.

»Klar«, erwiderte er und wuchtete ihre Tasche in den Kofferraum. Was hatte die Frau da drin? Backsteine? »Und, wie geht es deiner Schwester?«, erkundigte er sich, um sich mit etwas anderem als seinem persönlichen Elend zu befassen.

Oma erzählte ein bisschen von den Tagen in Reykjavík. Sie berichtete, dass Íris langsam alt und tatterig wurde, sich aber wieder gefangen hatte. »Man wird halt nicht jünger«, schloss sie die Erzählung schließlich mit einem Schulterzucken. »Und wie war es hier so?«

Mit der Frage hatte er natürlich gerechnet. »Es lief bestens, den Schafen geht es sehr gut, wir hatten keinerlei Probleme. Die Lämmer gedeihen prächtig.« Alles andere würde er für sich behalten.

»Ach, das ist ja schön.«

Für einige Minuten sagte niemand etwas, die Nachrichten wurden im Radio vorgelesen, aber das konnte nicht der Grund dafür sein, dass Oma die Klappe hielt.

»Was ist?«, fragte Jökull, er klang ein wenig alarmiert. Aber er kannte sie zu gut, irgendwas führte sie im Schilde.

»Ich habe Stella in Reykjavík getroffen, sie kam mit der Maschine vor mir an.«

Jökull umklammerte das Lenkrad ein wenig fester. »Ja, stimmt, ich habe sie zum Flughafen gebracht.«

Schweigen.

Sein Herz klopfte wild.

Warum sagte Oma nichts?

Hatte Stella ihr erzählt, welche Pläne sie hatte? Stellas Abreise war so plötzlich gekommen. So viel zum Thema, dass sie ihn lieben würde. Sie hatte ihre Koffer schneller gepackt, als er hatte bis drei zählen können. Es sollte ihn beruhigen, denn er hatte recht gehabt: Sie konnte ihn nicht lieben. Nicht wirklich. Es war nur eine Illusion gewesen. Das begriff Stella gerade vermutlich auch.

Warum, verdammt, war sein Herz dann nur so schwer? Es fühlte sich an, als ob es für jeden Schlag die doppelte Menge an Energie benötigen würde, die ihm an anderer Stelle fehlte. Er hatte heute zu nichts Lust gehabt, und auch jetzt schien es ihm sehr verlockend, sich in seinem Zimmer zu vergraben und sich die Decke wie ein Kind über den Kopf zu ziehen.

»Ja, und?«, hakte er nach, weil Oma noch immer nicht anfing zu reden. Das war untypisch. Sehr ungewöhnlich.

Normalerweise konnte die Frau keiner stoppen.

»Ach, sprechen wir nicht drüber«, meinte Oma dann, und Jökulls Kiefer klappte nach unten.

Er konnte natürlich nichts sagen, denn das würde Oma sofort Lunte riechen lassen. Und wenn er eines vermeiden wollte, dann in einem ihrer Kreuzverhöre zu landen.

Der Gedanke erheiterte ihn ein wenig, denn damit erklärte sich auch, warum Oma Stella so gut leiden konnte. Die beiden hatten, auf ihre Art, eine Menge gemeinsam.

O Mann.

Er musste aufhören, an sie zu denken.

»Was stöhnst du so?«, wollte Oma wissen.

Verdammt. Er hatte sich wirklich nicht mehr im Griff.

»Gar nicht, man wird doch noch mal laut atmen dürfen!«

Oma erwiderte nichts, aber er sah ihr Schmunzeln aus dem Augenwinkel.

Frauen!, dachte er und fuhr ein wenig schneller.

Zu Hause angekommen trug er ihre Sachen ins Haus. Oma ging zuerst in die Küche und schaute in den Kühlschrank. Jökull folgte ihr, er rechnete mit einer Anweisung zum Einkaufen.

Mit verschränkten Armen lehnte er sich gegen den Türrahmen.

»Hier sieht es ja gut aus«, meinte Oma, und ihm entging das Funkeln in ihren wässrigen, grünen Augen nicht. »Ich hatte einen Berg an Töpfen, Tellern und Müll erwartet.«

Jökull presste die Lippen kurz aufeinander. »Also ehrlich, ich bin nicht mehr der einundzwanzigjährige Student. Natürlich kann ich ein Haus in Ordnung halten, wenn du mal für ein paar Tage weg bist.«

»Schön, schön«, murmelte sie. »Dann gehe ich mal auspacken und lege mich hin.«

Oma wackelte an ihm vorbei und ließ Jökull sprachlos zurück.

STELLA GING am Ufer in Reykjavík spazieren. Der Himmel war bedeckt, ein paar Möwen kreisten über dem Hafenbecken. Der Berg Esja war auf der anderen Seite des Fjords nur zur Hälfte zu sehen, der Gipfel verschwand in einer dicken Wolkendecke. Der Wind war frostig und ungemütlich. Seit drei Tagen war sie nun hier, und so sehr sie es sich auch wünschte, es kamen wenig Glücksgefühle ihn ihr auf, obwohl sie gleich von beiden Kanzleien ein Stellenangebot bekommen hatte.

Weil du gar nicht hier sein willst, meldete sich dieses verdammte Stimmchen im Kopf schon wieder.

»Ja, verdammte Scheiße, aber wenn er mich nicht will, was soll ich denn dort?«, schimpfte sie und merkte peinlich berührt, dass sie es laut ausgesprochen hatte. Entgegenkommende Passanten schauten sie an, als sei sie komplett irre geworden.

Stella seufzte und nickte dem Pärchen höflich zu, sie fühlte sich ja selbst total verrückt. Deswegen war sie hier draußen, weil sie einen klaren Kopf bekommen wollte, um sich zu überlegen, für welches der Angebote sie sich entscheiden sollte. Stella setzte sie sich auf einen der großen Steine, die man aufgeschüttet hatte, um das Ufer bei schlechtem Wetter zu schützen. Man wollte damit auch Überschwemmungen auf der Kringlumýrarbraut, einer der Hauptstraßen, verhindern, die es bei starkem Wind sonst leicht geben konnte.

Stella saß noch nicht richtig, als ihr Handy bimmelte. Es war Jói.

Kurz hatte sie gehofft, dass es vielleicht Jökull sein könnte. Aber natürlich wusste ihr Kopf, dass er sich nicht bei ihr melden würde – ihr Herz hatte leider andere Wünsche.

»Hey, Bruderherz, wie geht es euch?«, sie versuchte möglichst fröhlich zu klingen. Es musste ja niemand wissen, dass sie an einer extremen Form von Liebeskummer litt, die ihr sogar den Appetit verdorben hatte. Und das sollte was heißen, essen konnte sie sonst immer.

»Ich wollte mal fragen, wie es bei dir läuft.«

Er wusste von den Vorstellungsgesprächen, hoffentlich ging es nur darum.

»Sehr gut, sie wollen mich beide.«

»Perfekt – und hast du ein paar Tage Homeoffice in der Woche mit ihnen verabredet?«

»Äh, wieso sollte ich das machen?« Das würde sie umbringen – sie war ja jetzt schon schwer am Vereinsamen. Nein, sie würde schön jeden Tag im Büro aufkreuzen, wo sie sich ablenken konnte.

»Na, damit du an den Wochenenden nach Hause kommen kannst.«

Stella furchte die Stirn. »Und wo sollte das sein? Ich werde mir natürlich hier eine Wohnung suchen. Tatsächlich habe ich vorhin schon einen Makler angerufen, die Preise in Reykjavík sind zwar verrückt, aber das nützt ja nichts.«

»Was?«, war alles, was Jói dazu sagte. Er klang höchst irritiert, als wäre das das Letzte gewesen, womit er gerechnet hatte.

»Wie, was?«, erwiderte Stella genervt.

»Ich dachte, na ja, du hast dich so gut hier wieder eingelebt, und wir ... wir haben geglaubt, dass du nicht gleich wieder so weit wegziehst.«

»London und Reykjavík sind doch zwei Paar Schuhe, ich bin im Nullkommanichts im Norden. Das hast du doch eben selbst gesagt.«

»Habe ich nicht! Na ja, gut, vielleicht ein bisschen. Aber ich habe es anders gemeint. Was ist denn passiert? Magnea und ich haben gedacht, dass da was mit Jökull laufen würde. Er findet das doch bestimmt scheiße, wenn du weggehst?«

Stella schnappte nach Luft. Gott, Familie konnte manchmal echt nervtötend sein. »Jökull?«, stieß sie spitz hervor. »Nein!«

»Stella Rút Hjörleifsdóttir, lüg mich nicht an!«

»Meine Güte, jetzt klingst du wie Mama.«

»Nun sag schon, was haben wir verpasst?«

»Gar nichts«, log sie.

»Komm schon, Schwesterchen. Ich kenne dich und weiß, wenn mit dir was nicht stimmt.«

Stella kräuselte ihre Nase, natürlich hatte er recht. »Okay, du alter Nervtöter. Es ist richtig, ich hatte was mit

Jökull – aber er will nicht mehr. Ende der Geschichte. Und jetzt lass mich bitte damit in Ruhe.«

»Du wirfst die Flinte so schnell ins Korn?«

»Ich? Spinnst du? Er hat gesagt, dass er mich nicht lieben kann. Was soll ich denn da noch?«

»Mensch, Stella, du weißt doch, wie wir Männer sind.«

»Verschone mich damit! Ich mache mich nicht zum Affen, wenn mir jemand ganz strikt erklärt, dass er mich zwar gerne vögelt, aber sonst nichts von mir will.«

»Das hat er gesagt?«

»Nicht direkt«, gab sie kleinlaut zu.

Jói stöhnte. »Ihr zwei seid echt schwierige Fälle, die betreut werden müssen.«

»Hör mir bloß auf! Du machst gar nichts, klar?«

»Okay.«

Stella war auf einmal in höchste Alarmbereitschaft versetzt. Wenn ihr Bruder so wortkarg war, stimmte was nicht. Denn im Gegensatz zu Jökull redete er sonst echt gern. Mist. »Versprich mir, dass du keinen Scheiß baust«, forderte sie Jói auf.

»Wie in etwa?«

»Wie in etwa mit Jökull reden und ihm das Messer auf die Brust setzen, von wegen, du hast meiner Schwester das Herz gebrochen! Lass es sein. Ich komme selbst damit zurecht.«

»Jetzt wird es interessant. Er hat dir das Herz gebrochen? So weit wart ihr schon?«

Stella stöhnte gequält und raufte sich die Haare. »Mann! Hör auf, okay? Jökull kann wohl selbst entscheiden, ob er jemanden lieben kann oder nicht. Und jetzt muss ich auflegen, das ist mir gerade zu viel. Ich werde mir heute noch ein paar Wohnungen anschauen und mir bis Freitag überlegen, welchen Job ich annehme. Punkt. Und jetzt nerv mich nicht länger!«

»Ist ja gut, Frau Anwältin. Dann hören wir uns die Tage, ja?«

Sie atmete erleichtert aus. Das Thema Jökull war nun hoffentlich für immer beendet.

Wenn es nur so leicht wäre.

18

»Sogar ein Trottel mit Blecheimer auf dem Kopf erkennt, dass sie dir was bedeutet«, schimpfte Oma und knetete ihren Brotteig gleich noch ein wenig fester.

Er konnte ihr nicht widersprechen, überhaupt nicht. Die letzten Tage waren die Hölle gewesen, viel schlimmer, als er es sich jemals hätte vorstellen können.

Und es wurde nicht besser, im Gegenteil. Mit jeder Stunde, die er ohne Stella hier verbrachte, fühlte er sich elender. Als hätte sie einen Teil von ihm mitgenommen, der nun unwiederbringlich verloren war.

Seit Stellas Abreise war jeder Gang so schwer, als trüge er eine tonnenschwere Last auf der Brust. Er konnte kaum atmen. Es war unerträglich, so sehr fehlte sie ihm.

»Und was schlägst du vor?«, brummte er, weil er keinen klaren Gedanken mehr fassen konnte, seit sie in dieses verfluchte Flugzeug eingestiegen war.

»Ich schlage vor, dass du dich mal am Riemen reißt und dir dein Mädchen zurückholst.«

»Oma, wir leben nicht mehr neunzehnhundertsechzig. So läuft es heute nicht mehr.«

Oma hob eine Braue und stemmte ihre Hände in die Hüften. Dass die Schürze jetzt voller Mehlflecken war, schien ihr egal zu sein, oder sie nahm keine Notiz davon. »Na, dann sag mir doch mal, wie es heute läuft, du Klugscheißer.«

Jökull seufzte. »Ich kann doch nicht mit einem Blumenstrauß nach Reykjavík fahren und vor ihrer Tür auf sie warten.«

»Ah, gut, du weißt immerhin schon mal, wo sie ist. Ein Anfang.«

»Gunni hat's mir gesagt, und er weiß es von Jói.«

Oma lächelte, was Jökull irritierte. »Ich finde ja, dass Blumen ein Anfang wären.«

»Ich habe mich echt scheiße benommen«, knurrte er, und es war ihm sehr peinlich, dass er nicht vorher begriffen hatte, wie sehr er sie brauchte.

Er vermisste Stella schrecklich. Es war unglaublich, dass er tatsächlich doch noch zu so etwas wie Romantik und völliger Hingabe für einen Menschen fähig sein sollte. Sein Körper sagte es ihm deutlich – alles tat weh. Sein Herz. Sein Magen. Seine Kehle.

Es war nicht auszuhalten.

Aber wollte sie ihn überhaupt noch?

Was, wenn sie mittlerweile froh war, ihn los zu sein.

Konnte sie ihn wirklich lieben?

Oder war das alles nur so dahingesagt gewesen, wie er es befürchtet hatte?

»Nun zieh nicht so ein Gesicht, Jökull. Liebe ist doch was Schönes.«

Er grunzte. »Ich weiß nicht. Gerade fühle ich mich echt beschissen.«

Oma kicherte. »Dann weißt du wenigstens, dass es echt ist.«

»Was, wenn sie mich nicht mehr will?«, sprach er endlich das aus, was ihm die größte Angst bereitete. Diese Furcht war größer als alles andere.

Omas Ausdruck wurde ernst. »Ganz ehrlich? Das kann ich mir nicht vorstellen. Ich weiß, wie ein gebrochenes Herz aussieht, und Stella sah furchtbar aus, als sie mir am Flughafen begegnet ist.«

»Wieso hast du nichts gesagt?«, keuchte er. Omas Worte machten ihm ein wenig Hoffnung.

»Ich kann dir doch nicht alles vorkauen, mein Lieber. Du hast die Zeit gebraucht, oder etwa nicht? Vor ein paar Tagen hättest du mich doch nur angemaunzt und mir den Mund verboten.«

Scheiße. Sie hatte recht.

Kleinlaut ließ Jökull sich auf einen Küchenstuhl sinken. »Okay, gut. Du hast mich überzeugt. Ich weiß ja, dass ich ein Scheusal sein kann. Deshalb glaube ich ja auch, dass Stella vielleicht froh ist, wenn sie mich nicht mehr wiedersehen muss.«

Oma knetete den Teig weiter. »Du wirst es nie herausfinden, wenn du es ihr nicht sagst. Nach allem, was ich weiß, hast du dich wirklich wie der letzte Idiot – entschuldige – aufgeführt. Zeit für ein bisschen Wiedergutmachung, oder?«

Jökull fuhr sich über das glattrasierte Kinn. Dann stand er auf. »Ich muss nachdenken.«

Mit langen Schritten verließ er die Küche und marschierte hinaus. Er fand sich irgendwann auf der Weide wieder, wo die Schafe friedlich grasten. Die Lämmchen tobten verspielt umher. Es war verrückt, wie schnell sie gewachsen waren.

Ein paar Meter entfernt turnten die süße Botna mit ihrer Schwester Pálina im Gras. Da hatte er eine Idee ...

»ALLES KLAR, VIELEN DANK«, am Ende des Gespräches wusste Stella nach wie vor nicht, ob sie zu- oder absagen wollte. Sie saß mit ihrer, möglicherweise, zukünftigen Chefin im Besprechungszimmer, um die letzten Details durchzugehen.

Das Angebot dieser Kanzlei war unschlagbar, trotzdem fühlte es sich nicht richtig an.

Hör auf, sagte sie sich. Natürlich war sie noch immer ein wenig neben der Spur, der Liebeskummer war logischerweise am Ende der Woche auch nicht viel besser geworden.

Stella wollte gerade noch etwas sagen, als die Tür aufgerissen wurde und ein junger Assistent hereinplatzte. »Das müsst ihr euch ansehen, das läuft auf jedem Sender!«

Stella blinzelte irritiert, die Chefin hob eine Braue, aber ließ den Mitarbeiter gewähren. Er nahm die Fernbedienung des Bildschirms – der normalerweise für Präsentationen benutzt wurde – und stellte den isländischen Fernsehsender N4 an.

»Das Video läuft jetzt seit drei Minuten, immer wieder in der Wiederholung, nicht nur da, es ist auch auf Facebook, Tiktok, Instagram und Twitter. Es geht überall viral.«

Und warum interessiert mich das, wollte Stella gerade sagen, aber als sie auf den Bildschirm blickte, blieb ihr die Spucke weg.

Sie sah ein Lämmchen, über dessen Kopf wurde ein Schild gehalten, während es bei der Mama trank. »Hallo Stella«, stand darauf. Dann kam ein weiteres kurzes Video, in dem zwei Lämmer umhertollten. »Wir vermissen dich«, sagte das nächste Schild.

»O Gott«, stieß sie hervor, als sie begriff, dass das die Lämmer waren, bei deren Geburt sie mitgeholfen hatte.

Das nächste kleine Videostück zeigte das Mutterschaf, Frída, das zu Beginn sehr schwach gewesen war. Über ihrem Kopf stand auf einem Plakat, das jemand ins Bild hielt. »Unser Bauer ist ein Idiot. Das weiß er selbst.«

Stella lachte und kämpfte mit den Tränen. Frída war ein sehr schlaues Schaf, daran hatte sie nie gezweifelt.

Im nächsten Videostück kamen zwei Lämmchen, schwarz und weiß, ins Bild, die wild umhertollten. Darüber wurde das Schild mit folgender Aufschrift gehalten: »Unser Futterverteiler liebt dich«.

Stella Herz setzte einen Schlag aus.

»Er liebt dich sehr«, stand auf dem nächsten Schild, das über Skroppas Kopf zu hängen schien, einer sehr sturen Aue, die nicht jeden an sich heranließ. Aber Stella hatte nie Probleme mit ihr gehabt, sie waren Freundinnen.

»Bitte komm zu uns zurück«, las Stella bei Litla und Dökk, zwei Lämmchen, denen sie auch für kurze Zeit die

Flasche hatten geben müssen, weil die Mutter nicht genug Milch gehabt hatte in den ersten Tagen.

»Wir lieben dich auch«, stand bei Sunna auf einem Schild, das jemand über ihre Hörner gelegt hatte. Sunna kaute genüsslich auf dem frischen, grünen Weidegras.

Dann trat auf einmal Jökull ins Bild. Er setzte sich hin und nahm Botna auf seinen Schoß.

Stella wurde heiß und kalt zugleich. Ihr Kopf war komplett leer, dafür schlug ihr Herz umso schneller. Ihre Hände fühlten sich klamm an, sie zitterte überall.

»Stella, ich weiß, dass ich den totalen Bockmist verzapft habe, und vermutlich willst du gar nicht mehr mit mir reden – deshalb habe ich diesen etwas unkonventionellen Weg gewählt. Ich weiß jetzt, dass du recht hattest. Zeit spielt bei der Liebe keine Rolle.«

Ihr Herz blieb stehen. Sie hielt sich die Hände vor die Brust, während Jökull weitersprach. »Ich liebe dich, Stella. Ich liebe dich mehr, als ich jemals geglaubt habe, fühlen zu können. Das wollte ich dir nur sagen, und ich hoffe, dass wir uns irgendwann wiedersehen, wenn du nicht mehr ganz so enttäuscht von mir bist.«

Dann drückte er Botna ein Küsschen auf die Schnauze, und das Video endete.

Stella zitterte am ganzen Körper und war froh, dass sie auf dem Stuhl saß.

»Dann meint er also dich?«, erkundigte Björk sich bei ihr und lächelte.

Sie konnte nur nicken. »Tut mir leid, ich muss mich erst einmal sammeln.«

»Natürlich«, die Frau stand auf und drückte ihre Schulter. »Nach so einem Liebesgeständnis will man sicher nicht über so etwas Langweiliges wie Arbeitsverträge sprechen. Ich schlage vor, du rufst mich an, wenn du es dir überlegt hast.«

Damit verließ sie das Besprechungszimmer, und Stella schaute sich das Video noch ein paarmal an, bis ein Werbeclip eingespielt wurde.

Ihr Herz klopfte wie verrückt. Sie musste erst einmal hier raus und überlegen, was sie jetzt tun sollte. Sie war überfordert.

War das hier gerade wirklich passiert?

Mit eiskalten Händen und rasendem Puls verließ Stella die Kanzlei. Auf der Straße blieb sie stehen und atmete tief durch. Als sie die Augen wieder öffnete, sah sie eine Fata Morgana. Jökull stand mit einem bunten Blumenstrauß auf der anderen Straßenseite und schaute sie direkt an. Er trug seinen Wollpullover und ausgewaschene Jeans.

Das war unmöglich. Er konnte nicht hier sein.

Sie konnte sich nicht rühren, aber er setzte sich in Bewegung. Schließlich blieb er vor ihr stehen. »Deinem Gesichtsausdruck nach zu urteilen, hast du das Video gerade gesehen?«, gab er leise von sich. Er wirkte nervös.

»J-ja?« Ihre Knie waren so weich, dass sie glaubte, gleich umzukippen.

»Nur für alle Fälle, dass du nicht die ganze Nachricht mitbekommen hast«, fing er an und ging auf ein Knie. »Ich liebe dich, Stella. Dabei spielt es keine Rolle, ob wir uns fünf Minuten oder zehn Jahre kennen. Ich kann ohne dich nicht leben, ich will es nicht. Ich sehne mich in jeder Sekunde nach dir, und es tut mir schrecklich leid, dass ich das nicht sofort begriffen habe.«

»D-du liebst mich?«, stammelte sie, und ihr wurde schwindelig vor Glück.

»Ich kann dich nicht fragen, ob du mich heiraten willst, weil ich noch nicht geschieden bin, aber ich frage dich: Liebe Stella, willst du den Rest deines Lebens mit mir verbringen, mit mir alt und grau werden, mich lieben und manchmal auch ein bisschen hassen, weil ich zu oft ein verdammter Idiot bin?«

Stella ging zu ihm in die Knie und legte die Blumen beiseite. Sie umfasste sein wunderbares Gesicht, in dem gerade so viel Angst und auch Hoffnung zu sehen war. »Ich liebe dich auch, Jökull. Und ja. Ja zu allem! Ich will alt mit dir werden, aber vor allem will ich das Hier und Jetzt mit dir leben. Richtig leben. In guten und auch an stürmischen Tagen. Und jetzt küss mich endlich!«

Er lachte rau, dann legte er seine Lippen auf ihre, und die Welt hörte für einen Augenblick auf, sich zu drehen. Auf einmal ertönte Applaus aus allen Ecken dieser Büroschlucht. Fenster waren geöffnet worden, Leute jubelten ihnen aus ihren Zimmern zu und wünschten ihnen Glück.

Lachend kamen Stella und Jökull wieder auf die Beine. »Die Blumen waren Omas Idee«, erklärte er und drückte sie noch einmal fest an sich. »O Stella, ich habe dich so vermisst.«

»Ich dich auch.« Sie schmiegte ihre Wange an seine Brust und hörte seinen donnernden Herzschlag. »Deine Oma ist eine kluge Frau, du solltest öfter auf sie hören.«

Jökull gab einen Laut von sich, der halb Grunzen und halb Lachen war. »Das solltest du ihr keinesfalls sagen, damit gießt du nur Öl ins Feuer.«

Stella kicherte, dann verdrückte sie ein paar Tränen des

Glücks. »Du kannst dir nicht vorstellen, wie sehr ich mich darüber freue, dass du dich doch noch besonnen hast.«

Er nahm ihre Hand und legte sie sich auf die Brust, dabei war ihnen beiden egal, wie viele Menschen sie dabei beobachteten. »Mein Herz hat es immer gewusst, ich war nur zu blöd, es zu kapieren.«

»Besser spät als nie«, kommentierte sie atemlos, als sie das dunkle Schimmern in seinen Augen sah.

»Kommst du mit nach Hause?«

»Ich hatte gehofft, dass du das sagen würdest«, gab sie zurück, verschränkte ihre Finger mit seinen, und zusammen liefen sie los. Von jetzt an würden sie alle Wege, egal wie steinig oder steil sie waren, gemeinsam beschreiten. Stella wusste mit jeder Faser ihres Seins, dass Jökull immer der Fels für sie sein würde, der ihr Halt und Sicherheit gab. So wie sie es hoffentlich auch für ihn sein würde. An hellen Tagen, aber auch an den dunklen, an denen ihnen alles finster und unüberwindbar erschien. Vor allem an diesen, denn dann brauchten sie ihre Liebe am meisten.

EPILOG

in Jahr später

JÖKULL KÖNNTE NICHT GLÜCKLICHER DARÜBER SEIN, wie sich sein Leben innerhalb der letzten zwölf Monate entfaltet hatte. Es war ein windiger Tag, an dem die Sonne schien und sich das Gras zur Seite wiegte. Die Mutterschafe waren allesamt mit ihren Lämmchen auf der Weide, in wenigen Tagen würde es hinauf ins Hochland gehen. Jökull lehnte mit dem einen Fuß auf der untersten Latte des Zauns, auf der oberen hatte er seine Ellenbogen abgestützt und genoss den kurzen Moment des Nichtstuns. Das wäre ihm vor einem Jahr nicht gelungen, jetzt konnte er diese kleinen Augenblicke genießen und schätzte sie sehr.

»Ach, hier bist du«, rief Stella hinter ihm, und er drehte sich zu ihr um.

Wie immer, wenn er in das Gesicht dieser Frau, die er so sehr liebte, blickte, wurde ihm warm ums Herz. Ganz automatisch bogen sich seine Mundwinkel nach oben, und er ging auf sie zu. Sie trug nur eine dünne Bluse zu einer Hose. Ihr Haar wurde vom Wind zerzaust.

»Hier bin ich«, erwiderte er und zog sie in seine Arme. »Wird nach meinem Typ verlangt?«

Sie lächelte zu ihm auf. »Nach deinem Typ wird immer verlangt.«

Er ließ seine Finger durch ihre seidigen Wellen gleiten. »Ach ja? Und wonach verlangt es dich?«

Sie legte den Kopf ein wenig in den Nacken. »Küsse im Nordwind schmecken doch am besten, oder etwa nicht?«

Jökull hielt sie noch enger in seiner Umarmung. Dann küsste er sie leidenschaftlich. Irgendwann löste er sich von ihr. »Komm, lass uns reingehen – oder dir zumindest eine Strickjacke holen. Du erkältest dich sonst vielleicht.«

Stella lachte. »Wer hätte gedacht, dass du so bestimmend sein kannst? Ich friere nicht.«

Jökull legte eine Hand auf die schwache Wölbung ihres Bauches. »Dir ist nicht kalt, Liebste? Unser Mädchen soll sich nicht verkühlen.«

Stella gab ihm einen kurzen Kuss. »Du weißt doch gar nicht, ob es ein Mädchen wird, wir haben erst nächste Woche den Termin für den großen Ultraschall.«

»Dann wird es halt ein Junge, der muss auch eine Jacke anziehen, wenn so ein kalter Wind weht.« Noch vor einem Jahr wäre es ihm unmöglich gewesen, Worte wie diese auszusprechen. Dank Stellas Hilfe gelang es ihm immer besser, seine Gefühle zum Ausdruck zu bringen – innerhalb eines gewissen Rahmens natürlich. Aus ihm würde niemals mehr ein Alleinunterhalter werden, zum Glück wünschte sie sich das auch nicht von ihm.

Hand in Hand schlenderten sie über die Wiese zum Haus zurück, wo Oma in einer windgeschützten Ecke hinter dem Haus saß und die Stricknadeln klappern ließ. Seit sie erfahren hatte, dass sie zum ersten Mal Uroma wurde, kam sie aus ihrer Euphorie gar nicht mehr heraus.

»Da seid ihr ja«, meinte Oma mit einem Lächeln. »Es ist schön, wieder hier zu sein.«

Oma war für ein paar Monate nach Reykjavík zu ihrer Schwester gezogen, nachdem diese vor einem Jahr die ersten Anzeichen von Demenz gezeigt hatte. Mittlerweile lebte Íris in einem Heim.

Stella und Jökull hatten einiges im Haus erneuert, ohne den ursprünglichen Charakter des Bauernhauses zu zerstören.

»Ich habe Kuchen gebacken«, erklärte Stella. »Nicht so gut wie deiner, aber ich hoffe, man kann ihn essen. Kommt, ich mache uns Kaffee.«

Jökull schüttelte den Kopf. »Das übernehme ich, du sollst dich nicht überanstrengen.«

Stella warf ihm einen bösen Blick zu. »Dudda, sag deinem Enkel, dass ich nicht krank, sondern schwanger bin. Ich kann durchaus selbst Kaffee kochen.«

»Ja, du kannst alles selbst! Und letzte Woche hast du drüben einen Pott am Ufer installieren lassen, den kompletten Räucherofen auseinandergebaut und das gesamte Víkurfisk-Konzept über den Haufen geworfen. Dein Opa schlackert jetzt noch mit den Ohren.«

Stella kicherte, und Jökull musste zugeben, dass er unfassbar stolz auf seine Liebste war. Sie hatte den Job in Reykjavík gar nicht erst angenommen, weil sie sich zu einhundert Prozent auf das Leben hier im Norden einlassen wollte. Dazu gehörten eben auch ein paar verschiedene Standbeine des Einkommens. Ihre neuste Idee bestand darin, ein paar Ferienhäuschen auf den weiten Flächen zu verteilen, um mit Übernachtungen Geld zu verdienen. Eines war klar, mit Stella würde es niemals langweilig werden. Daran hatte er nicht den geringsten Zweifel. Doch das größte aller Abenteuer würde noch ein paar Monate auf sich warten lassen. »Vielleicht bekommen wir einen Weihnachtsmann«, mutmaßte Jökull, während er die Kaffeemaschine befüllte. Diesen kleinen Kampf zumindest hatte er für sich entscheiden können – in allen wichtigen Dingen des Lebens überließ er Stella sehr gern das Sagen. Solange sie sich dabei nicht überanstrengte, machte es ihn glücklich. Diese Frau hatte ein unfassbares Talent dafür, jeden Tag mit einer neuen Idee um die Ecke zu kommen. Dafür liebte er sie umso mehr, auch, wenn es manchmal anstrengend war, sie zu bremsen.

»Das wäre es ja, auf keinen Fall. Ich werde dafür sorgen, dass unser Baby nicht am Vierundzwanzigsten auf die Welt kommt«, protestierte Stella. »Wie fies ist das denn, wenn man dann nur einmal Geschenke kriegt.«

Dudda grinste und schüttelte den Kopf. »Bei euren zwei Dickköpfen wird es nicht so sein, dass euer Kind das macht, was ihr von ihm wollt. So viel kann ich euch zum Thema Elternschaft schon mal mit auf den Weg geben.«

Jökull und Stella schauten sich in die Augen, dann

fingen sie an zu lachen. »Ich glaube, da könntest du recht haben«, erwiderten sie unisono.

In der gleichen Sekunde betrat Opa Gunni die Küche. »Habe ich was von Kuchen gehört?«, meldete er sich zu Wort und begrüßte alle mit einer Umarmung.

»Aber klar«, erwiderte Stella fröhlich.

Opa holte ein paar Teller aus dem Schrank, er fühlte sich hier wie zu Hause. Nachdem Duddas Schwester nicht mehr daheim gepflegt werden konnte und in einem Seniorenheim ein Zimmer bezogen hatte, war Dudda in den Norden zurückgekehrt –, das Heimweh war stark gewesen. Gunni hatte ihr daraufhin angeboten, dass sie bei ihm wohnen könnte. Freundschaftlich sozusagen, als Rentner-WG. Zuerst hatten sie alle darüber gelacht, aber als die beiden Alten es tatsächlich durchgezogen hatten, hatten sich alle gefreut. Wenn das Baby erst einmal da war, konnten Stella und Jökull sicher jede Hilfe gebrauchen – das hatte er bei Jói und Magnea schon mitbekommen. Die beiden waren nach einem Jahr immer noch dauermüde. Aber die hatten natürlich auch gleich zwei Krabbelmonster am Rockzipfel hängen.

»Kommst du?«, rief Stella ihm über die Schulter zu. Er hatte gar nicht gemerkt, dass schon alle in Richtung Wohnzimmer unterwegs gewesen waren.

Jökull hielt sie am Handgelenk fest und trat zu ihr. »Weißt du eigentlich, wie sehr ich dich liebe?«

»Das kannst du mir gern jeden Tag einhundert Mal sagen«, flüsterte sie an seinen Lippen und küsste ihn lange und zärtlich.

. . .

EINIGE TAGE später war Stella mit Jökull mit dem Quad auf dem Weg ins Hochland. Reiten konnte sie nicht mehr selbst – obwohl sie den Pferden der umliegenden Nachbarn grundsätzlich vertraute, fand sie es in ihrem Zustand zu gefährlich, und Jökull war ganz ihrer Meinung. Das Wetter war wundervoll, die Sonne strahlte von einem wolkenlosen Himmel. Er stellte den Motor ab und sie gingen die letzten Meter zu Fuß. Hand in Hand.

Stella keuchte. »Du hast einen ganz schönen Zahn drauf.«

Jökull blieb stehen. »Entschuldige, manchmal vergesse ich, dass dein Bauch wächst.«

Sie grinste breit, nahm seine Hände und legte sie über die kleine Kugel. Sie war unfassbar glücklich. Endlich war alles geregelt. Die Scheidung mit Thea war zwar schon lange durch, aber es hatten doch noch manche Angelegenheiten geklärt werden müssen. Am Ende hatte Jökull für seine Anteile an der Firma viel mehr erhalten, als er ursprünglich gedacht hatte. Einen großen Teil davon hatte er an eine Institution zur Burnout-Prävention gespendet.

»Ich glaube, ich habe was gespürt!«, gab Jökull von sich.

Stella nickte. »Es wird jeden Tag deutlicher.«

Jökull hob sie in seine Arme und drehte sich mit ihr im Kreis. »Ich kann es an manchen Tagen noch immer nicht glauben.«

»Was?«

»Dass es wirklich geht, glücklich zu sein.«

»Und, bist du es?«

»Mehr, als du dir vorstellen kannst.« Er küsste sie kurz, dann wurde ihre Aufmerksamkeit von einem Blöken gefordert.

»Das ist doch Pálina!«, stieß Stella lachend hervor. »Na, meine Kleine, was machst du hier?«

»Sie kennt dich und will Hallo sagen«, meinte Jökull lächelnd.

Es war nicht selbstverständlich, dass sie ihre Schafe im Hochland auch trafen, umso mehr freute sich Stella über diese Begegnung. Sie genoss das Gefühl der unendlichen Weite und der Freiheit.

Für einen Moment glaubte Stella etwas Wehmut über Jökulls Gesicht huschen zu sehen. »Was ist?«, meinte sie.

Er nahm ihre Hand und drückte sie. »Ich habe an Diane gedacht.«

»Bist du noch sehr traurig?«

»Natürlich, aber allmählich habe ich meinen Frieden damit gemacht. Hier auf dem Land zu leben, hat mir gezeigt, dass der Kreislauf des Lebens manchmal nicht zu planen ist. Und letztendlich war sie selbst für sich verantwortlich. Ich hätte sie wahrscheinlich nicht retten können, wenn sie es selbst nicht wollte. Das tut zwar weh, aber es ist die Wahrheit. Damit kann ich heute leben.«

Pálina blökte erneut, dann huschte sie davon, um nach ihrer Schwester zu suchen, die etwas weiter entfernt graste.

»Die Natur hier hat etwas Heilsames«, erwiderte Stella. »Das, was ich hier spüre, habe ich in London nie erlebt.«

»Dann vermisst du es nicht?«

»Keine Sekunde. Aber das Beste in meinem Leben ist nicht Island, sondern du bist es!« Sie gab ihm einen Kuss.

»Ich liebe dich. Ich liebe dich mehr, als du dir vorstellen kannst.« Jökull legte einen Arm um sie. Gemeinsam schauten sie auf einige ihrer Schafe, über ihnen flatterten ein paar Küstenseeschwalben vorbei. Ein laues Lüftchen wehte ihnen den würzigen Duft der Berge um die Nase. Das hier war Freiheit – und Liebe. Alles, was sie sich jemals erträumt hatte, hatte Stella an Jökulls Seite gefunden, und sie wusste, ihm ging es genauso.

HOL DIR DEIN GESCHENK!

Vielen Dank, dass du mein Buch gekauft und gelesen hast. Wenn es dir gefallen hat, freue ich mich über Feedback, sei es als Rezension oder als Beitrag in den sozialen Medien.

Wenn du keine Neuerscheinung mehr verpassen und ein kostenloses E-Book von mir lesen möchtest, das es nicht im Handel gibt, melde dich gleich zu meinem Newsletter an.

Du findest mich bei Instagram, Facebook oder auf meiner Website. Wenn du Lust hast, dich mit gleichgesinnten Lesern und Leserinnen auszutauschen, komm gern in meine private Facebook-Gruppe. Hier sprechen wir über Bücher – nicht nur über meine...

Alles Liebe,
deine Karin

ÜBER DIE AUTORIN

Karin Lindberg war zehn Jahre in den Chefetagen internationaler Konzerne tätig, doch sobald ihr erster Roman veröffentlicht war, reichte sie ihre Kündigung ein, um jede freie Minute zu schreiben. Sie erschafft mit Begeisterung starke Heldinnen und attraktive Helden, legt ihnen Steine in den Weg und lässt sie am Ende doch ihr Happy End erleben. Ihre Fans begeistert sie mit Geschichten voller Humor, aber vor allem mit ihrem Gespür für große emotionale Momente. Karin ist eine der erfolgreichsten Autorinnen Deutschlands, regelmäßig landen ihre Titel weit oben in den Bestsellerlisten. Die Autorin lebt mit ihrer Familie vor den Toren Hamburgs. Inzwischen hat sie fünfzig Romane veröffentlicht, die weit über eine Million Mal verkauft wurden.